G000134601

COLLECTION FOLIO

Jorge Amado

Bahia
de
tous les saints

Traduit du brésilien
par Michel Berveiller
et Pierre Hourcade

Gallimard

© *Éditions Gallimard*, 1938.

Jorge Amado est né en 1912 à Ferradas, dans une plantation de cacao du sud de l'État de Bahia. Toute son enfance est marquée par la rudesse de cette « terre violente » que les planteurs se disputent arme au poing. C'est à Bahia qu'il commence ses études. Il s'enfuit à treize ans d'une école religieuse, pour courir la campagne. À quinze ans, il travaille dans un journal. Puis il part à Rio de Janeiro où il publie, en 1931, alors qu'il n'a que dix-neuf ans, son premier roman *Le pays du Carnaval* et, un an après : *Cacao*, qui le classe parmi les écrivains les plus populaires du Brésil. Il travaille alors avec le grand éditeur José Olympio, fait du journalisme, voyage dans toute l'Amérique latine, publie ouvrage sur ouvrage et s'engage politiquement de plus en plus. En 1936, à la veille de la dictature de l'Estado Novo, et alors qu'il est devenu docteur en droit, il est emprisonné et ses livres sont interdits. L'année suivante, après *Mar morto* qui lui avait valu le prix Graça Aranha (le Goncourt brésilien), il ferme le cycle de ses romans de Bahia avec *Capitaines des sables*. En 1941, il est contraint de s'exiler en Argentine, mais il peut regagner le Brésil quand son pays se range aux côtés des Alliés contre l'Axe. Il y reprend son activité politique et littéraire. En 1945, membre du parti communiste, il est élu député national de São Paulo. C'est de cette époque que date *Les chemins de la faim*. En 1948, au moment de l'interdiction du parti communiste, il doit de nouveau s'exiler. Durant cinq ans, il visite Paris — où il se lie d'amitié avec Picasso, Aragon, etc. — puis la Tchécoslovaquie, l'U.R.S.S. Il écrit *Les souterrains de la liberté*, rentre au Brésil en 1953, voyage sans arrêt pendant trois ans puis, dès 1956, consacre tout son temps à la littérature. Jusqu'en 1984, il publiera ainsi encore une dizaine de romans, dont la plupart ont été adaptés pour la télévision brésilienne, ou portés à l'écran.

Très populaire au Brésil où elle atteint des tirages considérables, l'œuvre de Jorge Amado est en outre traduite dans le monde entier, en près de cinquante langues.

En 1984, Jorge Amado a été fait commandeur de la légion d'honneur par le président Mitterrand.

En 1990, il a obtenu le prix Del-Duca pour l'ensemble de son œuvre.

Jorge Amado est décédé le 6 août 2001.

BOXE

La foule se leva comme un seul homme. Il se fit un silence religieux.

L'arbitre compta jusqu'à six...

Mais avant qu'il eût compté : sept, l'homme blond, avec effort, s'était rétabli sur un bras et, rassemblant toute son énergie, remis sur pied. Alors la foule se rassit et des cris s'élevèrent. Le nègre fonça rageusement et les deux adversaires se prirent à bras-le-corps au milieu du ring. La foule beuglait :

— Descends-le ! descends-le !

La place de la Cathédrale ce soir-là était noire de monde. Les hommes s'écrasaient sur les bancs, suants, les yeux exorbités vers le ring chichement éclairé où le nègre Antonio Balduino se mesurait avec Ergin, l'Allemand. L'ombre de l'église centenaire s'étendait sur la populace. Des soldats, des matelots, des étudiants, des ouvriers, vêtus en tout et pour tout d'un pantalon et d'une chemise, suivaient ardemment les péripéties du combat. Noirs, mulâtres ou blancs, tous étaient pour le nègre Antonio Balduino dont l'adversaire avait déjà par deux fois mordu la poussière.

La deuxième fois on aurait bien dit que le blanc ne se relèverait plus. Mais l'arbitre n'avait pas compté : sept, que déjà il était debout et reprenait la lutte. Il y eut dans le public un frémissement d'admiration. Quelqu'un murmura :

— Cet Allemand, tout de même, c'est un mâle...

On n'en continua pas moins à prodiguer les encouragements au grand nègre, champion bahianais des poids lourds. Et maintenant on criait sans reprendre haleine pour hâter la fin, c'est-à-dire la défaite de l'Allemand.

Un gringalet, au teint de papier mâché, mordillait un mégot éteint. Un avorton de nègre scandait ses hurlements de claques formidables sur ses genoux.

— Descends-le ! descends-le !

On trépignait, on poussait des cris qui s'entendaient de la place Castro Alves.

Mais voilà qu'au round suivant le blanc prit furieusement l'offensive et jeta le noir dans les cordes. Le public ne s'inquiéta guère : il attendait la réaction du nègre. Et de fait Balduino visait la figure ensanglantée de l'Allemand. Mais Ergin prévint l'attaque, et il assena un tel coup au visage du noir qu'il transforma le tour de l'œil en viande saignante. Du coup l'Allemand était devenu immense. Il dominait comme un géant le noir, qui se contentait d'encaisser à la figure, à la poitrine, à l'estomac. Balduino se retrouva dans les cordes ; il s'y accrocha et y resta sans réaction, passif. Il n'avait qu'une idée : à tout prix éviter la chute, et il se cramponnait aux cordes de toutes ses forces. Cependant l'Allemand déchaîné lui martelait le visage. Balduino saignait du nez ; il avait l'œil droit fermé, une déchirure au bas de l'oreille. Il voyait confusément le blanc se démener, et il entendait loin, très loin, la clameur du public. On sifflait. Allait-on voir le héros par terre ? On gueulait :

— Vas-y, nègre ! Rentre dedans !

Mais bientôt la foule se tut, consternée à la vue de son champion sans défense. Alors les huées éclatèrent :

— Femelle de nègre ! femme en culottes !... Toi, le blond, vas-y, cogne dessus !...

Ils enrageaient de voir le nègre se laisser faire. Ils avaient payé trois milreis d'entrée pour assister à la victoire du champion bahianais sur ce blanc qui s'intitulait champion de l'Europe Centrale. Et voilà qu'ils assistaient à l'écrasement du noir. Ils se sentaient volés, ils ne tenaient plus sur leurs sièges, ils ne savaient plus s'ils devaient applaudir ou conspuer l'homme blanc. Enfin ils poussèrent un soupir de soulagement quand le gong résonna pour signaler la fin du round.

Antonio Balduino se réfugia dans un coin du ring, en s'appuyant aux cordes. Alors le gringalet au mégot cracha ostensiblement et cria :

— Où qu'il est le nègre Balduino, le tombeur de blancs ?

Antonio Balduino entendit, cette fois. Il but un coup de gnôle à même la bouteille que lui tendait le Gros, et il se retourna vers le public, cherchant d'où venait la voix.

Celle-ci revint, métallique :

— Où qu'il est, le tombeur de blancs ?

Une partie de l'assistance fit chorus :

— Où qu'il est ? où qu'il est maintenant ?...

Balduino eut l'impression d'un coup de fouet.

Insensible aux coups de poings du blanc, il ne l'était certes pas aux reproches de ses partisans. Il dit au Gros :

— Quand ça sera fini, je démolirai ce gars-là. Repère-le.

Quand le gong annonça la reprise, il se précipita sur Ergin. Il lui mit un direct à la bouche, un autre dans le ventre. La foule retrouvait son champion. Elle cria :

— Vas-y, Antonio Balduino ! Vas-y Baldo ! Assomme-le !...

Le nègre avorton se remit à se claquer les genoux. Le gringalet souriait.

Et Baldo y allait toujours, possédé d'une rage énorme.

Alors l'Allemand contre-attaqua et visa l'œil intact de son adversaire... Mais le nègre esquiva d'un mouvement rapide, et, comme un ressort qui se détend, allongea un direct juste au-dessous du menton d'Ergin, l'Allemand. Le champion de l'Europe Centrale décrivit une parabole, et s'abattit comme une masse.

La foule râlait de joie.

— Baldo ! Baldo !... Baldo !...

L'arbitre comptait :

— Six, sept, huit...

Balduino satisfait regardait l'homme blanc qui gisait à ses pieds. Puis il promena des yeux inquisiteurs sur la foule qui l'acclamait, cherchant celui qui avait osé dire qu'il n'était plus le tombeur de blancs. Comme il ne le trouvait pas, il sourit au Gros. L'arbitre comptait :

— ... neuf, dix...

Il éleva le bras de Baldo. La foule hurlait, mais le

nègre n'entendit qu'une voix métallique, et cette voix disait :

— C'est bien, nègre. Tu es encore le tombeur de blancs...

Quelques-uns sortirent par le portail rouillé, mais le plus grand nombre se précipita vers le carré de lumière qui délimitait le plateau, pour porter le vainqueur en triomphe. Un docker et un étudiant lui saisirent une jambe, deux mulâtres s'emparèrent de l'autre. Ils portèrent ainsi le nègre jusqu'à l'urinoir public qui servait de vestiaire aux combattants.

Antonio Balduino passa le complet bleu, but un coup d'eau-de-vie, reçut les cent meilreis auxquels il avait droit, et dit à ses admirateurs :

— Le blanc tient pas le coup... Y a pas de blanc qui tienne contre Antonio Balduino... Le nègre, que je vous dis, c'est un mâle...

Il sourit, serra le billet dans la poche de son pantalon, puis il prit le chemin de la Pension Zara, où demeurait Zefa, une métisse aux dents limées, qui arrivait du Maragnon.

PREMIÈRE ENFANCE

Antonio Balduino s'attardait en haut du morne à regarder cette file de lumières, au pied, qui était la ville. Des sons de guitare traînaient sur le morne, dès la lune levée. Des voix chantaient des airs dolents. La boutique de Lourenço, l'Espagnol, s'emplissait d'hommes qui venaient faire la causette et lire le journal réservé par le patron aux consommateurs de rhum blanc.

Antonio Balduino, vêtu d'une grande camisole toujours souillée de terre, passait sa vie à courir les rues et les impasses du morne, avec les enfants de son âge, ses camarades de jeu.

Ses huit ans tout juste ne l'empêchaient pas d'être déjà le chef des bandes de gamins qui vagabondaient sur le morne de Châtre-Nègre et les mornes d'alentour. Mais le soir, aucun jeu ne pouvait l'arracher à la contemplation des lumières qui s'allumaient dans la ville si proche et si lointaine. Il s'asseyait toujours sur ce même talus à l'heure du crépuscule, et il attendait avec une anxiété d'amant l'apparition des lumières. Il y avait une volupté dans cette attente; on aurait dit un mâle attendant sa femelle. Il restait là, les yeux

...s en direction de la ville, aux aguets. Son cœur ...e mettait à battre plus fort tandis que l'obscurité envahissait la masse des maisons, recouvrait les rues, la pente du morne, et faisait monter de la ville une rumeur étrange de gens qui rentrent au logis, d'hommes qui commentent les affaires du jour et le crime de la nuit précédente.

Antonio Balduino, qui n'était allé que rarement à la ville et chaque fois en hâte, toujours traîné par sa tante, communiait à cette heure avec toute la vie de la Cité. D'en bas venait une rumeur. Lui restait là, à écouter ces bruits confus dont le flot montait par les pentes glissantes du morne. Il éprouvait dans ses nerfs la vibration de tous ces bruits, évoquant la vie et la lutte. Il s'imaginait devenu homme, vivant de la vie hâtive des hommes, luttant la lutte de chaque jour. Ses petits yeux brillaient et plus d'une fois il eut la tentation de se laisser glisser jusqu'au bas de la pente et d'aller assister de près au spectacle de la ville à cette heure grise. Bien sûr il y perdrait son dîner et y gagnerait, au retour, une bonne volée. Mais ce n'était pas ça qui l'empêchait d'aller voir de près la ville bourdonnante au sortir du travail. Ce qu'il ne voulait pas perdre, c'était l'apparition des lumières : révélation pour lui toujours neuve et toujours belle.

Voici la ville presque entièrement plongée dans les ténèbres. Antonio Balduino ne discerne plus rien. Un vent froid s'élève avec l'obscurité. Lui ne le sent pas. Il jouit voluptueusement de ces bruits, de ce vacarme qui va croissant. Rien ne lui échappe. Il distingue les rires, les cris, les voix des ivrognes, les conversations politiques, la voix traînante des aveugles demandant l'aumône pour l'amour de Dieu, le

16

fracas des trams débordant de monde sur les marchepieds. Il déguste à petits coups la vie de la Cité.

Un jour, une émotion énorme le fit frémir tout entier. Il en bondit sur ses pieds, tremblant de plaisir. C'est qu'il venait de distinguer des pleurs, des pleurs de femme et des voix qui consolaient. Cette chose au-dedans de lui montait comme une foule, l'entraînait dans un vertige de jouissance. Quelqu'un, une femme, pleurait dans la ville qui devenait obscure. Antonio Balduino prêta l'oreille à cette lamentation jusqu'à ce qu'elle fût étouffée dans un fracas de rail par un tram qui passait. Et il attendit longtemps, retenant son souffle, pour voir s'il réussirait à en entendre davantage. Mais on avait dû emmener la femme loin de la rue, et il n'entendit plus rien. Ce soir-là, il ne voulut pas dîner, ni courir les rues avec ses camarades. Sa tante disait :

— Cet enfant a dû voir quêque chose... C'est sournois comme tout...

Bonnes journées aussi, celles où il entendait la cloche des ambulances de l'assistance publique tintant à travers la ville. Ça voulait dire qu'il y avait de la souffrance en bas, et Antonio Balduino, enfant de huit ans, jouissait de ces fragments de souffrance comme un homme jouit d'une femme.

Mais l'apparition des lumières purifiait tout. Antonio Balduino se perdait dans la contemplation des files de réverbères, plongeait ses yeux vifs dans la clarté et se sentait l'envie d'être gentil avec les autres petits nègres du morne. Si l'un d'eux s'était approché de lui à ce moment, il l'aurait sans doute caressé, il ne l'aurait pas accueilli par les pinçons d'usage, il n'aurait pas prononcé les gros mots qu'il savait déjà. Il aurait sans doute passé la main sur la tignasse du compagnon, appuyé sa poitrine contre la poitrine de l'ami. Et peut-être même qu'il aurait souri. Mais les gamins couraient sur le morne et ne se souciaient pas de lui. Il continuait à regarder les lumières. Il distinguait des silhouettes de passants, des hommes et des femmes qui semblaient en train de se promener. Derrière lui, sur le morne, on entendait gratter des guitares et des nègres qui bavardaient. La vieille Louise criait.

— Baldo, viens dîner... il est impossible, ce gamin...

Sa tante Louise lui avait tenu lieu de père et de mère. De son père, Balduino ne savait pas grand-chose : il s'appelait Valentin, il avait, presque à l'âge d'homme, été fidèle d'*Antonio Conselheiro* [1], il ne pouvait pas faire un pas sans qu'une femme lui tombe dans les bras, il buvait beaucoup, et il avait fini écrasé sous un tram un soir de grosse bringue. Ces histoires-là, Baldo les tenait de sa tante lorsqu'elle se mettait à bavarder de son défunt frère avec les voisins ; elle concluait toujours :

— Il était beau garçon à vous en faire venir l'eau à la bouche. Mais dame, il y en avait pas deux comme lui pour ce qui est de se battre et d'aimer la goutte.

Antonio Balduino écoutait en silence et faisait un

1. Illuminé, thaumaturge, qui, à la fin du siècle dernier, pendant près d'un an, tint tête avec ses fidèles à quatre expéditions de représailles dans les solitudes du Ceara. C'est l'épisode de Canudos raconté dans l'admirable livre d'Euclydes da Cunha : *Os Sertôes* (*N. d. T.*).

héros de son père. Pour sûr, son père [...]
vie de la Cité à l'heure où s'allument [...]
Parfois il essayait de reconstruire la [...]
avec les débris d'aventures qu'il en[...]
la vieille Louise. Il se perdait alors en imagin[...]
inventer des actes d'héroïsme. Il contemplait le feu,
et tâchait d'imaginer comment pouvait être son
père. Chaque fois qu'il entendait rapporter quelque
chose de bien rocambolesque, il décidait que son
père avait dû en faire autant, ou faire mieux.
Quand il jouait au voleur avec les autres nègres du
morne, et qu'on lui demandait ce qu'il voulait être
plus tard, lui, qui n'était encore jamais allé au
cinéma, ne répondait pas : Eddie-Polo, ou Elmo, ou
Maciste.

— Je veux être mon père.

Les autres se moquaient de lui.

— Qu'est-ce qu'il a fait, ton père ?

— Un tas de choses.

— Bah ! il n'a tout de même pas soulevé une
auto d'un seul bras, comme Maciste.

— Il a tenu un camion en l'air.

— Un camion ?

— Oui, chargé...

— Qui c'est qui l'a vu faire, Baldo ?

— Ma tante l'a vu. Demande-lui. Et si ça ne te
plaît pas, dis-le ou amène-toi.

Et ainsi, bien des fois, il se battit pour la mémoire
héroïque de ce père qu'il n'avait pas connu.

De sa mère, Antonio ne savait rien.

Il errait en liberté sur le morne, et il ignorait
encore la haine et l'amour. Pur comme un animal, il
n'avait d'autres lois que ses instincts. Il descendait

s pentes du morne à fond de train, il chevauchait des manches à balai, il parlait peu, mais son sourire était épanoui.

De bonne heure, il commanda aux autres gamins du morne, ou même à ceux qui étaient bien plus âgés. Il était imaginatif et courageux comme pas un. Sa fronde visait toujours juste, et ses yeux étincelaient dans les batailles. On jouait aux brigands. C'était toujours lui le chef de bande. Bien des fois il oubliait que c'était un jeu, et il se battait pour de bon. Il connaissait tous les gros mots, et les répétait à tout bout de champ.

Il aidait la vieille Louise à faire le *mungunsa* et la bouillie de manioc fermenté qu'elle allait vendre le soir sur le *Terreiro*. Il lavait le chaudron, il apportait les ustensiles, il savait tout faire sauf râper le coco. Au début les autres enfants se payaient sa tête et l'appelaient le cuisinier, mais du jour où Antonio Balduino ouvrit la tête de Zébédée d'un coup de pierre, ils n'insistèrent pas. Cette fois-là il reçut une volée de sa tante, et il ne parvint pas à comprendre pourquoi. Mais il pardonnait vite à la vieille les rossées qu'elle lui administrait. Du reste, les coups de martinet ne l'attrapaient pas souvent, car il était très leste et il glissait comme un poisson entre les mains de sa tante pour se dérober au fouet. C'était même devenu un divertissement, un exercice dont il sortait souvent vainqueur et tout riant de s'en être tiré, somme toute, à bon compte. Et tout cela n'empêchait pas sa tante Louise de dire :

— C'est lui, l'homme de la maison.

La vieille aimait bavarder et savait prendre les gens. Les voisins venaient causer avec elle, écouter

les histoires qu'elle racontait, des histoires de
fantômes, des contes de fées et des souvenirs de
l'esclavage. Parfois elle racontait des histoires en
vers. Il y en avait une qui commençait ainsi :

> *Lecteurs quelle aventure horrible*
> *Vais-je aujourd'hui vous raconter !*
> *J'en ai tout le corps qui frissonne*
> *J'en ai les cheveux qui se dressent*
> *Car jamais je n'aurais pensé*
> *Qu'en ce monde il puisse exister*
> *Un semblable monstre capable*
> *D'assassiner ses père et mère.*

C'était l'histoire de la « fille maudite », une
affaire que les journaux avaient rapportée avec de
grands titres et qu'un poète populaire, un auteur
d'*A B C* et de *sambas,* avait mis en vers pour la
vendre à quatre sous sur le marché.

Antonio Balduino adorait cette histoire. Il insis-
tait pour que la vieille la racontât une deuxième fois
et il se mettait à brailler quand elle s'y refusait. Il
aimait aussi entendre les histoires que les hommes
racontaient sur Antonio Silvino et Lucas da Feira.
Ces soirs-là, il n'allait pas jouer. Une fois, comme
on lui demandait : « Quand tu seras grand, qu'est-
ce que tu veux être plus tard ? », il répondit sans
hésiter : « Brigand ». Il ne connaissait pas de plus
belle carrière, ni qui requît plus de qualités : savoir
tirer et être courageux.

— T'as surtout besoin d'aller à l'école, lui disait-
on.

Il se demandait bien pourquoi. Jamais il n'avait
entendu dire qu'un brigand sût lire. C'étaient les

« docteurs » qui savaient lire, et les docteurs étaient de pauvres types. Il connaissait le docteur Olympio, un médecin sans clientèle qui de temps en temps montait jusqu'au morne en quête de clients problématiques ; et le docteur Olympio était un gringalet mal fichu, incapable de résister à une bourrade bien appliquée.

Du reste, sa tante ne savait pas lire et pourtant tout le morne la respectait, personne ne lui cherchait d'histoires, personne ne la débinait. Quand sa douleur de tête la prenait, qui est-ce qui se serait risqué à adresser la parole à la vieille Louise ? Ces maux de tête de la vieille négresse terrorisaient Antonio Balduino. De temps en temps sa tante avait une crise, elle devenait comme folle, elle hurlait, les voisins venaient au secours et elle les mettait à la porte en disant qu'elle ne voulait pas de démons chez elle, qu'ils s'en aillent tous au diable.

Un jour Antonio entendit deux voisines qui causaient tandis que la vieille Louise avait sa crise. Une vieille négresse disait :

— C'est de porter ces pots bouillants tous les soirs au marché que ça lui est venu. Ça vous échauffe la tête.

— Mais non, voyons, mame Rose ! Voyez donc pas que c'est un esprit ? Et puis un bon, encore. Savez bien, ceux qui cherchent leur route sans savoir qu'y sont morts. Y courent partout, y leur faut un corps de vivant pour se mettre dedans. Celui-là, ça doit être l'esprit d'un condamné, le bon Jésus me pardonne.

Les autres approuvaient. Antonio demeurait très indécis et très effrayé. Il craignait les âmes de l'autre monde. Mais il ne comprenait pas pourquoi elles venaient habiter la tête de sa tante.

Ces jours-là Jubiaba venait à la maison. Antonio Balduino allait l'appeler, envoyé par Louise. Il arrivait devant la petite porte de la maison basse et frappait. La voix venait de l'intérieur, et demandait : « Qui est-ce ? »

— C'est la tante Louise qui demande à père Jubiaba de venir chez nous qu'elle a sa crise.

Puis, il se sauvait en courant, car il avait une peur folle de Jubiaba. Il se cachait derrière la porte et par la fente il regardait venir le sorcier qui s'avançait à petits pas, la toison toute blanche, le corps sec et voûté appuyé sur un bâton. Les hommes s'arrêtaient pour le saluer.

— Bonjour, père Jubiaba.

— Notre Seigneur vous donne le bon jour.

Il bénissait au passage. Même l'épicier baissait la tête et recevait la bénédiction. Les gamins disparaissaient de la rue dès qu'ils voyaient apparaître la figure centenaire du sorcier. Ils chuchotaient : « Voilà Jubiaba » et partaient à fond de train se cacher dans les maisons.

Jubiaba portait toujours un rameau feuillu que le vent balançait et marmottait des paroles en *nagô*. Il cheminait parlant tout seul, bénissant, traînant un vieux pantalon par-dessus lequel une chemise brodée s'offrait aux caprices du vent comme un drapeau. Quand Jubiaba entrait chez la vieille Louise pour l'exorciser, Antonio Balduino se sauvait dans la rue. Mais il savait d'avance que les maux de tête de la vieille allaient passer.

Antonio Balduino ne savait trop que penser de Jubiaba. Il le respectait, mais son respect avait une nuance différente de celui qu'il portait à l'abbé Silvino, à sa tante Louise, à Lourenço l'épicier, à Zé-la-Crevette et même aux figures légendaires de Lampion[1] et d'Eddie Polo. Jubiaba circulait d'un air gauche par les venelles du morne, les hommes l'écoutaient avec respect, tout le monde le saluait, et des autos luxueuses, de temps en temps, s'arrêtaient à sa porte. Un jour un gosse avait dit à Balduino que Jubiaba se changeait en loup-garou. Un autre affirmait qu'il tenait le diable prisonnier dans une bouteille.

Certaines nuits, de la maison de Jubiaba venaient les sons étranges d'une étrange musique. Antonio s'agitait sur sa natte. Tam-tam, airs de danse, voix toutes changées et mystérieuses. Louise devait sûrement y être, vêtue d'une jupe d'indienne rouge et d'un cotillon. Ces nuits-là, Antonio Balduino ne dormait pas. Dans son enfance saine et libre, Jubiaba représentait le mystère.

Comme elles étaient bonnes les nuits sur le morne de Châtre-Nègre ! Elles enseignèrent au gamin bien des choses, et surtout bien des histoires. Histoires que les hommes et les femmes racontaient réunis sur le devant des portes pendant les longues causettes des soirs de pleine lune. Les dimanches soir, quand il n'y avait pas *macumba* chez Jubiaba, beaucoup venaient sur le seuil de la vieille Louise, qui, respectant le repos dominical, n'allait pas ce jour-là vendre son *mingau*. Devant les autres portes,

1. Nom de guerre du plus célèbre bandit contemporain qui ravage depuis près de vingt ans les provinces du Nord-Est brésilien, sans qu'on ait jamais pu mettre la main sur lui, et qui a pris les proportions d'un personnage de légende (*N. d. T.*).

d'autres groupes conversaient, jouaient de la guitare, chantaient, buvaient un coup de gnôle — il y
en avait toujours pour les voisins — mais aucun
n'était aussi nombreux que celui qui se réunissait
devant la porte de la vieille Louise. Jubiaba lui-
même certains jours y faisait une apparition et
racontait à son tour de vieilles histoires qui s'étaient
passées il y avait longtemps, entremêlant son récit
de mots en *nagô,* de sentences et de conseils. Il était
en quelque sorte le patriarche de ce groupe de
nègres et de mulâtres qui habitaient sur le morne de
Châtre-Nègre des maisons de torchis, couvertes de
tôle ondulée. Quand il parlait, tous l'écoutaient
attentivement et approuvaient de la tête, muets de
respect. Ces nuits-là, Antonio Balduino abandon-
nait ses camarades de jeux et de courses et s'instal-
lait pour écouter. Il aurait donné sa vie pour une
histoire, surtout pour une histoire en vers.

C'est pour cela qu'il aimait tant Zé-la-Crevette,
un mauvais sujet qui n'avait jamais travaillé et qui
avait même sa fiche à la police. Antonio Balduino
lui reconnaissait deux grandes vertus : il était
courageux et il chantait à la guitare des histoires de
bandits célèbres. Il jouait aussi des airs tristes, des
valses et des chansons, dans les fêtes de pauvres qui
se donnaient sur le morne. C'était un grand mulâtre
au teint jaunâtre, qui avait toujours l'air de se
dandiner et qui s'était taillé une réputation depuis
qu'il avait désarmé deux matelots en quelques
passes de savate. Il y avait beaucoup de gens qui ne
l'aimaient pas et qui le regardaient d'un mauvais
œil ; cependant Zé-la-Crevette passait des heures
entières à enseigner l'art de la savate aux gosses du
morne, avec une patience infinie. Il roulait par terre

avec eux, il leur montrait comment on applique un « queue de poisson » et comment on fait sauter le poignard de la main d'un adversaire. Les gosses l'adoraient, il était leur idole. Antonio Balduino aimait l'accompagner et l'entendre raconter des épisodes de sa vie de malandrin. Et comme il était son meilleur élève en savate, il voulait aussi apprendre la guitare.

— Tu m'apprendras, dis, Zé-la-Crevette ?

— Bien sûr que je t'apprendrai...

Il portait les billets doux de Zé à ses bonnes amies, et il le défendait quand on disait du mal de lui :

— C'est mon ami. Pourquoi que tu ne vas pas lui dire en face ? T'as la frousse, hein ? c'est pour ça...

Zé-la-Crevette était un des habitués des réunions devant la porte de la vieille Louise. Il arrivait en se dandinant de son allure canaille et s'asseyait à croupetons, tout en tirant des bouffées d'une cigarette de paille. Mais lorsqu'on racontait une histoire qui impressionnait les auditeurs, Zé passait sa cigarette derrière l'oreille et disait :

— Bah ! Bah ! ça n'est rien, écoutez plutôt une histoire qui m'est arrivée.

Là-dessus commençait le récit d'une aventure, une histoire farcie de détails pour que personne ne mette en doute sa véracité. Et quand il lisait le doute dans les yeux d'un des assistants, le mulâtre ne se démontait pas.

— Si tu ne me crois pas, mon vieux, demande à Zé Fortunato qui y était avec moi.

Il trouvait toujours quelqu'un qui « y était avec lui », un témoin oculaire qui ne le démentait pas. A l'en croire, il était mêlé à tous les faits divers de la ville. Si on parlait d'un crime, il interrompait :

— Ça me connaît, je n'étais pas bien loin.

Et il donnait sa version, dans laquelle il jouait toujours un rôle de premier plan. Mais lorsqu'il le fallait, il se battait pour de bon. Lourenço, le patron de l'épicerie, en savait quelque chose ; il lui en était resté deux balafres sur la figure. Est-ce qu'il n'avait pas eu la prétention, ce cochon d'Espagnol, de mettre Zé-la-Crevette à la porte de sa boutique ? Les filles qui l'écoutaient étaient tout yeux pour lui. Elles aimaient ses allures de mauvais garçon, sa réputation de bravache, sa manière ingénieuse de raconter une histoire en l'agrémentant de comparaisons avec elles, leur sourire, leurs yeux, leur bouche vermeille ; mais elles aimaient par-dessus tout l'écouter chanter à la guitare de sa voix pleine. Au milieu de la conversation, quand quelqu'un venait de raconter une histoire et que tout le monde se taisait, il y en avait toujours une pour dire :

— Chantez-nous quelque chose, Zé.

— Voyons, ma belle, c'est si agréable de causer, répondait-il, faisant le modeste.

— Faites pas comme ça, Zé, chantez...

— Mais c'est que j'ai laissé ma guitare chez moi.

— Ça ne fait rien... Baldo va aller la chercher.

Antonio Balduino courait déjà sur le chemin de la masure où demeurait Zé-la-Crevette. Mais lui se faisait prier.

— Aujourd'hui, je ne suis pas en voix. Vous m'escuserez.

Maintenant tous l'imploraient en chœur :

— Chantez donc, Zé-la-Crevette.

— C'est bon, je vais chanter, mais un air seulement...

Il en chantait une foule, des *tiranas,* des *cocos,* des
sambas, des chansons mélancoliques, d'une tristesse
à faire venir les larmes aux yeux, et des *A B C*
d'aventures.

Antonio Balduino écoutait et apprenait. Telles
étaient les leçons dont il faisait son profit, la seule
école qu'il connût ainsi que les autres enfants du
morne. C'est comme cela qu'ils faisaient leur éducation et qu'ils choisissaient une carrière.

Un jour vint un homme du dehors qui prit
pension chez Dona Daria, une grosse mulâtresse
dont on disait qu'elle était en train de faire fortune
aux dépens des clients de Jubiaba. L'homme venait
consulter le sorcier pour une vieille douleur dans la
jambe droite qui lui faisait souffrir le martyre. Les
médecins l'avaient abandonné depuis longtemps.
Ils prononçaient des noms compliqués et lui indi-
quaient des remèdes coûteux. Ça s'aggravait, la
jambe allait de mal en pis, et plus moyen de
travailler à cause de la douleur.

Alors il s'était décidé à faire le voyage rien que
pour consulter le Père de Saint Jubiaba qui guéris-
sait tout à sa *macumba* du morne de Châtre-Nègre.
L'homme venait d'Ilhéos, la riche ville du cacao, et
il faillit détrôner Zé-la-Crevette dans l'estime
d'Antonio Balduino. Radicalement guéri après
deux séances chez Jubiaba, il vint le dimanche
suivant causer à la porte de la vieille Louise. Tout le
monde le traitait avec une grande déférence, car on
disait qu'il avait de l'argent, qu'il avait fait fortune
dans le Sud de l'Etat et qu'il avait donné un *conto* à

Jubiaba! Ses vêtements étaient de bonne étoffe, et même on lui avait apporté à lire une lettre qui était arrivée pour Mme Ricardina. Mais il avait répondu :

— Je ne sais pas lire.

Or, la lettre apprenait à Ricardina qu'un de ses frères était en train de mourir de faim en Amazonie. L'homme d'Ilheos donna cent milreis. Aussi personne ne dit mot quand il s'approcha du groupe réuni près de la porte de Louise. Celle-ci lui offrit même une chaise de paille percée.

— Asseyez-vous à votre aise, monsieur Jérémie.

— Merci.

Et comme le silence se prolongeait :

— De quoi est-ce que vous parliez ?

— Pour dire la vérité, répondit Louis le Cordonnier, on était en train de parler du bien qu'il y a chez vous, et de tout l'argent qu'on peut gagner là-bas.

L'homme baissa la tête et c'est alors seulement qu'ils s'aperçurent que sa toison était presque blanche et qu'il avait de grandes rides sur le visage.

— Pas tant que ça... On travaille dur pour gagner pas grand-chose...

— Mais vous-même, vous avez du bien ?

— Allons donc ! J'ai une petite plantation et il y a trente ans que je travaille dans le pays. Sans compter qu'on m'a déjà tiré dessus trois fois. Personne là-bas n'est à l'abri d'un sale coup...

— C'est-y que les hommes sont courageux ? demanda Antonio Balduino. Mais personne n'entendit sa question.

— Voyez-vous, il y en avait déjà beaucoup ici qui voulaient aller avec vous.

— Dites, on est courageux, là-bas ? insista Antonio Balduino.

L'homme passa la main sur la tête du petit nègre et dit aux autres :

— C'est un pays dangereux... la mort... les coups de feu...

Antonio regardait l'homme fixement, en attendant des histoires de ce pays.

— Là-bas, on tue pour faire un pari... On parie pour savoir comment que le voyageur va tomber : du côté droit ou du côté gauche... Chacun met son argent... Et ils tirent, rien que pour voir qui va gagner.

Il promena son regard sur l'assistance, pour juger de l'effet produit. Puis, baissant la tête, il continua :

— Il y a là-bas un nègre qui a fait les quatre cents coups. José Estique qu'on l'appelle. Brave que c'est pas croyable. Le courage en chair et en os. Mais dame, y a pas plus méchant que lui non plus. Un vrai fléau.

— Brigand ?

— Non, il n'est pas brigand parce qu'il est planteur, et riche. Zé Estique a une tapée de plantations, et des pieds de cacao à ne pas pouvoir les compter. Mais il a encore plus de morts sur la conscience.

— Il n'a jamais été arrêté ?

L'homme cligna de l'œil :

— Arrêté ? dit-il avec un sourire. Il est riche, je vous dis...

Son sourire était un commentaire sarcastique. Les autres se regardaient avec étonnement. Mais ils comprirent bien vite, et ils continuèrent à écouter en silence l'homme d'Ilheos.

— Vous savez ce qu'il fait ? Il arrive à cheval à Itabunas. Lorsqu'il voit passer un gros bonnet, il saute à terre et lui dit : Ouvre ta poche, j'ai envie de faire dedans. Et l'autre obéit. Dame, c'est un fameux tireur. Un jour il entrait à Itabunas, quand il rencontre une jeune blanche, la fille du maire. Savez-vous ce qu'il fait ? — Tiens-moi ça petite, j'ai envie de pisser... Il voulait lui faire tenir ce que vous pensez.

— Et elle l'a tenu ? Zé-la-Crevette riait aux éclats.

— Elle en faisait une figure, la pauvre gosse...

Maintenant tous les hommes riaient et sympathisaient avec Zé Estique. Les filles baissaient la tête, toutes rouges de honte.

— Il a tué, volé, mis à mal des tas de filles. Un lascar.

— Alors, il est mort ?

— Il est mort, des mains d'un gringalet d'étranger...

— Comment ça ?

— Un jour, on vit arriver un *gringo* qui taillait les plants de cacao. Avant lui personne ne pratiquait la taille. Il s'est fait de l'argent, il a acheté un petit domaine. A ce moment-là il est reparti dans son pays, mais c'était pour se marier. Il en est revenu avec une femme si blanche qu'on aurait dit une de ces poupées de porcelaine. La terre du *gringo* était tout près de la plantation de Zé Estique. Un jour qu'il passait par là, Estique vit la femme qui étendait du linge. Alors il dit à Nicolas...

— Qui ça, Nicolas ?

— Le *gringo*. Alors, il lui dit : « Laisse-moi c'te poupée ici, mon garçon, je viendrai la chercher ce soir. » Du coup l'autre a eu peur et il est allé raconter l'histoire à un voisin. Le voisin lui dit qu'il fallait se résigner à ça ou mourir, parce que Zé Estique tenait toujours parole. Il avait dit qu'il viendrait la chercher, il viendrait sûrement. Filer ? Il n'en avait plus le temps, et puis, pour aller où ? Le *gringo* n'en pouvait plus quand il est rentré chez lui. Il ne voulait pas donner cette femme si jolie qu'il était allé chercher dans son pays. Mais alors, c'était la mort certaine, et par-dessus le marché sa femme pour Zé Estique..

L'assistance ne se contenait plus. Seul Zé-la-Crevette souriait comme s'il connaissait une histoire encore plus impressionnante que celle de l'homme d'Ilheos.

— Alors qu'est-ce qu'il a fait ?

— La nuit Zé Estique est venu... Il est descendu de cheval et au lieu de trouver la femme, il a trouvé autre chose : le *gringo* caché derrière une barrière avec une hache grande comme ça. Le nègre a eu la tête ouverte en deux. Une sale fin...

Une femme dit :

— Bien fait ! il ne l'avait pas volé.

Une autre se signait, effrayée. Et l'homme d'Ilheos s'attarda à raconter des histoires et encore d'autres histoires de meurtres et de coups de feu pour évoquer sa terre héroïque. Lorsqu'il s'en alla pour de bon, guéri, Antonio Balduino éprouva de la tristesse. C'est que dans ces causeries des soirs de lune du morne de Châtre-Nègre le gamin Balduino écoutait et apprenait des choses ; et avant d'avoir atteint ses dix ans, il s'était juré à lui-même qu'un jour il serait chanté en A B C et que ses aventures seraient racontées et écoutées avec admiration par d'autres hommes, sur d'autres mornes.

Pénible existence, celle qu'on menait sur le morne de Châtre-Nègre. Tous ces hommes travaillaient dur, les uns au port, chargeant et déchargeant les navires, ou coltinant les malles, d'autres dans des usines lointaines ou à de petits métiers sans grand profit : cordonnier, tailleur, barbier. Les négresses vendaient des gâteaux de riz, du *mungunsa,* du *sarapatel,* de l'*acarajé,* dans les rues tortueuses de la ville, ou bien elles lavaient du linge, ou bien elles étaient cuisinières chez les riches des faubourgs chics. La plupart des enfants travaillaient eux aussi. Ils étaient cireurs, garçons de courses, crieurs de journaux. Certains allaient dans de belles maisons où ils étaient élevés par des familles riches. Le reste se répandait sur les pentes du morne en jeux, en courses et en batailles. Ceux-là, c'étaient les plus jeunes. Ils savaient de bonne heure quel serait leur destin : grandir, pour aller au port où ils courberaient le dos sous le poids des sacs de cacao, ou bien pour gagner leur vie dans les usines énormes. Et ils ne se révoltaient pas, parce que depuis longtemps c'était comme ça. Les enfants des belles rues plantées d'arbres seraient médecins, avocats, ingénieurs, commerçants, riches, et eux, ils seraient les esclaves de ces hommes. C'est pour cela qu'il existait un morne avec ses habitants. Voilà ce que le petit nègre Antonio Balduino apprit de bonne heure par l'exemple de ses aînés. De même que dans les maisons des riches existait une tradition remontant à l'oncle, au père ou au grand-père, ingénieur célèbre, orateur à succès, politique, de même sur le morne peuplé de nègres et de mulâtres, il y avait la tradition de l'esclavage sous la domination du maître blanc et riche. C'était là leur seule tradition. L'autre, celle de la liberté dans les forêts d'Afrique, ils l'avaient déjà oubliée, ou du moins bien peu se la rappelaient, et ceux-là étaient exterminés ou persécutés. Sur le morne, seul Jubiaba la conservait. Rares étaient les hommes libres du morne : Jubiaba, Zé-la-Crevette. Et tous les deux étaient persécutés : l'un, comme sorcier, l'autre, comme vaurien. Antonio Balduino apprit bien des choses dans les histoires héroïques qu'ils contaient au peuple du morne, et il oublia la tradition de servitude. Il résolut d'être du nombre des hommes libres, de ceux qui plus tard auraient un A B C et des chansons en leur honneur, et qui serviraient d'exemple aux hommes, noirs, blancs et mulâtres, enlisés dans leur esclavage sans remède. C'est sur le morne de Châtre-Nègre qu'Antonio Balduino résolut de lutter. Tout ce qu'il a fait plus tard, c'est à cause des histoires qu'il entendait les soirs de lune à la porte de sa tante.

LE LOUP-GAROU

Il y avait une femme appelée Augusta-des-Dentelles qui habitait sur le morne à côté de chez Louise. On l'appelait ainsi parce qu'elle passait sa journée à faire des dentelles qu'elle allait vendre en ville le samedi. Elle avait du reste beaucoup de clientèle, car elle travaillait à la perfection. Augusta avait le regard vague. On croyait qu'elle fixait quelque chose, pas du tout : elle cherchait des yeux dans le ciel un objet invisible. C'était une habituée des *macumbas* de Jubiaba, et bien qu'elle fût blanche, elle jouissait d'un très grand prestige auprès du Père de Saint. Elle donnait à Antonio Balduino des sous qu'il employait à acheter des caramels, ou bien, faisant cagnotte avec Zébédée, un paquet de mauvaises cigarettes.

Comme elle était arrivée un jour sur le morne sans dire d'où elle venait ni où elle allait, on inventait des histoires sur son compte. Elle s'installa. Personne ne connaissait rien de sa vie, mais son regard perdu et son rire triste firent naître des histoires de malchances et d'amours malheureuses. Quand on lui posait des questions, elle se bornait à répondre :

— Un vrai roman, ma vie... Faudrait l'écrire.

Il lui arrivait souvent de s'embrouiller quand elle mesurait sa dentelle (par un procédé du reste fort rudimentaire : plaçant la main droite qui tenait l'étoffe sous le menton, elle étendait le bras gauche). Elle comptait : « Un, deux, trois », puis s'arrêtait, furieuse et troublée : « Mais non, pas vingt. Qui c'est qui a dit que ça faisait vingt ? Je n'en suis qu'à trois. » Elle regardait la cliente et expliquait :

— Il m'embrouille, vous ne pouvez pas vous faire une idée. Je suis en train de bien compter, bon, il se met à compter à mes oreilles à toute vitesse, que ça fait peur. J'en suis encore à trois, il est déjà à vingt, lui. Il n'y a plus moyen avec lui...

Et elle se mettait à supplier :

— Va-t'en, je veux vendre mes dentelles comme il faut...

— A qui vous dites ça, mame Augusta ?

— Oui, voilà. Qui ça peut-il bien être ? C'est ce coquin qui ne me quitte pas. Même après ma mort il me fera encore des misères.

D'autres fois, l'esprit décidait de se divertir et il lui mettait des fils dans les jambes. Elle s'arrêtait au milieu de la rue et avec une patience infinie, elle commençait à les enlever un à un.

— Qu'est-ce que vous faites, mame Augusta ? lui demandait-on.

— Vous ne voyez pas ? J'enlève les fils que ce misérable me met aux jambes pour que je ne puisse pas marcher ni vendre mes dentelles. Il veut me faire mourir de faim.

Elle continuait à retirer les fils invisibles. Mais si on l'interrogeait pour savoir qui était l'esprit en question, Augusta se taisait, le regard lointain, et souriant de son sourire triste. Les femmes disaient :

— Augusta est timbrée parce qu'elle a beaucoup souffert. Elle n'a pas la vie gaie.

— Mais qu'est-ce qui lui est arrivé ?

— Taisez-vous... Chacun ses affaires...

C'est Augusta qui rencontra la première le loup-garou. C'était par une nuit sans lune, l'obscurité régnait sur les venelles boueuses du Morne et de rares quinquets brillaient seuls dans les maisons. Nuit hantée, propice aux voleurs et aux assassins. Augusta montait par la rampe du Morne quand elle entendit dans les broussailles un grognement à faire frémir. Elle regarda et vit les yeux de feu du loup-garou. Même que jusqu'alors elle ne croyait guère à ces histoires de loups-garous et de mules de curé. Mais pour le coup, elle avait vu de ses yeux. Elle lâcha son panier de dentelles et courut à toutes jambes jusque chez Louise. Elle annonça la nouvelle avec de grands gestes d'effroi, d'une voix encore tout étranglée ; les yeux, cette fois, lui sortaient de la tête et ses jambes tremblaient d'avoir couru. Louise lui offrit un coup d'eau à boire. Elle accepta : « C'est bon pour faire passer l'émotion. »

Antonio Balduino, qui avait entendu, s'empressa de répandre l'histoire. Bientôt tout le Morne sut qu'un loup-garou avait fait son apparition. La nuit suivante, trois autres personnes virent le monstre : une cuisinière qui revenait de son travail, Ricardo le Sabotier et Zé-la-Crevette qui avait jeté son couteau à la bête, mais elle s'était échappée en poussant un grand éclat de rire. Les nuits qui suivirent, tous les autres habitants du Morne l'un après l'autre rencontrèrent cette apparition qui riait et prenait la fuite. Alors, la peur s'empara du Morne ; on fermait les portes de bonne heure, on ne sortait plus la nuit, Zé-la-Crevette proposa une battue pour attraper le monstre, mais peu de gens eurent le courage de marcher. Il n'y eut que le petit négrillon Balduino pour accepter avec enthousiasme ; et de choisir des cailloux bien pointus pour sa fronde. Le loup-garou continuait à donner de ses nouvelles : Louise aperçut son ombre un soir où elle rentrait plus tard que de coutume, Pedro avait été poursuivi par lui. Le Morne vivait dans l'inquiétude et n'avait plus d'autres sujets de conversation. On vit même arriver un type du journal pour prendre des photos. L'article parut le soir même, affirmant qu'il n'y avait pas de loup-garou, que c'était une invention des gens du Morne de Châtre-Nègre. Lourenço l'épicier acheta le journal, mais personne n'ajouta foi à l'explication : on l'avait vu, le loup-garou, et puis le loup-garou, c'est une chose qui a toujours existé. Les gamins faisaient leurs commentaires entre deux parties.

— Maman m'a dit que c'est les enfants qui ne sont pas sages qui deviennent loups-garous.

— C'est ça. Les ongles se mettent à pousser, et puis on devient loup-garou par une nuit de pleine lune.

L'idée enthousiasma Antonio Balduino.

— Allez ! On se change en loups-garous ?

— Toi, si tu veux ; t'as envie d'aller en enfer.

— T'es un crétin et un froussard.

— Pourquoi que tu ne le fais pas, alors ?

— Bon, c'est entendu. Comment qu'on fait ?

Un des gosses le savait et lui expliqua :

— Tu te laisses pousser les ongles et les cheveux, tu ne te laves plus, tu vas voir la lune toute la nuit, tu joues de sales tours à ta tante. Quand tu iras voir la lune, mets-toi à quatre pattes...

— C'est nécessaire, de se mettre à quatre pattes ?

— Oui, pour s'habituer.

— Et après ?

— Après, tu changes petit à petit. Tu deviens tout plein de poils, tu te mets à ruer comme un cheval, à creuser la terre avec les ongles. Un jour ça y est : tu es loup-garou. Tu cours partout, tu fais peur aux gens.

Antonio Balduino s'en alla. Mais à mi-chemin, il se retourna pour demander :

— Et pour « revenir » après, comment qu'on fait ?

— Ah ça, je ne sais pas.

Antonio Balduino essaya de se changer en loup-garou. Il joua de vilains tours à la vieille Louise, il attrapa deux bonnes raclées, il se laissa pousser les ongles et ne se coupa plus les cheveux. Les nuits de lune, il allait au fond de la maison et il déambulait de-ci de-là à quatre pattes. Mais rien à faire. Il commençait à se décourager, à en avoir assez des plaisanteries de ses camarades qui lui demandaient tous les jours pour quand c'était, lorsqu'une idée lui vint : il n'avait pas été assez méchant pour se changer en bête. Il décida alors de faire pis. Depuis des jours il ruminait ce qu'il allait faire, lorsqu'un soir il aperçut Jeanne, une gentille petite négresse, qui jouait avec ses poupées. Eleuthère lui en apportait sans cesse de nouvelles, des poupées en chiffons, « sorcières » blanches ou noires, et elle leur donnait les noms de gens qu'elle connaissait.

Elle leur faisait des robes et passait sa journée à jouer avec elles à la porte de la maison. Elle célébrait des baptêmes, des mariages et c'était jours de fête pour le petit peuple du morne. On se rappelait encore la fête qu'elle avait donnée pour le baptême d'Iracema, une poupée de porcelaine que son parrain lui avait offerte le jour de son anniversaire. Antonio Balduino, son plan déjà tout fait, entama la conversation de sa voix la plus doucement amicale :

— Qu'est-ce que tu fais, Jeanne ?

— Ma poupée a un fiancé...

— C'est bien, ça ! Et qui c'est le fiancé ?

Le fiancé était un polichinelle aux jambes tortes.

— Tu veux être le curé ?

Ce qu'il voulait c'était s'emparer du polichinelle. Jeanne lui dit que non et se mit à faire une grimace de chagrin.

— Si tu le prends je le dirai à maman. Va-t'en.

La voix d'Antonio Balduino se fit plus douce encore, et il sourit en baissant les yeux.

— Laisse-moi le prendre, dis, Jeanne.

— Non, tu veux me le casser. Et elle serra la poupée contre sa poitrine.

Antonio Balduino prit peur, comme un voleur pincé en flagrant délit. Comment avait-elle pu deviner ? Il eut envie de reculer. Mais Jeanne se mit à nouveau à faire sa grimace, et les larmes étaient prêtes à lui jaillir des yeux. Alors, il n'y tint plus. Comme aveugle, ou halluciné, il se jeta sur les poupées et cassa toutes celles qui lui tombèrent sous la main. Jeanne restait figée sur place, pleurant sans bruit. Les larmes coulaient à grosses gouttes, roulaient le long de ses joues, lui tombaient dans la bouche. Antonio Balduino l'épiait, immobile lui aussi : il la trouvait jolie avec ses yeux pleins de larmes. Tout à coup la petite négresse regarda ses poupées cassées et se mit à éclater en sanglots en poussant des cris. Balduino resta là, adossé à un mur, pour jouir de ces larmes sincères. Il fallut l'en tirer par la force. La volée qu'il reçut dura de la porte de la maison de Jeanne à la cuisine de chez lui. Ce jour-là, il n'essaya même pas de soustraire son corps aux coups de fouet. Il avait encore devant les yeux la figure de Jeanne, ses larmes. Ensuite il fut attaché au pied de la table, et bientôt la jouissance passa. Alors, comme il n'avait rien d'autre à faire, il se mit en guise de jeu à tuer des fourmis.

— Sale gosse, dit un voisin. Finira criminel, que je vous dis.

Il ne devint pas loup-garou, mais pour rétablir, parmi les gamins du morne, son prestige fortement ébranlé par cet échec, il fut obligé de se battre avec deux d'entre eux et de casser la tête à un troisième. L'autre loup-garou disparut lui aussi, grâce à un exorcisme que Jubiaba fit au temps de pleine lune, du haut du morne, escorté de presque tous les habitants. Il pria en agitant un rameau de feuillage, ordonna à la bête de s'en aller, ensuite lança le rameau dans la direction où le loup-garou était apparu, et celui-ci s'en retourna d'où il était venu. Jamais plus il ne reparut. Mais on en parle encore sur le morne. Jubiaba, dont personne ne savait combien d'années il portait sur les épaules et qui habitait le morne bien avant qu'aucun autre vînt s'y fixer, leur expliqua l'histoire du loup-garou :

— Il est déjà apparu bien des fois, et je l'ai déjà fait partir pas mal de fois aussi... Ça n'empêche qu'il revient et il est condamné à revenir tant qu'il n'aura pas expié les crimes qu'il a commis ici-bas. Il reviendra encore souvent...

— Qui c'est, Père Jubiaba ?

— Ah ! vous ne savez pas... Eh bien c'est un maître blanc qui possédait une plantation. Ça se passait dans le temps, au temps de l'esclavage des nègres. Il avait sa plantation juste où on habite maintenant. Vous ne savez pas pourquoi ce morne s'appelle Châtre-Nègre ? Ah, vous ne savez pas... Eh bien, c'est à cause de ça. Il voulait que ses nègres fassent des enfants avec les négresses pour avoir plus d'esclaves. Et le nègre qui ne faisait pas d'enfants, il le faisait châtrer. Il en a châtré beaucoup comme ça... Un mauvais blanc. C'est pour ça qu'on appelle ce morne Châtre-Nègre et qu'il y a un loup-garou. Le loup-garou, c'est le maître blanc. Il n'est pas mort, il était trop méchant : une nuit il est devenu loup-garou et il s'est mis à courir le monde et à effrayer les gens. Maintenant, il cherche l'endroit où était sa maison sur le morne. Il veut encore châtrer des nègres. Il croit que nous sommes encore des esclaves.

— Oui, mais il n'y a plus de nègre esclave...

— Il y a encore des nègres esclaves, et des blancs aussi, interrompit un homme maigre qui travaillait sur le port. Tous les pauvres sont encore esclaves. L'esclavage, ça n'est pas fini...

Les nègres, les mulâtres, les blancs baissèrent la tête. Seul Antonio Balduino resta la tête haute. Il ne serait pas esclave, lui.

Une fois, en pleine nuit, des cris douloureux « Au secours ! » troublèrent la paix du morne. Les maisons s'ouvrirent, hommes et femmes sortirent dans la rue, les yeux gros de sommeil. Cela venait de la maison de Léopold. Mais les cris avaient déjà cessé, on n'entendait plus que des gémissements étouffés. On se précipita de ce côté. La porte de planches était ouverte, le loquet avait sauté, et à l'intérieur Léopold se débattait convulsivement, deux coups de couteau dans la poitrine. Le sang faisait des flaques autour de lui. Il essaya de s'accrocher quelque part, puis tomba pour ne plus se relever. Un flot de sang lui sortit de la bouche et quelqu'un lui mit une bougie allumée dans la main. Les gens parlaient à voix basse. Une femme commença à réciter la prière des agonisants. Puis, peu à peu, la maison se remplit de monde.

C'était la première fois qu'on entrait chez Léopold. Il refusait d'y recevoir qui que ce fût. Il n'avait guère de relations, évitait toute intimité et n'avait rendu visite à personne depuis qu'il habitait le morne. Il était seulement allé une fois chez Jubiaba, et il y était resté de longues heures ; mais personne n'avait su ce qu'il avait dit au Père de Saint. Il était charpentier de son métier et buvait beaucoup. Quand il se mettait à boire dans la boutique de Lourenço, il devenait encore plus sombre et donnait sans motif de grands coups de poing sur le comptoir. Antonio Balduino avait peur de lui, et sa peur s'accrût encore, lorsqu'il vit le cadavre avec les deux coups de couteau dans la poitrine. On ne sut jamais qui était l'assassin. Un an plus tard, pourtant, Balduino était en train de courir sur les pentes du morne quand un homme au visage maladif, vêtu d'une culotte déchirée et coiffé d'un chapeau troué, s'approcha de lui et lui demanda :

— Dis donc, petit, est-ce qu'il y a ici un type appelé Léopold ? Un grand nègre qu'a l'air sérieux...

— Je connais... Mais il n'y est plus, M'sieur.

— Il a déménagé ?

— Non. Il est mort.

— Mort ? De quoi ?

— D'un coup de couteau.

— Assassiné ?

— C'est ça, M'sieur.

Il regarda l'homme :

— C'était un parent à vous ?

— Qui sait ? Dis-moi, où est le chemin pour la ville ?

— Vous ne voulez pas monter là haut ? Ma tante pourrait vous en dire plus, et puis je vous montrerai la maison où il habitait... C'est Zéca qui y est maintenant.

L'homme tira de sa culotte déchirée une pièce de dix sous et la donna à Balduino.

— Ecoute, gamin, s'il n'était pas déjà mort, il serait mort aujourd'hui.

Et il redescendit sans attendre la réponse. Antonio Balduino courut derrière lui : « Vous ne voulez pas que je vous dise le chemin pour aller en ville ? » Mais l'homme ne se retourna pas. Antonio Balduino ne raconta à personne cette rencontre, tant elle lui avait fait peur. L'image de l'homme au chapeau troué le poursuivit longtemps dans ses rêves. Il avait l'air de venir de loin et il était fatigué.

Antonio Balduino pensa qu'il devait avoir l'œil de piété crevé.

Un an, deux ans, trois ans passèrent. La vie du morne restait la même, les habitants aussi. Rien ne changeait, sauf les migraines de Louise qui allaient croissant. Elles étaient maintenant devenues quasi quotidiennes, et la prenaient dès qu'elle revenait de vendre la nuit son *mungunsa* et son *mingau*. Elle se mettait à crier, chassait les voisins, Jubiaba venait et il lui fallait de plus en plus longtemps pour guérir les douleurs de Louise. La vieille devenait toute drôle : elle arrivait de la rue furieuse, hurlante, en colère à propos de tout, elle battait Baldo pour des riens, et puis, quand la douleur se calmait, elle le prenait, le mettait sur ses genoux, lui grattait doucement la tête pour l'endormir, pleurait tout bas, demandait pardon.

Antonio Balduino en était tout ahuri, il n'y comprenait plus rien. Ces accès de fureur et de tendresse de sa tante lui paraissaient absurdes. Et de temps en temps, il s'arrêtait de jouer pour penser à sa tante. Il devinait qu'il allait bientôt la perdre, et son cœur d'enfant déjà débordant d'amour et de haine en était tout serré.

Le soir tombait, sombre et couvert de nuages. Avec la nuit se leva un vent lourd et brutal, qui prenait les gens à la gorge et qui sifflait dans les ruelles. Jusqu'à l'heure des lumières, il courut avec les gamins par les pentes du morne, il rendit visite aux femmes de l'Impasse des Fleurs et de l'Impasse Marie de la Paix, il souleva des nuages de poussière, il envahit les maisons et y cassa de la vaisselle.

45

Quand les lumières firent leur apparition, une pluie violente se mit à tomber et une tempête éclata comme on n'en avait pas vu depuis longtemps. Les quinquets s'éteignaient, on n'entendait aucune voix. Le morne se claquemura dans ses masures. Louise se préparait à sortir. Antonio Balduino tuait des fourmis dans un coin de la pièce. Sa tante lui dit : « Baldo, viens m'aider. » Il l'aida à mettre une caisse de fer-blanc sur le plateau, qu'elle souleva et plaça sur sa tête. Elle passa la main sur le visage d'Antonio Balduino et se dirigea vers la porte. Mais avant de soulever le loquet, dans un geste de rage, elle jeta par terre le plateau et les caisses et se mit à crier :

— Je n'y vais plus...

Antonio Balduino resta muet de stupeur.

— Ah ah ! Je n'y vais plus, y aille qui voudra. Ah ah !

— Qu'est-ce qu'il y a, tante ?

Le *mungunsa* coulait sur les briques du sol. Louise se calma, et au lieu de répondre, se mit à raconter une histoire très longue où il était question d'une femme qui avait trois fils, l'un charpentier, l'autre maçon et le troisième portefaix. Ensuite la femme se faisait religieuse, et Louise racontait l'histoire des trois fils. Ça n'avait ni queue ni tête, mais Antonio ne put s'empêcher de rire au moins une fois, quand le charpentier demanda au Diable :

— Qu'est-ce que t'as fait de tes cornes ?

Et le Diable répondit :

— Je les ai passées à ton père.

C'est alors que Louise, qui en était au plus intéressant de cette histoire embrouillée, jeta les

46

yeux sur les récipients de *mungunsa* et de *mingau*. Elle
fit un saut et se mit à chantonner :

> *Je n'irai plus*
> *Jamais plus*
> *Jamais plus...*

Antonio reprit peur et lui demanda si elle avait sa
douleur de tête. Mais elle regarda son neveu d'un
air si étrange que celui-ci se réfugia derrière la
table.

— Qui es-tu ? Ah tu veux me voler mon *mingau*,
gamin ! Attends un peu, je vais t'apprendre.

Et elle courut derrière l'enfant qui se précipita
dans la rue et s'en fut d'une traite jusque chez
Jubiaba. La porte n'était pas fermée, il la poussa et
entra. Jubiaba lisait dans un vieux livre.

— Qu'est-ce qu'il y a, Baldo ?

— Père Jubiaba !... Père Jubiaba !

Il ne pouvait même plus parler. Il reprit haleine
et se mit à pleurer.

— Qu'est-ce qu'il y a, mon fils ?

— Tante Louise a sa crise.

La tempête faisait rage au-dehors. La pluie
tombait à verse. Mais Balduino n'entendait rien, il
n'entendait que la voix de sa tante lui demander qui
il était, il ne voyait que ses yeux étranges, des yeux
qu'il n'avait jamais vus à personne. Et ils coururent
sous la tempête, malgré la pluie qui tombait et le
vent qui sifflait. Ils ne dirent pas un mot. La maison
était déjà pleine de voisins quand ils arrivèrent.
Une femme disait à Augusta-des-Dentelles :

— Ça lui est venu à force de porter ces caisses

47

sur la tête... Je connais une autre femme qui est devenue folle comme ça...

Antonio Balduino se remit à pleurer. Augusta n'était pas d'accord avec la voisine :

— Mais non, ma bonne dame. Ce qu'elle a c'est un esprit, et mauvais, encore. Vous allez voir que Jubiaba va la débarrasser tout de suite.

Louise chantait à pleine voix, poussait des éclats de rire et Zé-la-Crevette, qui lui tenait compagnie, approuvait tout ce qu'elle disait. Jubiaba s'approcha et commença à exorciser la démente. On emmena Antonio Balduino chez Augusta, mais il ne put fermer l'œil. Mêlés à la tempête, au bruit du vent et de la pluie, il entendait les cris et les rires de sa tante. Et il sanglotait tout haut.

Le lendemain vint une voiture de l'hospice. Deux hommes s'emparèrent de la vieille et l'emmenèrent. Antonio s'accrochait à elle. Il ne voulait pas la laisser enlever. Il essayait d'expliquer : « Ça n'est rien. C'est son mal de tête seulement. Père Jubiaba va la guérir ! » Louise fredonnait, indifférente à tout.

Il mordit la main de l'infirmier et ne le lâcha que lorsqu'on l'eût emmené de force chez Augusta. Alors, tout le monde fut très bon pour lui. Zé-la-Crevette vint faire la conversation avec lui, parler de savate et de guitare ; Lourenço l'épicier lui donna des caramels, mame Augusta répétait : « pauvre petit, pauvre petit ». Jubiaba vint aussi, et il lui suspendit au cou une *figa* :

— C'est pour que tu sois fort et courageux... Je t'aime bien.

Il resta quelques jours dans la maison d'Augusta. Un matin, cependant, elle lui mit ses meilleurs vêtements et l'emmena par la main. Il lui demanda où ils allaient.

— Tu vas habiter maintenant dans une belle maison, chez le conseiller Pereira. C'est lui qui va t'élever.

Antonio Balduino ne dit rien, mais songea aussitôt à se sauver. Ils rencontrèrent Jubiaba près de la rampe. Antonio Balduino baisa la main du sorcier, qui lui dit :

— Quand tu seras grand, reviens ici. Quand tu seras un homme.

Les gosses étaient tous dans la rue à regarder. Balduino fit tristement ses adieux. Puis, il descendit.

D'en bas, il voyait encore Jubiaba assis sur un talus du Morne, la chemise flottant au vent, une touffe de feuillage à la main.

PASSAGE ZUMBI DES PALMIERS

Vieille rue, bordée de maisons sales d'une couleur indéfinissable. Elle tirait tout droit, sans détour.

Mais sur le devant des maisons, qui allaient de guingois, les trottoirs montaient, descendaient, empiétaient sur la chaussée, ou reculaient, peureux, vers les portes. Rue mal pavée de pierres déchaussées, entre lesquelles poussait l'herbe folle.

Le silence et le sommeil imprégnaient toutes choses, suintaient de partout. Ils tombaient de l'air, ils enveloppaient la rue et les êtres. On eût dit que la nuit venait plus tôt pour le passage Zumbi des Palmiers que pour le reste de la ville.

La mer même qui battait ses rochers, là-bas, ne parvenait pas à éveiller la ruelle. Elle dormait comme une vieille fille, que son fiancé a quittée pour les capitales lointaines. Rue triste. Venelle agonisante.

Comme elles étaient vieilles, ces maisons, ces pierres déchaussées !

Aussi vieilles que la vieille négresse qui habitait la plus noire de ces bicoques : avec des gestes maternels, elle donnait aux négrillons des sous pour acheter de la confiture de coco et passait toute la sainte journée à téter une pipe en terre, en marmonnant des mots qu'on ne comprenait pas.

A l'entrée de la rue deux belles résidences se faisaient vis-à-vis. Le reste consistait en maisons basses, d'où émergeait çà et là une bâtisse aux couleurs fanées, où des ouvriers s'empilaient.

Les résidences du coin, quoique vieilles, ne manquaient pas d'allure. Celle de droite abritait une famille qui avait eu un grand malheur. Depuis l'assassinat du fils, les parents vivaient retirés, ils ne se montraient jamais aux fenêtres, et ne quittaient pas le grand deuil. Quand une fenêtre s'ouvrait par hasard, on pouvait voir dans le salon un énorme portrait représentant un jeune homme blond en uniforme.

Au premier étage il y avait un mirador et dans ce mirador, une jeune fille blonde, vêtue de noir. Elle lisait un livre à couverture jaune, et elle jetait des sous de nickel à Antonio Balduino.

Toutes les après-midi on voyait venir du fond de la rue un joli garçon. Il sifflait doucement pour attirer l'attention de la jeune fille. Alors elle se levait et venait s'appuyer en souriant à la croisée. Le joli garçon faisait les cent pas sous la fenêtre, saluait, souriait, prenait à sa boutonnière un œillet rouge qu'il baisait, lançait furtivement, et que la jeune fille attrapait à la volée en cachant ses yeux de sa main libre. Elle serrait l'œillet rouge entre deux poèmes et faisait un petit geste d'adieu. Le galant s'en allait et revenait le jour suivant. Entre-temps la jeune fille jetait une pièce au petit nègre qui était dans la rue l'unique témoin de ces amours.

En face habitait le Commandeur. Des oies se promenaient dans le jardin fleuri, une allée bordée de manguiers longeait la maison.

Le Commandeur avait acheté cela pour une bouchée de pain dans le bon temps : « une vraie aubaine », comme il aimait à dire, le dimanche, quand il avait fait son tour de jardin, et qu'il allait s'étendre dans son hamac au fond de la cour. Il habitait là depuis des années, depuis les débuts de sa fortune et peut-être l'aimait-il dans le fond cette grande caserne aux trois quarts vide, au coin du Passage tranquille.

C'est Antonio Balduino qui en ouvrit des yeux devant les dimensions de la maison ! Il n'avait jamais rien vu de pareil. Sur le morne de Châtre-Nègre les murs étaient faits de pisé, les portes de débris de caisse, les toitures de tôle ondulée. Chaque maison comportait deux pièces : l'une pour manger, l'autre pour dormir. Mais la maison du Commandeur, c'était autre chose ! Qu'elle était grande ! Que de chambres ! Il y avait même des chambres qu'on n'ouvrait jamais, et une chambre à donner, toute meublée, pour l'hôte qui ne venait jamais, et d'énormes salles et une jolie cuisine, et des cabinets plus confortables à eux tout seuls que n'importe quelle maison sur le Morne !

Quand Augusta-des-Dentelles et le petit nègre arrivèrent fatigués tous deux du long chemin qu'il y a du morne de Châtre-Nègre au Passage Zumbi des Palmiers, on déjeunait chez le Commandeur. Cela sentait l'assaisonnement à la portugaise. Le Commandeur Pereira en manches de chemise présidait la cérémonie familiale. Quand Augusta entra, tenant le petit nègre par la main, celui-ci leva les yeux et vit tout de suite Lindinalva.

Au haut bout de la table était le Commandeur, portugais à fortes moustaches. A son côté se tenait sa femme, presque aussi grosse que lui. Assise à la droite de sa mère, Lindinalva, très mince, avec des taches de son, des cheveux roux et une petite bouche, faisait près d'elle un contraste des plus comiques. Mais Antonio Balduino, habitué qu'il était aux négrillonnes mal lavées du Morne, trouva que Lindinalva ressemblait aux figurines des vignettes que Lourenço distribuait à ses pratiques pour la Noël.

Elle n'était guère plus grande que lui, quoiqu'elle fût son aînée de trois ans. Le petit nègre baissa les yeux et les fixa sur le parquet verni, tout plein de dessins compliqués.

Dona Maria proposa :

— Asseyez-vous, madame Augusta.

— Je suis bien comme ça, Dona Maria.

— Vous avez déjeuné ?

— Pas encore...

— Alors, venez donc.

— Je mangerai un morceau à la cuisine, ça ne presse pas...

Augusta savait où était sa place et ce que parler veut dire.

Quand il eut fini de mastiquer ce qui lui restait dans la bouche, le Commandeur laissa choir sa fourchette et cria en direction de la cuisine :

— Amélie, le dessert !

Alors Augusta :

— J'ai amené le petit que j'ai dit à monsieur...

54

Le Commandeur, sa femme et sa fille regardèrent Antonio Balduino.

— Ah! c'est lui, dit le Commandeur. Ici, Benedito...

Antonio s'approcha timidement, prévoyant déjà comment il échapperait aux lourdes mains du portugais. Celui-ci lui demanda :

— Comment t'appelles-tu ?

— Antonio Balduino.

— C'est un nom qui n'en finit pas. Dorénavant tu t'appelleras Baldo.

— On m'appelait comme ça sur le Morne.

Augusta dit au Commandeur :

— Alors monsieur veut bien ce garnement pour en faire un homme ?

— Ma foi oui.

— Monsieur est bien bon... Le pauvret a perdu père et mère... Il avait plus comme famille que la tante. Elle est devenue folle la pauvre.

— Comment cela ?

— Pour moi, c'est un esprit... Le mauvais esprit... Il la quittera pas de sitôt... Je connais ça...

Antonio faisait une petite bouche, comme s'il allait pleurer. Le Commandeur caressa les cheveux crépus du gamin :

— N'aie pas peur. On ne va pas te manger.

Dona Maria dit à Augusta :

— A propos d'esprit, comment va le vôtre ?

— Ah! Dona Maria, ne m'en parlez pas ! C'est toujours plus pire. On dirait maintenant qu'il est saoul. Il est si lourd que j'en peux plus. Il me tue.

— Pourquoi est-ce que vous n'allez pas à l' « office » ?

— Si je vais à l'office ?... Tous les samedis. Le

père Jubiaba le chasse bien, mais il revient. Il est têtu.

— Cela, c'est la *macumba*. Il faut aller à l' « office », au vrai. Il y en a un très bon, côté Saint-Michel.

— Que non, Dona Maria ! Si le père Jubiaba peut pas l'ôter, qui c'est qui l'ôtera ? Et puis moi, ça ne fait rien. Seulement qu'il me fait des misères. Il est saoul, que je vous dis. Regardez plutôt : je suis là ; je suis fatiguée que Madame peut pas se faire une idée. Ben il est grimpé là, sur mon cou, et il pèse un poids que ça fait peur...

Elle se tourna vers le Commandeur.

— Dieu vous le rendra, monsieur le Commandeur, la charité que vous faites au petit. Dieu vous donnera bonne santé à vous et à toute la famille.

— Merci, mame Augusta... Maintenant emmenez donc le petit à la cuisine, et dites à Amélie qu'elle le fasse manger.

Là-dessus le Commandeur attaqua la confiture de *cajou*. Dona Maria ajouta :

— Vous aussi, Augusta, mangez quelque chose.

A la cuisine Amélie les soigna. Pendant qu'ils mangeaient tous les trois, Augusta racontait à la cuisinière d'un ton pathétique l'histoire d'Antonio Balduino. La cuisinière essuyait ses larmes à son tablier et Antonio, quand on en arriva à la folie de sa tante, cessa de manger et sanglota.

Lorsqu'elle eut vendu ses dentelles, Augusta quitta Antonio :

— De temps en temps, je viendrai te voir.

Alors seulement le petit nègre réalisa qu'il était séparé du Morne, qu'on l'avait arraché à l'endroit où il était né, où il avait appris tant de choses, et

56

qu'on l'avait enfermé, lui, le plus libre de la petite troupe, chez un Monsieur.

Cette fois, il ne pleura pas. Il examina la maison, songeant à la fuite.

Mais quand Lindinalva vint le chercher pour jouer, il perdit de vue ce projet. Il bâtit une maison pour le chat angora favori de la petite fille, il courut avec elle dans la cour, il sauta jusqu'à la branche la plus haute du goyavier pour y prendre les goyaves qu'elle aimait. De ce jour ils devinrent amis.

Et puis les ennuis commencèrent. Il fut surpris en train de fumer, et reçut une raclée de la cuisinière. Il se révolta. Sa tante pouvait le battre, cela lui était égal. Mais la cuisinière, ça non !

De même lorsqu'il lâchait de gros mots — il ne s'en privait pas — Amélie le giflait de toutes ses forces sur la bouche. Il en vint à la haïr, cette portugaise et il lui tirait la langue, dès qu'elle avait tourné les talons.

Cependant le Commandeur était bon pour lui. Il poussa même la bonté jusqu'à l'envoyer à l'école de la place Nazareth. Antonio Balduino prit d'emblée la direction de tous les chahuts. Il ne mit pas longtemps à se faire renvoyer comme incorrigible. Amélie disait à Dona Maria :

— Les nègres, c'est de la graine d'esclave. Les nègres c'est pas fait pour apprendre.

Mais Antonio Balduino savait déjà le nécessaire. Il lisait parfaitement l'A B C de n'importe quel bandit célèbre, et les faits divers des journaux. Et quand il était en bons termes avec Amélie, c'est lui qui, le soir, lui faisait la lecture de tous les crimes qui ont lieu dans le vaste monde.

Ainsi se partageait sa vie entre l'amitié de Lindinalva, qu'il admirait de plus en plus, et l'inimitié d'Amélie qui se plaignait journellement à Dona Maria des « gamineries de ce sale nègre », et qui le battait férocement à la dérobée.

Il avait des nouvelles du Morne par l'intermédiaire d'Augusta, qui chaque mois venait vendre des dentelles à Dona Maria. Alors il regrettait la vie libre.

Un dimanche Jubiaba vint chez le Commandeur. Il y eut une conversation au salon, après quoi Antonio Balduino reçut l'ordre de mettre son meilleur costume.

Jubiaba l'emmena, ils montèrent dans un tram. Le petit nègre retrouvait la ville : il aspirait fortement l'air des rues, l'odeur de liberté qu'il aimait. Il ne pensait même pas à demander à Jubiaba où il le conduisait. D'ailleurs, il avait la plus grande confiance dans le Père de Saint qui ce dimanche-là arborait une vieille jaquette et un ridicule chapeau perché sur le haut de sa toison. Enfin ils descendirent du tram, enfilèrent une large rue, et pénétrèrent sous un grand portail que gardait une sentinelle. Antonio Balduino pensa qu'on allait l'engager comme soldat, et sourit de plaisir. C'était son rêve : être soldat, porter l'uniforme et promener des mulâtresses dans les jardins publics. Mais il déchanta vite. Dans la cour intérieure d'un bâtiment gris, aux fenêtres grillées qui ressemblait à une prison, ce n'est pas des soldats qu'il vit, mais des hommes et des femmes, habillés de la même manière, qui marchaient d'un air égaré, parlant tout seuls ou dessinant des gestes dans l'air. Enfin

Jubiaba le conduisit auprès de la vieille Louise qui répétait d'une voix faible :

> *Je n'irai plus,*
> *jamais plus...*
> *jamais plus...*

Antonio Balduino eut du mal à la reconnaître, tant elle était devenue maigre, osseuse, avec des yeux exorbités au milieu d'une face exsangue. Il baisa la main de la vieille, qui le regarda d'un œil indifférent.

— Tante, c'est Balduino...

— Ecoute-moi bien, gamin. Vous voulez me voler mon *mingau*, vous autres. Tu es venu me voler, hein ? Elle devint furieuse.

Elle se radoucit aussitôt pour reprendre sa cantilène :

> *Je n'irai plus,*
> *jamais plus*
> *jamais plus...*

Puis ce fut l'heure de rentrer. Balduino regarda une dernière fois ce bâtiment lugubre qui ressemblait à une prison. Dans le tram Jubiaba lui demanda s'il avait encore la *figa* qu'il lui avait donnée. Balduino fouilla sous sa chemise et l'exhiba.

— C'est bien, petit. Faut la garder. Ça te portera bonheur...

Avant de descendre il donna vingt sous au gamin.

Il ne retourna qu'une fois à l'hospice. Jubiaba

l'accompagnait encore, mais cette fois pour suivre l'enterrement de la vieille Louise. Près du cercueil de pauvre, le petit nègre retrouva presque tous les visages connus. Tout le monde fut très bon pour lui, tout le monde l'embrassa. Quelques-uns pleurèrent. On alla jusqu'au cimetière où Balduino jeta de la terre sur le corps. Puis on laissa la vieille Louise, et seul Antonio Balduino garda son souvenir dans son petit cœur où il y avait déjà, avec tant d'amour, tant de haine.

C'est au retour de l'enterrement que Jubiaba, pour le distraire de ses pensées, lui raconta l'histoire de Zumbi des Palmiers.

— Cette rue-là s'appelle Zumbi des Palmiers, pas vrai ?

— Oui, m'sieur.

— Tu sais pas qui c'était Zumbi ?

— Non. Balduino, tout triste, faisait de nouveaux projets de fuite et tout d'abord il n'accorda que peu d'attention à l'histoire.

— Il y a longtemps, longtemps de ça... quand le nègre était esclave...

Zumbi des Palmiers était un nègre esclave. Nègre esclave avait la vie dure. Zumbi était battu, lui aussi. Mais là-bas où il était né, il n'était pas battu. Parce que là-bas nègre n'était pas esclave. Nègre était libre, nègre passait son temps dans la brousse à danser.

— Et pourquoi qu'ils sont venus ici ? interrogea Balduino, déjà intéressé.

— C'est les blancs qui venaient les chercher. Ils leur racontaient des menteries. Nègre était bête, il avait jamais vu l'homme blanc. L'homme blanc n'avait plus l'œil de la piété. Il voulait seulement l'argent et il prenait les nègres pour faire des esclaves. Il les emmenait à coups de trique. Ça s'est passé comme ça pour Zumbi. Mais lui il était courageux et il en savait plus que les autres. Un beau jour il a fui, avec d'autres nègres, et il est redevenu libre, comme dans son pays. Alors un tas de nègres l'ont suivi. Ils ont fait une grande ville de nègres. Alors les blancs ont envoyé des soldats pour les tuer. Mais les soldats ont reçu la pile. Et puis d'autres soldats sont venus. Les nègres tenaient toujours bon...

Antonio Balduino ouvrait de grands yeux. Tout son corps tremblait d'enthousiasme.

— Alors on a envoyé des soldats en pagaïe, mille fois plus de soldats qu'il y en avait des nègres. Mais les nègres voulaient pas redevenir esclaves, et quand il a vu qu'ils étaient foutus, Zumbi, pour plus jamais recevoir la trique de l'homme blanc, il s'est jeté du haut d'un Morne. Et tous les nègres ont sauté après lui... Zumbi des Palmiers était un nègre bon et brave.

Antonio Balduino, ce jour-là, trouva un ami pour combler dans son cœur le vide laissé par sa tante. A dater de ce jour Zumbi des Palmiers devint son héros préféré.

Par ailleurs, aux vexations d'Amélie les compensations ne manquaient pas. Il y avait d'abord Lindinalva, sa compagne de jeux. Il était capable de passer des heures immobile à contempler son visage de sainte. Il y avait aussi le cinéma qui fut pour lui une révélation. Dans les films de cow-boys, contrairement aux autres gamins, il applaudissait toujours aux exploits du méchant indien contre le brave blanc. Le sentiment de race, de race opprimée, se conservait en lui, latent. Il y avait enfin Zé-la-Crevette qui venait montrer la guitare aux petits bourgeois de la maison du coin et qui donnait aussi à Balduino des leçons gratuites.

Le travail chez le Commandeur n'était pas rebutant. Il aidait à l'office, lavait la vaisselle, allait au marché, faisait les commissions. Le Commandeur en vint même à annoncer son intention de l'employer dans sa maison de commerce :

— Je veux faire quelque chose de ce négro, disait-il. Il est malin comme le diable, ce morveux...

Les raclées apprenaient à Balduino la dissimulation. Maintenant il fumait en cachette, il disait des gros mots à voix basse et mentait avec effronterie.

Ce projet conçu par le Commandeur d'améliorer le sort de Balduino en lui confiant un emploi payé dans sa maison de commerce avec la possibilité de faire quelque chose dans la vie, c'est précisément ce qui décida le nègre à s'enfuir. Et voici dans quelles circonstances.

Quand le Commandeur, un beau dimanche, déclara que le mois suivant Antonio, alors âgé de quinze ans, travaillerait au magasin, Amélie eut un accès de rage. Elle ne pouvait comprendre pourquoi ses patrons s'obstinaient à protéger ce nègre et à vouloir en faire quelqu'un comme tout le monde.

— Les nègres, c'est de la mauvaise graine, répétait-elle obstinément. Les nègres, c'est pas des personnes...

Et elle médita un prétexte pour achever de démoraliser le petit gars. Un beau jour elle le vit,

62

assis sur l'escalier, contemplant avec des yeux
d'extase Lindinalva, qui avait alors dix-huit ans, en
train de coudre à son mirador.

— Manquait plus que ça, nègre dégoûtant !
Voilà maintenant que tu regardes les cuisses de
Dona Lindinalva...

Il s'agissait bien de cela ! Balduino était tout
entier au souvenir du bon temps où ils étaient petits
et où ils jouaient ensemble dans la cour. Mais il
sursauta, comme s'il eût, de fait, regardé les cuisses
de la jeune personne.

Ce ragot vint aux oreilles du Commandeur. Tout
le monde y ajouta foi, même Lindinalva qui désormais ne regarda plus Balduino qu'avec un dégoût
mêlé de crainte.

Le Commandeur, qui savait être bon, savait
aussi, à l'occasion, se montrer sévère.

— Alors, petit salopard ! je t'élève comme un fils,
je te mets le pied à l'étrier, et voilà comment tu
m'en récompenses ?

Amélie appuyait sur la chanterelle :

— Ce nègre est vicieux que ça fait peur. L'autre
jour, pendant que Dona Lindinalva prenait son
bain, il regardait par le trou de la serrure.

Lindinalva sortit, pleurant presque. Balduino eut
envie de protester que c'était un mensonge, mais,
comme tout le monde croyait Amélie, il se tut. Il
reçut une raclée terrible, qui le laissa gisant, tout
meurtri. Mais c'était le cœur, surtout, qui lui faisait
mal. Jusqu'alors ces blancs étaient les seuls qu'il
estimât : de ce jour il les engloba dans la haine qu'il
portait à tous les autres.

Cette nuit-là il rêva de la jeune fille. Il la vit nue
et il se réveilla. Alors il se souvint des vices que

pratiquaient les garçons du Morne. Il était seul...
non il n'était pas seul : il était avec Lindinalva, qui
souriait pour lui, avec sa figure de vignette. Cette
nuit-là, il devint homme. Et désormais, quelle que
fût la femme qu'il possédait, Lindinalva était
toujours sa compagne.

Au petit jour il s'enfuit du Passage Zumbi des
Palmiers.

MENDIANT

Et maintenant Antonio Balduino était libre dans la religieuse cité de la Baie de tous les Saints et du Père de Saint Jubiaba. Il vivait la grande aventure de la liberté reconquise. Il habitait la ville entière. Elle était à lui.

Cité religieuse, cité coloniale, cité nègre de Bahia. Eglises somptueuses, chamarrées d'or, maisons bourgeoises décorées d'anciennes faïences bleues, taudis, nids à misère, rues montantes pavées de pierres, monuments historiques, vieux forts, bassins du port, tout cela appartient au nègre Antonio Balduino. Seul, il possède la ville, parce que seul il la connaît toute, il sait tous ses secrets, il a flâné dans toutes ses rues, il s'est mêlé à tous les attroupements, à tous les accidents de voitures Il contrôle la ville, sa ville. Il ne perd aucun de ses mouvements, il n'ignore aucun de ses fiers-à-bras, il se rend à ses fêtes lyriques, il accueille et rembarque ses visiteurs. Il sait le nom de tous ses caboteurs, il est l'ami de tous les mariniers qui accostent au Port-au-Bois. Il mange la nourriture des restaurants les plus élégants, il circule dans les voitures les plus luxueuses, il habite les gratte-ciel les plus modernes. Il change de domicile à son gré. Et comme il est le maître de la ville il ne paie ni repas, ni voiture, ni appartement.

Lâché dans la vieille cité, il l'a aussitôt dominée. A coup sûr les passants n'en savent rien. Peut-être, Antonio Balduino n'en sait-il rien lui-même.

La casquette sur l'œil, le mégot aux lèvres, un pantalon de drap noir, déchiré et couvert de taches, une énorme veste héritée d'un géant, beaucoup trop grande pour lui, et qui en hiver fait l'office de pardessus — tel est l'accoutrement d'Antonio Balduino empereur de la ville. Et ces autres nègres qui l'entourent, les plus chers de ses sujets, forment sa garde d'honneur. Garde sans uniforme, vêtue de chiffons, mais qui sait lutter comme pas une. L'empereur a une grande *figa* attachée au cou. Et tous ces gamins dissimulent dans leur ceinture des canifs, des surins, des poignards.

Antonio Balduino s'avance :

— La charité, pour l'amour de Dieu.

Le gros homme toise le nègre de la tête aux pieds, il boutonne son veston, balance ironiquement la tête.

— La charité à un bout d'homme bâti comme ça ? Va travailler, feignant ! T'as pas honte ?...

Antonio Balduino promène autour de lui des yeux circonspects. La rue est en plein mouvement. Alors il dit :

— Je suis pas d'ici, mon bon m'sieur... J'ai fait le trimard dans ce bon dieu de bled où qu'il a pas plu depuis des semaines. Ici je suis sans travail. Je voudrais deux sous pour prendre un café. Vous avez bon cœur...

Il guette l'effet de son discours. Mais l'homme continue son chemin :

— Ça va. A d'autres... Va travailler !

— Je jure par le soleil qui nous éclaire que c'est pas du bobard. Si vous avez un travail, je le prends. Je crains pas le travail. Mais ça fait deux jours que j'ai pas mangé... Je suis quasi mort de faim. Vous êtes bon...

L'homme fait un geste d'impatience ; il met la main à son gousset, jette une pièce.

— Là... et puis ne m'embête plus. Va-t'en.

Mais le jeune noir accompagne toujours l'homme. C'est que le cigare de celui-ci est déjà plus qu'à moitié fumé. Et Antonio Balduino ferait des folies pour un bout de cigare. L'homme pense à tout ce que le nègre lui a dit. C'est donc vrai ce que disent tous les mendigots de la ville ? Il revoit leurs visages hostiles. Il prend peur, jette son cigare, reboutonne son veston, puis il entre dans un bistro pour se donner du cœur au ventre. Antonio Balduino s'empare du mégot. Maintenant il ouvre la main qui serre la pièce. C'est une pièce d'argent de deux milreis. Il la jette en l'air, la rattrape avec agilité, et court rejoindre les camarades.

— Holà, négraille ! Devinez combien ?...

— Dix ronds...

Antonio éclate de rire :

— Et le pouce...

— Deux milreis ?

— Tout rôtis — il fait un geste de mépris. Moi, les gars, je connais la musique...

Alors c'est un déchaînement de rires. Les pas-

sants ne voient qu'un groupe de petits garçons qui
mendient. Mais en réalité c'est l'empereur de la
ville, entouré de sa garde d'honneur.

Quand venait à paraître un groupe de femmes
vêtues, fardées, et semant à tous vents des sourires,
Antonio Balduino sifflait d'une façon particulière et
le groupe se rassemblait en file. Le Gros alors
passait en tête, parce qu'il avait une voix triste et un
visage obtus d'idiot famélique. Il ramenait ses
mains sur sa poitrine, prenait un air d'extrême
componction, et barrait le passage aux femmes. Les
gamins faisaient alors cercle autour d'elles et le
Gros chantait :

> *La charité mes bonnes dames*
> *Pour sept pauvres petits aveugles...*
> *C'est moi qui suis le premier,*
> *Celui-ci est le second,*
> *Les aut' sont à la maison.*
> *Le Papa est estropié,*
> *La Maman est alitée,*
> *La charité, mes bonnes dames ;*
> *Pour sept petits orphelins,*
> *Qui voient pas le jour du Bon Dieu.*

Quand c'était fini, le Gros pleurait presque.
Dolent, les yeux tristes, il avait vraiment tout d'un
petit aveugle, avec six frères aveugles comme lui, la
mère alitée, le père estropié, et rien à manger au
logis. Et il reprenait inlassablement :

> *La charité mes bonnes dames*
> *Pour sept pauvres petits aveugles...*
> *C'est moi qui suis le premier...*

68

Il indiquait du doigt le camarade le plus proche :

Celui-ci est le second...

A la fin il étendait ses grosses mains, d'un geste qui embrassait tout le groupe, et il bramait :

Pour sept petits orphelins,
Qui voient plus le jour du Bon Dieu.

Les autres reprenaient en chœur :

Qui voient plus le jour du Bon Dieu.

Le Gros s'avançait pesamment et tendait sa main sale, pour recevoir l'aumône. En général cela rendait. Les femmes donnaient toujours, les unes par pitié pour ces gosses de la rue, en pensant à leurs petits à elles qu'elles avaient laissés bien calfeutrés à la maison, d'autres pour se délivrer de ces gamins malpropres, dont la présence était pour elles comme une accusation. Les plus courageuses plaisantaient :

— Comment cela se fait-il ? Ils sont sept, et on en voit plus de dix. Ils sont orphelins, et ils ont père et mère malades. Aveugles, et ils voient tout. Qu'est-ce que cela veut dire ?...

Ils ne répondaient pas. Ils resserraient le cercle et le Gros reprenait l'antienne :

— La charité mes bonnes dames.

Impossible de résister. Les gamins approchaient toujours davantage, au point que leurs figures malpropres touchaient presque les jolis visages fardés. Quand tous beuglaient au refrain, c'était une vision d'épouvante. Les sacs s'ouvraient et les pièges grêlaient dru dans la main du Gros. Ils desserraient le cercle et le Gros remerciait :

— Madame aura un joli mari, qui arrive sur un bateau...

La plupart souriaient, d'autres s'attristaient. Mais dans les rues et les impasses retentissait déjà le rire des gamins, rire libre, rire heureux. Puis ils achetaient des cigarettes et buvaient un coup d'eau-de-vie de canne.

Parmi eux il y avait un blond. C'était le plus jeune. Il avait à peine dix ans. Un visage de saint de procession, les cheveux bouclés, les mains nerveuses, les yeux bleus. Il s'appelait Philippe et on le surnommait le Beau. Sa mère faisait la vie dans les bordels de la rue Basse. C'était une vieille française qui dans le temps s'était amourachée d'un étudiant. Une fois gradué celui-ci était parti pour l'Amazonie. Le fils s'était perdu dans la rue, la mère dans l'alcool.

Le jour qu'il entra dans le groupe il y eut une bagarre. Comme ils dormaient, serrés les uns contre les autres, au seuil d'un gratte-ciel, enveloppés dans du papier journal, Sans-Dents voulut déculotter Philippe. Sans-Dents était un mulâtre fort de ses seize ans. Il crachait entre les brèches de ses dents avec un bruit spécial, et atteignait toujours le point visé. C'était là son talent principal. Donc Sans-Dents, mauvais gosse, étreignait Philippe et commençait à le déboutonner. Philippe résistait. Il poussa un cri, tous se réveillèrent. Antonio Balduino en se frottant les yeux demanda :

70

— Qu'est-ce que c'est ce bouzin-là ?

— Il y a qu'il me prend pour une tante. Mais c'est pas vrai... Philippe avait des larmes dans la voix.

— Ecoute-moi, Sans-Dents : tu vas laisser le petit tranquille ?

— Ça te regarde pas. Je fais ce que je veux... S'il me plaît, à moi, le bébé ?

— Rappelle-toi que si tu touches au petit gars, t'auras affaire à moi...

— C'est ça, tu veux te l'envoyer... Y a maldonne.

Antonio Balduino prit à témoin les autres qui restaient dans l'expectative :

— Vous savez tous que je veux m'envoyer personne. Moi j'aime les femmes, pas vrai ? Si le petit était une tapette, il serait pas ici, parce qu'on veut pas de tapette, ici. Le petit est un mâle, hé ? et que personne y touche !

— Et si j'y touche, moi ?

Antonio sentait que tous étaient de son côté :

— Vas-y : touche...

Il se leva. Sans-Dents l'imita. Il pensait que s'il battait Balduino, il serait le chef à son tour. Ils se mesurèrent du regard.

— J'attends, fit Sans-Dents.

Antonio lâcha un coup de poing. Sans-Dents vacilla, mais ne tomba point. Alors les combattants se saisirent à bras-le-corps devant les gosses enthousiasmés. Sans-Dents roula par terre, mais il se remit sur ses pieds. Un coup de poing d'Antonio l'envoya derechef sur le sol. Quand il se releva cette fois, une lame brillait dans l'ombre.

— Lâche ! tu sais pas te battre comme un homme...

Sans-Dents marchait avec son canif, mais Antonio Balduino avait appris la savate avec Zé-la-Crevette, sur le Morne. Il allongea la jambe et Sans-Dents s'étala sur le sol, laissant filer le canif.

Antonio Balduino conclut :

— Qui touche au petit touche à moi... La prochaine fois, je sors le canif...

Sans-Dents alla dormir seul sous un autre porche. Philippe, le Beau, resta définitivement attaché au groupe.

Il s'était spécialisé dans les vieilles. Aussitôt qu'il en paraissait une à l'extrémité de la rue, il ajustait le nœud d'une vieille cravate qui ne le quittait jamais, il jetait son mégot, plongeait les mains dans ses poches trouées, cachait son couteau et s'approchait d'un air lamentable. Il murmurait :

— Bonjour, madame, je suis un enfant abandonné. J'ai faim...

Il se mettait à pleurer. Il avait un talent spécial pour pleurer à volonté. On voyait de vraies larmes, on entendait de vrais sanglots :

— ... J'ai tellement faim... Maman... Vous avez un enfant... Pitié ma bonne dame...

Il était si joli quand il pleurait, avec son visage potelé, plein de larmes, ses lèvres qui tremblaient. Infailliblement la vieille s'apitoyait :

— Pauvre petit... Si jeune et déjà sans mère...

On lui donnait de grosses pièces. Trois fois des dames riches l'invitèrent à venir habiter chez elles. Mais il aimait trop la liberté des rues et il restait fidèle au groupe dont il était déjà un élément très efficient, et très respecté. Sans-Dents lui-même le traitait avec déférence quand il venait d'accoster une vieille.

72

— Ça tombe, c'est épatant...

Le rire des gamins éclatait alors dans les rues, les ruelles et les impasses de la Cité de Tous les Saints et du Père de Saint Jubiaba.

Mais le plus bizarre de tous était Viriato, le Nain. On lui avait donné ce surnom parce qu'il était petit, encore plus petit que Philippe, quoique son aîné de trois ans. Petit mais trapu, il possédait une force peu commune pour son âge. Même quand il se baignait, il donnait une impression de misère et de saleté. Quand le groupe s'était formé il mendiait déjà. Sa tête plate inspirait la crainte. Et pour impressionner davantage il marchait le dos rond, ce qui le faisait paraître encore plus petit et tordu. Il était difficile de lui arracher une parole. Et quand les autres éclataient de rire, c'est tout juste s'il souriait.

Mais il n'ennuyait personne, et jamais il ne réclamait, si maigre que fût la recette. Il se contentait de ce qu'il y avait à manger, à fumer. Antonio Balduino l'appréciait, lui soumettait souvent ses projets et faisait grand cas de ses avis.

Viriato-le-Nain ne se mêlait guère au groupe. Durant le jour, il se postait dans la rue Chili, tout recroquevillé, la tête dans les épaules. Sans proférer une parole il tendait son chapeau aux passants. Il semblait faire partie de la porte sous laquelle il était assis, comme une sculpture tragique, comme un mascaron. Sa recette était toujours grosse. A la fin de l'après-midi il allait rejoindre le groupe et déposait entre les mains du chef le produit de sa journée de travail. Une fois les comptes faits et la répartition terminée, il allait dans son coin, mangeait, fumait, dormait. Il suivait bien les autres dans leurs polissonnages mais sans montrer jamais aucun enthousiasme. Il suivait pour suivre. C'était dans le groupe des jeunes mendiants le seul qui prît la profession au sérieux.

A la fin de l'après-midi, Balduino s'asseyait par terre, réunissait autour de lui les gamins, et collectait les gains de la journée. Ils raclaient le fond de leurs poches, tiraient des pièces de nickel, quelques pièces d'argent aussi, et ils remettaient le tout entre les mains du chef.

— Et toi, Gros, combien ?

Le Gros comptait l'argent :

— Cinq, huit cents.

— Et le Beau ?

Philippe jetait, avec un air de supériorité, son lucre :

— Seize milreis.

On n'avait pas besoin d'appeler Viriato :

— Douze, et cent.

Chacun annonçait à son tour. La casquette de Balduino se remplissait peu à peu de pièces de nickel et d'argent. Finalement Antonio Balduino retournait ses poches et versait au fonds commun son gain.

— Moi, pas grand-chose : sept milreis...

Il faisait le total sur ses doigts. Puis, aidé de Viriato, il procédait à la répartition.

— Nous sommes neuf — ça fait six, six cents pour chacun.

Et il interrogeait :

— Ça va comme ça, les gars ?

74

Ça allait. On passait devant Balduino qui donnait à chacun son dû.

Après quoi, ils allaient manger, puis il s'égaillaient dans la ville, en quête de mulâtresses à emmener sur la plage, pénétraient dans les kermesses des faubourgs, ou allaient boire l'eau-de-vie de canne sur les zincs de la ville basse.

Un jour pourtant, quelque chose d'insolite advint. Quand Zé-la-Cosse allait déposer sa recette, il eut un sourire énigmatique. Antonio Balduino annonça :

— Trois milreis.

Zé-la-Cosse ricana :

— Et aussi cela...

Il jeta dans la casquette du nègre une bague. Antonio Balduino leva les yeux et affirma :

— Tu as volé cela, Zé-la-Cosse.

— Je te jure que non. La jeune fille m'a donné l'aumône, et puis elle est partie. Alors j'ai trouvé cette bague près de moi. J'ai couru pour la rattraper...

— Comme ça, tu mens devant moi ?

Les gamins admiraient la pierre, qui circulait de main en main, sans se préoccuper du dialogue.

— Allons, raconte ce qui s'est passé.

— Je t'assure que c'est vrai, Baldo. Ça s'est passé comme je dis là.

— Et tu as couru pour la rattraper ?

— Ça, oui, c'est un mensonge... Mais le reste est vrai, je te jure.

— C'est bon. Et maintenant qu'est-ce qu'on va faire de ça ?

Philippe se mit à rire :

— Donne-moi. Je suis né pour porter des bagues.

Tous s'esclaffèrent, sauf Balduino qui redemanda :

— Qu'est-ce qu'on va bien faire de ça ?

Viriato-le-Nain murmura :

— Au clou. On paye bien.

Philippe plaisanta de nouveau :

— Je me fais faire un nouveau costume...

— Ça va... Cherche dans les chiffons !

— Mais le clou, c'est pas possible, Viriato. Le type, quand il nous verra, il croira pas que c'est à nous. Il fera venir la police, et vas-y voir : au bloc !

— Donne-la, que je me la mette au doigt, supplia Philippe.

— Assez blagué...

— M'est avis qu'on la garde encore quelque temps. Quand la dame aura oublié, on verra...

Et Antonio Balduino accrocha l'anneau près de la *figa* qu'il portait suspendue au cou.

Balduino s'approcha de l'homme en pardessus de demi-saison. Le groupe assistait à la scène, d'un coin de rue :

— La charité, pour l'amour de Dieu...

— Va travailler, vaurien !

Cette fois-ci, la rue était déserte. Et l'homme au pardessus était pressé. Il portait une fleur rouge à la boutonnière. Antonio s'approcha davantage. Le groupe suivit :

— Donnez-moi un petit sou...

— Une volée si tu continues, sale gosse !

Le groupe rejoignait l'homme et lui barrait le chemin.

— Vous êtes riche, m'sieur. Vous pouvez bien donner une thune.

L'homme ne disait plus rien, car il se trouvait encerclé. Le visage de Balduino était tout près du sien. Et le nègre avait mis la main à sa poche. Un poignard apparut :

— Allons, un billet !

— Voleurs, hein ? osa dire l'homme au pardessus. A cet âge, si c'est pas malheureux...

Antonio Balduino ricana. Il montra un poignard. Les autres refermaient le cercle.

— Tenez, graine d'apaches !

— Attention, des fois qu'on se rencontrerait...

— Demain, j'irai à la police.

Mais ils avaient l'habitude de cette menace et ils n'y attachèrent pas d'importance. Balduino prit les dix milreis, rengaina le poignard et le groupe se débanda dans les rues voisines.

Ils se livraient à ces violences quand approchait le Carnaval, ou la fête de Bonfin, ou les fêtes du quartier de la Rivière Rouge.

Un jour Rozendo tomba malade. Une grosse fièvre. Il délirait la nuit, il ne mangeait plus. La première nuit il disait en riant :

— C'est rien. Ça passera.

Les autres riaient aussi. Mais la nuit suivante Rozendo prit peur. Quand il ne délirait pas il geignait :

— Je vais mourir... Appelez maman...

Les autres regardaient sans savoir que faire. Tous ces yeux joyeux étaient devenus tristes. Balduino demanda :

— Où c'est qu'elle habite, ta maman ?

— Je sais pas. Quand je suis parti, elle habitait sur le Port-au-bois. Mais elle a déménagé. Va la chercher, Baldo...

C'était Viriato qui soignait le malade. Il lui donnait d'étranges remèdes que lui seul connaissait. Il dégota on ne sait où une couverture pour étendre sur le seuil où dormait le malade. Il lui racontait des histoires drôles, d'autant plus drôles qu'elles étaient dites par Viriato-le-Nain qui parlait rarement et ne riait jamais.

Viriato questionna :

— Comment elle s'appelle, ta mère ?

— Ricardina... Elle est avec un voiturier... C'est une grosse négresse, encore jeune, bien conservée.

Le malade s'agitait en parlant de sa mère :

— Je veux maman... Je vais mourir...

— T'inquiète pas. Nous deux Baldo on te l'amène demain.

Philippe pleurait et cette fois-là, ses larmes n'étaient pas simulées. Le Gros priait, mêlant des bribes d'oraisons, et Antonio Balduino serrait sa *figa* sur sa gorge.

Le jour suivant Balduino resta avec Rozendo sous les marches de l'escalier. Il pensait appeler Jubiaba la nuit même. Mais au milieu de l'après-midi, Viriato-le-Nain amena une grosse négresse. Rozendo dans son délire ne la reconnut pas. Elle l'embrassa et appela une automobile. Antonio Balduino s'informa poliment :

— Vous avez de l'argent, madame ?

— Pas de trop, mais avec l'aide de Dieu cela suffira...

Alors Antonio Balduino se souvint de la bague qu'il portait au cou :

— On vous donne ça pour Rozendo... Rapport au médecin...

Les autres écarquillaient les yeux. La négresse demanda :

— Vous avez volé cette bague ? Vous êtes des voleurs ? Alors mon fils était avec des voleurs ?

— On a trouvé ça dans la rue.

La négresse prit la bague. Balduino proposa encore :

— Si vous voulez, madame, j'amène Jubiaba chez vous. Il guérira Rozendo...

— Toi, tu amènes Jubiaba ?

— Oui, madame. C'est mon ami.

— Oh oui, mon petit, amène-le.

On mit Rozendo dans la voiture. Il criait qu'il voulait sa mère, qu'il allait mourir.

Antonio demanda à Viriato :

— Comment t'as fait pour la trouver ?

— Le plus difficile c'est qu'elle n'était plus avec le voiturier. Maintenant c'est un charpentier...

Il regardait la rue d'un œil vague. Soudain il dit à Balduino :

— Et si je tombais malade, moi ? Moi je n'ai ni père, ni mère, ni personne...

Antonio Balduino lui tapa sur l'épaule. Le Gros frissonnait.

Jubiaba guérit Rozendo. Un matin de grand soleil les gamins vinrent en chœur rendre visite à leur camarade.

Ils trouvèrent Rozendo sur une chaise qui était l'œuvre de son beau-père. On évoqua des souvenirs du groupe et on rit beaucoup. Et puis Rozendo déclara qu'il ne serait plus jamais mendiant, qu'il travaillerait désormais, avec son beau-père, comme un homme. Antonio Balduino sourit. Viriato-le-Nain resta grave.

L'empereur de la ville mange dans les meilleurs restaurants, il a, pour ses déplacements, les autos les plus luxueuses ; pour son logement, les gratte-ciel les plus modernes. Et tout cela, à l'œil... Passé l'heure du déjeuner, il se dirige avec son groupe vers quelque restaurant, et il parle à l'oreille du garçon. Celui-ci n'ignore pas qu'il vaut mieux ne pas résister aux gamins. Il leur donne les reliefs du repas, entortillés dans du papier journal. Parfois il y en a tellement que les gamins jettent leurs restes dans les poubelles. Et les vieux mendiants se nourrissent des restes de ces restes.

Il laisse passer les voitures, avec un œil de connaisseur. Car l'empereur de la ville ne monte pas dans n'importe laquelle. Quand il en vient une bien confortable, il se suspend au porte-bagages et parcourt dans cette position des lieues. Mais si chemin faisant il en voit une autre plus jolie, alors il quitte la première, s'accroche à la seconde et continue ainsi sa tournée dans la ville qu'il a conquise.

Lui et sa garde d'honneur ne dorment que sous les porches des plus récents gratte-ciel, et les veilleurs de nuit savent bien que tous ces marmots ont sur eux des canifs, des poignards.

A moins qu'ils ne préfèrent s'endormir sur la grève du port, face aux bateaux énormes, aux étoiles, à la mystérieuse mer verte.

LE CHEMIN DE LA MAISON

La mer est sa vieille passion. Déjà du haut du morne de Châtre-Nègre il avait avec elle de longs entretiens amoureux. Il étudiait les changements de sa carnation, tantôt bleue, tantôt vert clair et soudain vert foncé, séduit par son immensité et par le mystère qu'il sentait confusément dans les grands navires accostés, ou dans les petits caboteurs roulés par le jusant. La mer offre à son cœur une paix qu'il ne trouve pas à la ville ; mais personne n'est maître de la mer.

C'est la nuit qu'il lui rend visite. D'habitude il vient seul : il s'étend dans le sable blanc au bord du petit bassin des caboteurs et c'est là qu'il rêve, et c'est là qu'il dort son meilleur sommeil d'enfant vagabond. Parfois il amène le groupe. Alors on va sur le grand bassin, celui des long-courriers. On va voir les hommes qui s'embarquent emportant des paquets de hardes. On va voir des hommes qui déchargent. Ils sont noirs, on dirait des fourmis qui soulèveraient d'énormes fardeaux. Et les grues, comme des monstres géants qui se riraient des hommes, élèvent d'incroyables cargaisons qui s'attardent en l'air, oscillantes. Tout cela grince, gémit, roule sur des rails, dirigé de loin par des hommes en salopette, grimpés dans le cerveau des grues.

D'autres fois encore, Antonio Balduino vient accompagné, mais ce n'est pas de son petit groupe. Il amène une jeune négresse de son âge, ou à peine plus âgée que lui, pour dormir sans rêves sur la plage. Alors il se dirige vers des retraits qu'il est seul, avec quelques nègres, à connaître et d'où l'on n'aperçoit que l'immensité verte. Il aime présenter à la mer ses maîtresses, et qu'elle sache qu'il est déjà homme malgré ses quinze ans, et comment il renverse une gamine dans le sable moelleux comme un lit.

Mais qu'il soit seul ou accompagné, il regarde toujours la mer comme le Chemin de la Maison.

De la mer, il en est sûr, lui viendra un jour quelque chose, qu'il ne connaît pas, mais qu'il attend.

Que manque-t-il donc au petit nègre, qui à quinze ans règne déjà sur la cité nègre de Bahia ? Il ne le sait pas, nul ne le sait, mais il lui manque une certaine chose, et, pour la trouver cette chose, il lui faudra prendre la mer, ou attendre que la mer la lui apporte, dans les flancs d'un transatlantique, ou dans la cale d'un caboteur, ou encore accrochée au cadavre d'un naufragé.

Une certaine nuit sur les quais, les hommes arrêtèrent soudain leur travail et coururent vers le rivage. La lune était claire et les étoiles si brillantes qu'on ne voyait plus la lumière d'une buvette à l'enseigne de la « Lanterne des Noyés ». Les hommes avaient trouvé une vieille veste et un chapeau troué. Quelques nègres plongèrent. Ils revinrent avec un corps. C'était un vieux nègre, un de ces rares nègres à toison blanche, qui s'était jeté à la mer. Antonio Balduino pensa que cet homme avait pris le Chemin de la Maison, et qu'il avait l'habitude, lui aussi, de venir chaque nuit sur les quais. Un docker expliqua :

— C'est le vieux Salustiano, le pauvre, il était sans travail depuis qu'il travaillait plus aux docks.

Il jeta un regard de côté, cracha rageusement :

— Ils lui ont dit qu'il était plus bon au service, plus bon à rien. Alors il crevait de faim, il bouffait des briques, le pauv' vieux.

Un autre ajouta :

— C'est toujours la même chose : ils vous tuent de travail, et ils vous foutent en l'air. Quand on n'a plus de force que pour se jeter à l'eau...

C'était un mulâtre osseux qui parlait. Un gros nègre reprit :

— Ils bouffent notre viande, mais y veulent pas de nos os à ronger. Au temps de l'esclavage, au moins, ils rongeaient les os...

Un coup de sifflet se fit entendre et tout le monde retourna aux fardeaux et aux grues.

Auparavant l'un d'eux avait couvert le visage du vieux de sa vieille veste.

Des femmes vinrent ensuite et pleurèrent.

Une autre fois les hommes noirs du port arrêtèrent encore leur travail. Cette fois-là, la nuit était sans étoiles et sans lune. La guitare d'un aveugle à la « Lanterne des Noyés » jouait des refrains de l'esclavage. Alors quelqu'un se hissa sur une caisse et fit un discours.

Les autres s'étaient approchés de lui, l'entouraient. Quand Antonio Balduino et son groupe arrivèrent l'homme en était déjà aux vivats.

Antonio Balduino et ses amis reprirent en chœur :

— Vivat !

Il ne savait pas au juste ce qu'il acclamait, mais il aimait les acclamations. De même qu'il riait parce qu'il aimait à rire.

L'homme, qui paraissait espagnol, était juché sur une caisse. Il jeta une poignée de papiers. A ce moment précis quelqu'un cria :

— Les flics !

Les flics empoignèrent l'orateur. Celui-ci discourait alors de la misère du peuple, et promettait une nouvelle patrie où tout le monde aurait du travail et du pain. C'est pour cela qu'on l'arrêtait, pour cela seulement. Ils protestèrent :

— Ah non ! pas ça ! pas ça ! Vous ne pouvez pas...

Antonio Balduino criait : pas ça, lui aussi, et c'est même ce qui lui plaisait le plus dans l'affaire. Finalement le petit homme fut emmené, mais ceux qui restaient ramassèrent les papiers et les firent circuler de main en main. Des poings se levèrent dans la direction des gardes qui s'éloignaient. Un groupe de bras noirs et puissants faisaient le simulacre de briser des chaînes.

Le sifflet s'évertuait en vain. Un gros homme au visage rose, armé d'un parapluie, s'étranglait :

— Canailles !...

Qui sait si ce n'est pas le corps d'un suicidé que la mer choisira pour enseigner à Antonio Balduino le Chemin de la Maison ? Ou bien l'arrestation d'un homme qui parle de pain, et le geste révolté des autres ?

Bonnes années, libres années, pendant lesquelles lui et son groupe dominèrent la ville, mendiant dans les rues, luttant dans les impasses, dormant sur les quais. Le groupe était uni, et peut-être ces jeunes voyous s'estimaient-ils entre eux. Mais ils ne savaient témoigner cette estime que par des injures et des coups. Insulter sans malice la mère du copain, c'était la meilleure preuve d'affection que ces garçons pussent inventer.

Oui, ils étaient unis. Quand l'un d'eux se battait, tous se mettaient de son côté. Et tout ce qu'ils gagnaient était fraternellement réparti entre tous. Chacun avait son amour-propre mais préférait la gloire du groupe.

Un jour ils eurent maille à partir avec une autre bande de petits mendiants. Quand ils connurent l'existence de cette bande, commandée par un négrillon de douze ans, Antonio Balduino tâcha de lier connaissance. Il manda à leur quartier général un émissaire. Ce fut le Beau, qui savait jaser. Mais on ne le laissa même pas approcher. Il fut honteusement chassé, hué, et il revint la rage au cœur et les yeux en larmes. Il conta tout à Antonio :

— C'est-y pas que t'as voulu faire le mariolle, pas vrai, Beau ?

— Ils m'ont pas même laissé parler... Ils ont dit tout de suite un tas de saloperies sur ma mère... Mais tu vas voir si j'en prends un...

Antonio Balduino réfléchit :

— Je vais envoyer le Gros.

Sans-Dents objecta :

— Envoyer un autre ? non mais des fois !... C'est nous qu'on doit tous aller y casser la gueule. Faut qu'on y aille tous. En avant !

Les autres approuvaient :

— Sans-Dents a raison... En avant !

Mais Antonio Balduino coupa court :

— Rien du tout... Je vais envoyer le Gros. Qui sait, ils ont peut-être faim, eux aussi. S'ils se contentent de la rue Basse-des-Cordonniers, je leur fous la paix.

Sans-Dents railla :

— Ce serait-il que t'as peur d'eux, Baldo.

Antonio mit la main à son poignard, mais il se contint :

— T'as plus l'air de te rappeler, Sans-Dents, du jour qu'on t'a levé, avec Cici, tu crevais de faim dans la Ville de Paille... Si qu'on avait voulu, on pouvait aussi en finir avec vous deux. Mais on a pas voulu...

Sans-Dents baissa la tête et sifflota tout bas. Il ne pensait plus aux ennemis du Terreiro et peu lui importait maintenant qu'Antonio Balduino les dispersât ou les laissât en paix. Il pensait aux jours de famine ; quand son père était en chômage et qu'il buvait dans les bistros l'argent que sa mère avait gagné comme laveuse. Il se rappelait la volée qu'il avait reçue le jour qu'il s'était mis entre ses parents pour arracher au père ses sous. Et les pleurs de sa mère... Et le père qui répétait : merde de merde...

Après, la fuite, les jours sans manger dans la ville. La rencontre avec Antonio Balduino et son groupe. Et la nouvelle vie... Sans-Dents pensait à tout cela. Et il se sentit un nœud dans la gorge et une haine terrible du monde et des hommes.

Le Gros partit en ambassade, sous les sourires du Beau Philippe.

— Quand moi j'ai rien pu faire, alors, toi!...

Viriato-le-Nain murmura :

— Pas de blagues, hein Gros! On cherche pas des crosses. Ce qu'on veut, c'est vivre chacun de son côté.

Ils restèrent à l'affût dans la rue du Trésor. Le Gros se signa et marcha dans la direction du Terreiro.

Comme il tardait à revenir, Viriato-le-Nain prononça :

— Hum! je n'aime pas ça...

Le Beau railla :

— Bah! il est en train de faire sa prière dans une église...

Cici approuva l'ironie, mais en fait tous craignaient sans le dire qu'il ne fût arrivé quelque chose à l'ambassadeur. En effet quand le Gros revint, il était en larmes.

— Ils m'ont pris et ils m'ont flanqué une tournée... Et ils ont arraché ma médaille que j'avais au cou...

— Et tu n'as pas riposté ?

— Ils étaient cinquante contre moi!...

Puis il raconta :

— Quand je suis arrivé, ils étaient tous en train de se marrer de la pétoche du Beau... Et ils m'ont tout de suite engueulé, ils m'ont traité de cochon. Voilà le cochon, qu'ils criaient...

— Tu parles d'une affaire, dit Philippe, ils ont bien injurié ma mère...

— Mais moi, j'ai pas fait attention. J'ai approché et j'ai voulu parler. Ils m'ont même pas laissé le temps. Ils m'ont pris ; alors j'ai dit qu'on voulait faire la paix... Voilà comment ils m'ont répondu... Ils sont plus de vingt...

— C'est bon. Ils veulent de la bagarre : y aura de la bagarre, et tout de suite.

Alors ils se levèrent et partirent allègrement en serrant leurs canifs, tout en causant de choses les plus diverses...

Les gamins du Terreiro disparurent après la bataille. On croit qu'ils se séparèrent, et qu'ils n'opérèrent plus dès lors qu'en francs-tireurs ; toujours est-il que jamais plus on ne les vit en bande. Le groupe d'Antonio Balduino revint triomphant, sauf le Gros qui n'avait pas retrouvé sa médaille.

Le Gros était très religieux.

C'est pour cela que le Gros se signa et qu'il demeura tout tremblant le jour où Balduino revit Lindinalva. Ce jour-là il comprit tout, et bien qu'il ne lui en eût rien laissé voir, son amitié pour lui s'en trouva renforcée.

Ils étaient dans la rue Chili quand un couple vint à passer. Ils se disposèrent en file, le Gros en tête, et s'approchèrent du couple. Couple d'amoureux fait l'aumône. Alors le Gros ramena ses mains sur sa poitrine, et attaqua l'antienne.

La charité, ma bonne dame...

Ils firent le cercle autour des amoureux. Alors Antonio Balduino reconnut Lindinalva avec un jeune homme qui portait au doigt une bague rouge[1]. Lindinalva de son côté reconnut Balduino et vint se blottir contre son amoureux dans un mouvement de dégoût et de crainte. Le Gros chantait ; personne n'avait rien vu. Antonio Balduino cria :

— Allez ! Allons-nous-en...

Il s'enfuit en courant. Ils restèrent muets de stupeur. Lindinalva gardait les yeux fermés. Le jeune homme demanda :

— Mais qu'est-ce qu'il y a, chérie ?

Elle mentit :

— Quelle horreur, ces gosses...

Le jeune homme eut un rire protecteur.

— Chérie, comme vous êtes peureuse !

Il jeta une pièce aux gamins. Mais ils étaient déjà loin ; ils entouraient Antonio Balduino qui tenait son visage caché dans ses mains. Viriato-le-Nain demanda :

— Qu'est-ce que t'as, Baldo ?

— Rien. Je connais ces gens.

Sans-Dents retourna sur les lieux et ramassa la pièce. Le Gros, qui avait tout compris, se signa, et resta près d'Antonio Balduino pour lui raconter des histoires de Pedro Malazarte. Le Gros savait beaucoup d'histoires, et les contait fort bien. Seulement l'histoire la plus joyeuse tournait au grave dans sa bouche : il y avait toujours des anges et des démons

---

1. Au Brésil les pierres de couleur distinguent les professions libérales. L'avocat porte au doigt un rubis, l'ingénieur un saphir, le médecin une émeraude, etc. *(N.d.T.)*

dans ses histoires, mais c'était joli, il inventait des choses, il mentait beaucoup. Ensuite de quoi il croyait dur comme fer aux choses qu'il avait inventées.

Ils vécurent cette libre vie deux années durant. Ils vadrouillaient dans les rues de la ville. Ils assistaient aux parties de football, aux assauts de boxe. Ils se battaient. Ils s'introduisaient furtivement dans le cinéma Olympia. Ils écoutaient les histoires du Gros, tout cela sans s'apercevoir qu'ils grandissaient, devenaient des hommes, et que la supplique des « sept petits aveugles » n'était plus de saison pour eux, devenus de grands nègres vigoureux, énormes, qui tombaient les mulâtresses sur les quais, et qui répandaient la terreur dans la ville sainte de Bahia. Ils commençaient à récolter moins d'aumônes, et même un jour ils furent arrêtés comme vagabonds et fauteurs de désordre.

Un mulâtre en chapeau de paille avec des papiers sous le bras — c'était un indicateur — avait alerté la police qui les emmena au poste.

Là on ne leur dit rien. Mais on les conduisit dans un corridor sombre. Un rayon de soleil y pénétrait par une lucarne. Ils entendirent des voix de détenus qui chantaient. Des gardiens arrivèrent, brandissant des cravaches de caoutchouc. Et ils furent rossés sans savoir pourquoi, sans qu'on leur eût adressé une parole. Ils y gagnèrent leur premier tatouage. Le beau Philippe en garda au visage des marques. Le mulâtre qui les avait pris rigolait, en tirant des bouffées de sa cigarette. Les prisonniers chantaient en haut, en bas, on ne savait où. Leur chanson disait que dehors il y avait de la liberté, du soleil. Et la cravache cinglait les gamins. Sans-Dents criait et injuriait tout le monde. Antonio Balduino tâchait de faire des crocs-en-jambe et Viriato-le-Nain se mordait les lèvres avec rage. Quant au Gros, il faisait sa prière à voix haute :

— Notre Père, qui êtes aux cieux...

La cravache cinglait, cinglait, et ne s'arrêta de cingler que lorsque le sang ruissela. Les détenus chantaient tristement.

Ils passèrent huit jours en prison, furent mis en fiches, enfin relâchés par un matin de grand soleil. Et ils reprirent leurs vagabondages.

Cette reprise fut de brève durée. Peu à peu le groupe essaima. Le premier qui s'en alla fut Sans-Dents, qui se joignit à une bande de pickpockets spécialisés dans les portefeuilles. De temps à autre on l'apercevait. Il passait, traînant la savate, en pantalon flottant, un foulard noué autour du cou, sifflotant selon sa coutume. Cici disparut, on ne sait où. Jesuino alla travailler à l'usine, se maria, fit à sa femme un tas d'enfants. Zé-la-Cosse s'engagea comme matelot...

Et Philippe, le Beau, mourut sous une automobile. Il faisait soleil ce matin-là encore, et Philippe était plus joli que jamais. La marque du fouet qu'il gardait au visage lui donnait même un air de bravoure. Il avait mis une cravate neuve pour commémorer son treizième anniversaire. Les autres se bousculaient en riant. Quelque chose brilla sur l'asphalte, qui ressemblait à un diamant. Balduino déclara :

— On dirait un brillant...

Le beau Philippe sauta de joie :

— Chouette ! je vais le ramasser et me le mettre au doigt. Ça sera mon cadeau de fête...

Il courut au milieu de la chaussée. Viriato lui cria de se méfier, qu'une automobile arrivait. Philippe se retourna en souriant, et ce fut son dernier sourire. L'instant d'après ce n'était plus qu'un paquet de chairs gémissantes. Pourtant, quand il mourut, son visage souriait encore de reconnaissance pour Viriato qui l'avait prévenu. Le visage était resté intact et beau, rayonnant, comme celui d'un prince. Le corps fut emporté à la Morgue.

On vit alors arriver une vieille femme peinte, qui disait entre ses sanglots :

— Mon chéri... Mon chéri[1]...

Elle baisait le beau Philippe au visage. Le groupe s'était reformé pour son enterrement. Sans-Dents revint, Jesuino revint, Cici revint aussi on ne sait d'où. Le seul qui ne revint pas fut Zé-la-Cosse, qui était matelot et naviguait au loin. La mère de Philippe et les femmes de la rue Basse apportèrent des fleurs. Les gamins lui avaient passé un complet acheté à un fripier turc.

Le seul qui resta mendiant fut Viriato-le-Nain, chaque jour plus petit, plus ratatiné. Les autres se dispersèrent à travers la ville pour exercer des métiers divers, ouvriers d'usines, travailleurs de la rue, portefaix. Le Gros se fit vendeur de journaux, parce qu'il avait une belle voix. Antonio Balduino retourna au Morne de Châtre-Nègre et se remit à

1. En français dans le texte.

vagabonder avec Zé-la-Crevette, à pratiquer la savate, à pincer de la guitare dans les fêtes, à suivre les *macumbas* de Jubiaba.

Toutes les nuits il allait sur les quais et cherchait dans la mer le Chemin de la Maison.

LANTERNE DES NOYÉS

Lorsque Antonio racheta la « Lanterne des Noyés » à la veuve d'un matelot qui avait ouvert ce café bien des années auparavant, ledit café portait déjà ce nom et montrait au-dessus de la porte la même enseigne mal peinte qui représentait une sirène repêchant un noyé. Le matelot qui l'avait monté avait un beau jour débarqué d'un cargo pour jeter l'ancre dans la vieille salle obscure de ce rez-de-chaussée colonial. Sa maîtresse, une mulâtresse foncée, faisait du riz au lait pour les clients et fournissait à manger aux travailleurs des quais.

Pourquoi il avait donné au cabaret ce nom de « Lanterne des Noyés », on n'en savait rien. Ce qu'on savait, c'est qu'il avait fait naufrage trois fois et qu'il avait couru le monde entier. Avant de mourir, il avait épousé sa maîtresse pour lui permettre d'hériter du café, déjà bien achalandé. Elle le vendit à son tour à Antonio qui le guignait depuis longtemps, le trouvant très bien situé. Par exemple, le nom ne lui plaisait pas. C'était bizarre, ça n'avait pas sa raison d'être. Aussi, quelques jours après la conclusion du marché, l'enseigne fut changée. La nouvelle portait un dessin maladroit représentant une caravelle de l'époque des découvertes portugaises, et au-dessous le nom : « Café Vasco de Gama. »

Seulement, il arriva que les clients, étonnés par le nouveau nom du cabaret, n'entraient plus. Entre cette enseigne neuve et le nettoyage de la salle, ils ne reconnaissaient plus leur vieux repaire habituel où ils avaient coutume de venir boire de la gnôle et bavarder le soir.

Antonio était superstitieux. Le lendemain il alla chercher au débarras la vieille enseigne qu'il remit en place. Il garda l'autre, celle où il y avait une caravelle portugaise, pour quand il posséderait un café dans le centre. Avec l'enseigne de la « Lanterne des Noyés » reparut aussi la mulâtresse foncée qui avait été la maîtresse du matelot, et qui se remit à préparer le riz au lait pour les habitués et la popote des dockers, et à coucher dans le même lit qu'avant. La seule différence, c'est qu'elle couchait maintenant avec un portugais bavard au lieu d'un matelot taciturne. Si jamais Antonio montait un café dans le centre et y accrochait l'enseigne au nom de « Vasco de Gama » ornée des caravelles du temps des découvertes, elle resterait à la « Lanterne des Noyés », elle continuerait à faire le riz au lait des habitués, la tambouille des dockers, et elle coucherait dans le même lit avec le nouveau propriétaire.

Les clients revinrent à la « Lanterne des Noyés ». On y voyait des matelots blonds et d'autres nègres discuter ensemble de lointaines croisières. Des patrons de caboteurs parlaient des foires de la baie où ils allaient porter leurs cargaisons de fruits. On jouait de la guitare, on chantait des *sambas*, on racontait des histoires à faire frémir par les nuits fourmillantes d'étoiles. Des femmes descendaient de la Rampe de la Grosse Poutre à la « Lanterne des Noyés ».

Antonio Balduino, Zé-la-Crevette et le Gros étaient parmi les plus assidus. Jubiaba lui-même y faisait parfois une apparition.

Non seulement le nègre Antonio Balduino avait été le meilleur disciple de Zé-la-Crevette dans l'art de la savate, mais encore il n'avait pas tardé à surpasser son maître à la guitare et à devenir aussi célèbre que lui. Bien des fois, lorsqu'il vagabondait par les rues de la ville, il se mettait à rythmer sur son chapeau de paille un air qu'il avait inventé et il chantait à mesure des paroles qui étaient sorties de sa tête. Ça finissait par faire un nouveau *samba* qu'il chantait aux amis du Morne :

> *C'est une bonne vie, ma belle, la vie du nègre...*
> *C'est la fête tous les jours*
> *Y a danse tous les soirs sur l'aire*
> *Et des brunes pour faire la foire.*

C'était un succès dans les fêtes.

> *Le seigneur de Bonfin est mon saint*
> *Il fait des philtres bien forts*
> *Moi je suis un vaurien, ma belle,*
> *Et c'est toi qui fais mon malheur.*

Pas une fille n'y résistait.

Un jour, un type bien habillé vint sur le Morne et demanda Antonio Balduino. On lui montra le nègre qui causait dans un groupe. L'homme s'approcha de lui en traînant sa canne derrière lui.

— C'est vous, Antonio Balduino ?

Balduino crut que c'était quelqu'un de la police.

— Pourquoi que vous demandez ça ?

— Ce n'est pas vous qui faites des *sambas* ? dit l'homme en le désignant de sa canne.

— Des fois, quand il me vient des idées.

— Est-ce que vous voulez m'en chanter une ?

— Sauf respect, pourquoi que ça vous intéresse ?

— Il est possible que j'en achète.

Antonio Balduino avait précisément besoin d'argent pour acheter des souliers neufs qu'il avait vus au marché d'Agua dos Meninos. Il alla chercher sa guitare et chanta plusieurs *sambas*. Deux d'entre eux plurent à l'homme.

— Est-ce que vous voulez me les vendre ?

— Pourquoi vous les voulez ?...

— Parce qu'ils me plaisent.

— Entendu.

— Je vous donne vingt milreis pour les deux...

— C'est bien payé. Quand vous en voudrez d'autres...

L'homme lui fit siffler les airs qu'il nota sur un papier tout couvert de lignes. Puis il écrivit les paroles.

— Je reviendrai en acheter d'autres...

Il descendit en traînant sa canne. Les habitants du Morne ouvraient de grands yeux. Antonio Balduino s'étendit à la porte de l'épicerie et posa les deux billets de dix milreis sur son ventre nu. Il se mit à penser aux souliers neufs qu'il allait acheter et au coupon de cotonnade qu'il offrirait à Jeanne.

L'homme qui avait acheté les *sambas* disait, le même soir, dans un café du centre de la ville :

— J'ai fait deux *sambas* formidables...

Et il chanta en battant des doigts sur la table. Plus tard, les *sambas* furent enregistrés sur disques, chantés à la T.S.F., joués au piano. Les journaux disaient : « Le plus grand succès du carnaval cette année est allé aux *sambas* du poète Anisio Pereira. Ils sont vraiment irrésistibles. »

Antonio Balduino ne lisait pas les journaux, n'écoutait pas la T.S.F., ne jouait pas du piano. Il continua à vendre des *sambas* au poète Anisio Pereira.

Jeanne laissait flotter ses cheveux, qu'elle lissait au fer avec soin, et les parfumait avec un parfum qui faisait tourner la tête à Antonio Balduino. Il lui plongeait dans le cou son nez épaté, soulevait la chevelure et aspirait longuement l'odeur de ce parfum. Elle lui disait en riant :

— Vas-tu tirer ton museau de là ?

Et lui de répondre, riant aussi :

— Ce que ça sent bon !

Il la renversait sur le lit. La voix de Jeanne disait, déjà lointaine :

— Salaud !

Le jour où il apparut chaussé de ses souliers neufs, et portant sous le bras le coupon d'indienne pour faire une robe, Jeanne était justement en train de chanter un des *sambas* qu'il avait vendus au type à la canne. Antonio Balduino lui dit :

— Tu ne sais pas, Jeanne ? Eh bien, moi, je l'ai vendu.

— Comment, tu l'as vendu ? Elle se demandait comment on pouvait vendre un *samba.*

— Y a un type qu'est venu sur le Morne, et qui m'en a acheté deux pour vingt milreis. Tu parles d'une affaire...

— Mais qu'est-ce qu'il voulait en faire ?

— Est-ce que je sais ? Pour moi, c'est un maboul.

Jeanne se mit à réfléchir. Mais Antonio Balduino lui donna le coupon d'étoffe :

— Avec l'argent je t'ai acheté ça...

— Ce que c'est joli !

— Et regarde si je suis chic avec mes souliers neufs.

Elle se jeta au cou d'Antonio Balduino qui riait aux éclats ; il trouvait la vie belle, et il était content d'avoir fait une bonne affaire. Et tandis qu'il humait le parfum de Jeanne dans son cou, elle lui chantait son *samba.* C'est la seule personne qui l'ait chanté en sachant qui en était vraiment l'auteur.

Antonio Balduino l'avertit :

— Aujourd'hui on va aller à la *macumba* chez Jubiaba. C'est ta fête, ma gosse.

Ils allèrent à la *macumba,* puis s'étendirent sur le sable du port, où ils firent l'amour avec rage. Car en possédant Jeanne, Antonio Balduino se donnait l'illusion de posséder Lindinalva.

Ils allaient régulièrement à la « Lanterne des Noyés ». Et pourtant Jeanne n'y tenait pas du tout :

— Tu comprends, un endroit où on voit tant de poules... Les gens sont capables de croire que j'en suis une aussi.

Jeanne était serveuse dans un restaurant de la

rue de la Victoire et habitait une petite chambre aux Quintas. Faire l'amour au port lui plaisait, mais quant à la « Lanterne des Noyés », elle n'y allait que pour satisfaire le caprice de Balduino. Quand ils y allaient ensemble, il s'asseyait avec elle à une table à part, buvant de la bière et répondant par un sourire aux autres qui lui disaient bonsoir. Il venait montrer sa maîtresse, après quoi il s'en allait en clignant de l'œil comme pour laisser entendre ce qu'ils allaient faire.

Mais presque tous les jours, Balduino y retrouvait le Gros, Joachim et Zé-la-Crevette. Ils buvaient de la gnôle, ils racontaient des anecdotes et riaient comme seuls les nègres savent rire. Le soir de l'anniversaire du Gros, Viriato-le-Nain fit une apparition. Il avait bien changé dans les dernières années. Il n'était guère plus grand ni plus robuste, bien sûr, mais il était couvert de haillons et marchait en s'appuyant sur un gourdin grossièrement taillé.

— Je suis venu boire à ta santé, Gros...

Le Gros commanda de la gnôle. Antonio Balduino demanda :

— Comment ça va, Viriato ?

— Comme ça...

— T'es malade ?

— Non. Ça, c'est pour mendier, et il fit son habituel sourire pincé.

— Pourquoi est-ce qu'on ne te voit plus ?

— Ben, tu sais... J'suis vaseux... Ça ne me dit même rien...

— On m'a raconté que t'avais été malade ?

— Et comment ! Un coup de palu. L'Assistance

m'a ramassé... Si je retombe malade, j'aime mieux mourir dans la rue.

Il accepta la cigarette que lui offrit Joachim.

— Mais t'es remis maintenant, dit Balduino.

— Remis, non. Les fièvres ça revient. Un de ces jours, je crèverai dans la rue comme un chien.

Le Gros étendit sa main sur la table vers Viriato :

— Mais non, vieux frère, tu ne mourras pas.

Joachim essaya de rire :

— La mauvaise graine, ça pousse toujours.

Mais Viriato continua :

— Tu te rappelles Rozendo, Antonio Balduino ? Il est tombé malade, mais sa mère est venue le chercher. C'est même moi qui l'ai trouvée. Et Philippe, le Beau, quand il est mort, il a eu sa mère qu'est venue à l'enterrement. Toutes ces fleurs, c'est elle qui les avait apportées, et puis, y a des tas de femmes qui sont venues...

Joachim l'interrompit :

— Y en avait une qui t'avait de ces cuisses...

— Tout le monde a un père, une mère, quelqu'un enfin. Moi j'ai personne.

Il jeta la cigarette dans un coin, demanda un autre verre de gnôle. Le Gros tremblait. Antonio Balduino regardait dans son verre d'eau-de-vie.

Viriato-le-Nain se leva :

— Je vous embête...

— Tu t'en vas déjà ? lui demanda Joachim.

— Je vais faire la sortie du ciné.

Et il s'en alla en se traînant sur son bâton, voûté, haillonneux.

— Il a pris l'habitude maintenant de marcher comme ça, dit Joachim.

— Pourquoi est-ce qu'y ne parle que de choses

tristes ? demandait le Gros ; mais ça lui faisait de la peine, parce qu'il était très bon.

— Il en sait plus que vous, affirma Antonio Balduino.

A la table voisine, un mulâtre coiffé d'un toupet expliquait à un nègre :

— Moïse donna l'ordre à la mer de s'ouvrir et il traversa avec tous les chrétiens.

Le Gros protesta :

— Il aurait pas dû faire ça aujourd'hui, pour mon anniversaire.

— Faire quoi ?

— Parler de choses tristes... Ça a gâté la fête.

— Mais non. On va aller faire la bringue chez Zé-la-Crevette. On emmènera des poules, dit Antonio Balduino.

Le Gros paya les tournées. A la table à côté, le mulâtre racontait l'histoire du roi Salomon qui avait six cents femmes.

— Tu parles d'un mâle, dit Antonio Balduino en éclatant de rire.

Ils firent la bringue, ils se gorgèrent de gnôle, ils baisèrent des filles bien balancées, mais ils ne parvinrent pas à oublier Viriato-le-Nain qui n'avait personne pour soigner ses fièvres.

Jeanne faisait des scènes à Balduino à cause de ses autres maîtresses. Fort de ses dix-huit ans de robuste polisson, il jouissait d'un grand prestige parmi les boniches, les blanchisseuses et les petites marchandes d'*acarajé* et d'*abara*. Il savait leur parler et il finissait toujours par les emmener sur le quai où ils se roulaient sur le sable.

Il faisait l'amour avec elles et puis il ne les

revoyait plus. Elles passaient dans sa vie comme les nuages qui passent dans le ciel et qui lui suggéraient des comparaisons poétiques.

— Tes yeux sont si noirs qu'on dirait des nuages.

— Aïe, il va pleuvoir...

— Alors allons à la maison... Je connais un endroit où on est bien à l'abri.

Mais Jeanne, elle, avait le fameux parfum dans le cou. Elle s'accrochait à lui, se fâchait quand elle apprenait qu'il avait culbuté une fille quelconque, et on prétend même qu'elle lui jeta un sort pour s'assurer sa fidélité. Elle avait attaché au caleçon de son amant des plumes de poule noire et de la *farofa* à l'huile de *dendé* où elle avait mis cinq sous de cuivre. Elle plaça le tout à la porte d'Antonio Balduino par une nuit de pleine lune.

Le jour de la fête chez Arlindo, à Brotas, elle avait fait un foin du diable, rien que parce que Antonio Balduino avait dansé plusieurs fois avec Delphine, une petite métisse blonde. Elle avait voulu cogner sur l'autre, elle avait même été jusqu'à enlever son soulier. Antonio Balduino, que cette dispute amusait fort, riait aux éclats.

Rentrés chez eux, Jeanne lui demanda :

— Qu'est-ce que tu as trouvé de bien dans ce chameau ?

— Tu es jalouse d'elle ?

— Cette vieille peau... Elle tombe en morceaux, de pourrie qu'elle est. Non, je me demande ce que tu as bien pu lui trouver.

— Ça, tu ne peux pas savoir... Elle a peut-être des secrets.

Et de rire là-dessus, et de rouler avec elle sur le lit en humant le parfum de sa nuque.

Il se rappelait comment il l'avait connue. C'était à la fête de la Rivière Rouge. Il l'avait repérée de loin, tout en jouant de la guitare. Elle avait tout de suite eu le béguin pour lui. Le lendemain, c'était un dimanche, ils se rencontrèrent et s'en furent à la matinée de l'Olympia. Elle lui avait raconté une histoire très compliquée pour lui prouver qu'elle était vierge, et il avait fini par le croire. Il eut envie de laisser tomber, mais il se rendit tout de même au rendez-vous convenu pour le jeudi suivant parce qu'il n'avait rien d'autre à faire ce soir-là. Ils se promenèrent au Campo Grande, lui ne disait rien, parce qu'elle était vierge, et que les vierges ne l'intéressaient pas. Au moment de le quitter pour retourner à son travail, elle lui déclara :

— Ecoutez, j'ai vu que vous étiez un brave garçon bien convenable, alors je vais vous dire la vérité. Je ne suis plus vierge.

— Par exemple !

— C'est mon oncle, mon oncle qui habitait chez nous. Y a trois ans, un jour que j'étais seule, et que maman était allée travailler...

— Et votre père ?

— Je ne l'ai jamais connu. Mon oncle a profité de l'occasion et il m'a prise de force.

— C'est honteux, affirma Antonio Balduino, qui, au fond, trouvait que l'oncle avait eu bien raison.

— Je n'ai jamais plus connu d'homme depuis. Mais, maintenant, vous, vous me plaisez.

Cette fois Antonio Balduino s'aperçut qu'elle lui bourrait le crâne, mais il ne dit rien. Il l'empêcha de retourner à son travail ce soir-là, et comme il n'avait nulle part où l'emmener, ils allèrent sur les quais, face à la mer et aux navires. Plus tard, ils louèrent la petite chambre de Quintas où Jeanne quotidiennement lui racontait des mensonges et lui faisait des scènes.

Le nègre ne la croyait plus, et il commençait à en avoir assez.

Il était à la « Lanterne des Noyés » un soir de mauvais temps quand le Gros entra, hors d'haleine. Joachim qui causait avec Antonio Balduino l'aperçut : « Voilà le Gros. »

— Vous savez ce qui est arrivé ? les dockers ont trouvé un cadavre.

Ils ne furent guère impressionnés : c'était courant.

— Viriato...

— Qui ?

— Viriato-le-Nain.

Ils sortirent en courant. Le corps était là, au bord du quai. Un groupe d'hommes l'entourait. Il avait dû passer trois jours à peu près dans l'eau car il avait gonflé. Ses yeux grands ouverts paraissaient les dévisager. Son nez avait déjà été à moitié rongé par les poissons et on entendait le bruit étrange que faisaient les petits crabes à l'intérieur.

Ils prirent le corps et le portèrent à la « Lanterne des Noyés ». Ils assemblèrent deux tables et le posèrent dessus. Les crabes grouillaient sous sa peau. On aurait dit des clochettes qui sonnaillaient. Antonio apporta du comptoir une bougie pour la mettre dans la main qui déjà ne s'ouvrait plus. Joachim dit :

— Il a grandi depuis qu'il est mort.

Le Gros priait :

— Le pauvre ! Il n'avait personne pour lui...

Quelques buveurs vinrent voir. Les femmes regardaient puis, prises de peur, s'éloignaient. Antonio tenait toujours la bougie, car personne n'avait le courage de la mettre dans la main du défunt. Antonio Balduino la prit et s'approcha du mort. Il ouvrit sa main épaisse et mit la bougie dedans.

— Il était tout seul, dit-il. Il cherchait le chemin de la maison et il a pris la mer...

Personne ne comprenait. Quelqu'un demanda où Viriato habitait. Jubiaba qui venait d'arriver voulut savoir ce qui se passait.

— Il cherchait l'œil de piété, Père Jubiaba ! Mais il ne l'a jamais trouvé, alors il s'est tué. Il n'avait ni père ni mère, personne pour prendre soin de lui. Il est mort parce qu'il n'a pas trouvé l'œil de piété.

Personne ne comprenait, mais ils eurent un frisson quand Jubiaba dit : *Oju ànun fó ti iká, li ôkú.*

Le Gros racontait avec force détails pathétiques l'histoire de Viriato-le-Nain à l'un des hommes qui buvaient de l'eau-de-vie. Selon le Gros, un jour Viriato avait vu trois anges et une femme habillée de rouge qui était sa mère et qui l'appelait au ciel. C'est alors qu'il s'était jeté à l'eau.

Soudain, au milieu de tout ce monde, Antonio Balduino se sentit seul avec le cadavre, et il prit peur, une peur folle. Il se mit à trembler, à claquer des mâchoires. Il se les rappelait tous : sa tante Louise qui était devenue folle, Léopold qui avait été assassiné, Rozendo malade appelant sa mère à grands cris, Philippe, le Beau, sous l'automobile, le vieux Sallustiano se suicidant sur les quais, le corps de Viriato-le-Nain, où les crabes grouillaient en faisant un bruit de sonnailles.

Il pensa que tous, morts et vivants, ils étaient malheureux ; et aussi, ceux qui naîtraient par la suite. Il se demandait pourquoi.

La tempête éteignit la lumière de la « Lanterne des Noyés ».

MACUMBA

D'abord on conjura Echoû, pour éviter qu'il ne perturbât l'ordre de la cérémonie. Et Echoû s'en alla très loin, en Afrique, ou à Pernambouc.

La nuit pénétrait dans l'intimité des maisons et c'était la nuit calme et religieuse de la Baie de tous les Saints.

De la maison du Père de Saint Jubiaba venaient des sons de tambours, de timbales, de sonnailles et de calebasses, sons de *macumba* qui allaient se perdre dans le clignotement des étoiles. A la porte des négresses vendaient l'*acarajé* et l'*abara*.

Cependant Echoû, qu'on avait conjuré, s'en alla troubler d'autres fêtes au loin, dans les cotonneries de la Virginie, ou à Rio, dans les *candomblés* du Morne de la Favela.

L'orchestre jouait au fond de la salle dans un coin, sur la terre battue. Les sons monotones résonnaient dans le crâne des assistants. Musique énervante, nostalgique, musique aussi vieille que la race, qui sortait des tambours, des timbales, des sonnailles et des calebasses.

L'assistance, déployée en cercle le long des murs, gardait les yeux fixés sur les *ogans* qui restaient assis au milieu de la salle, formant un carré. Autour des *ogans* tournaient les *feitas*. Les *ogans* sont d'importants personnages car ils sont membres du *candomblé* et les *feitas* sont les prêtresses, celles qui peuvent recevoir le saint. Antonio Balduino était *ogan*, Joachim aussi, mais le Gros, qui ne l'était pas encore, se trouvait quelque part dans l'assistance au coude à coude avec un blanc, maigre et chauve, qui suivait la scène avec une extrême attention et s'évertuait à scander la musique en se donnant des claques sur les genoux. Le reste de l'assistance se composait de noirs, de mulâtres, serrés contre de grosses négresses vêtues de jupons et de chemisettes décolletées, couvertes de colliers. Les *feitas* dansaient sur un rythme lent, en secouant le corps.

Soudain une vieille négresse qui était adossée au mur principal, près de l'homme chauve, et qui, depuis quelque temps, était agitée de tremblements nerveux, reçut le saint. On l'emmena dans la petite chambre, mais comme elle n'avait pas été initiée dans la maison même, elle y resta jusqu'à ce que le saint l'eût abandonnée pour saisir une jeune négresse, qu'on fit entrer à son tour dans la chambre des prêtresses.

Le saint qui l'avait prise était Changô, le dieu des éclairs et du tonnerre, et comme cette fois-là il avait choisi le corps d'une initiée, la petite négresse reparut en vêtements de saint : robe blanche et perles blanches, mouchetées de rouge. Elle tenait à la main un petit bâton.

La mère du *terreiro* entonna le cantique de bienvenue au saint :

Edurô dêmin lonan ô yé !

L'assistance répondit en chœur :

à umbô k'ô wá jô !

La mère du *terreiro* disait ensuite dans son cantique *nagô :*

Faites-nous place, car nous allons danser.

Les prêtresses faisaient la ronde autour des *ogans* et l'assistance honorait le saint, les mains ouvertes, les bras cassés à angles droits, les paumes tournées vers lui :

— Oké !

Tous criaient :

— Oké ! Oké !

Les nègres, les négresses, les mulâtres, l'homme chauve, le Gros, toute l'assistance encourageait le saint :

— Oké ! Oké !

Alors le saint pénétra dans le cercle des initiées et se mit à danser lui aussi. Le saint était Changô, dieu des éclairs et du tonnerre : il portait des perles blanches mouchetées de rouge sur une robe blanche. Il entra et salua Jubiaba qui se trouvait au milieu des *ogans,* car il était le plus grand de tous les Pères de Saint. Puis il se retourna en dansant et vint saluer l'homme blanc et chauve qui était venu là, invité par Jubiaba. Le saint saluait une personne en s'inclinant trois fois devant elle, puis il lui donnait l'accolade.

La mère du *terreiro* chantait maintenant :

> *Iya ri dé gbê ô*
> *Afi dé si ómón lôwô*
> *Afi ilé ké si ómón lérun*

ce qui voulait dire :

> *La mère se pare de joyaux*
> *Elle met des perles au cou de ses petits*
> *Elle met d'autres perles au cou de ses petits.*

Là-dessus, les *ogans* et l'assistance faisaient entendre une série d'onomatopées qui imitaient le bruit des perles entrechoquées :

> *Omirô wónrón wónrón wónrón êmirô.*

Jeanne dansait déjà, comme en état de transe, quand elle fut saisie par Omolou, la déesse de la vessie.

Elle entra dans la petite chambre d'où elle ressortit vêtue d'une jupe multicolore où dominait le rouge vif, avec un pantalon brodé qui apparaissait sous la robe. Le buste était nu, sauf un foulard blanc noué sur les seins. Le buste de Jeanne était parfait, ses seins durs pointaient à travers le foulard. Mais personne ne reconnaissait en elle la négresse Jeanne. Pas même Antonio Balduino ne voyait en elle sa maîtresse qui dormait sans rêve sur les quais. Ce buste était celui d'Omolou, la redoutable déesse de la vessie. Et la voix monotone de la mère du *terreiro* saluait l'entrée de la déesse :

> *Edurô dêmin lonan ô yé!*

Sons de tambours, de timbales, de calebasses et de sonnailles. Musique monotone, lancinante, qui affolait. L'assistance faisait chorus :

A umbô k'ô wá jô.

On saluait le saint :
— Oké ! Oké !
Alors Omolou qui dansait dans le cercle des initiées vint saluer Antonio Balduino. Puis elle salua ceux de l'assistance qui « pouvaient entrer dans la maison ». Elle salua le Gros, salua l'homme chauve.

Maintenant tout le monde était excité, tout le monde voulait danser. Omolou venait prendre les femmes du cercle pour danser. Antonio Balduino balançait le buste comme pour ramer. Les bras s'étiraient pour saluer le saint. Un mystère se répandait dans la salle, qui venait des saints, de l'orchestre, des cantiques, et surtout de Jubiaba, centenaire et minuscule.

On avait attaqué en chœur un autre chant de *macumba* :

Eôlô biri ô b'ajá gbá kó a péhindá

ce qui signifiait :

Le chien quand il marche montre sa queue.

Ochossi, le dieu de la chasse, fit alors son apparition. Il était vêtu de blanc et de vert, avec un peu de rouge, et portait un arc débandé et une

113

flèche pendus d'un côté de la ceinture. De l'autre côté un carquois était accroché. Il portait cette fois-là, outre le casque de métal surmonté d'un bout d'étoffe verte, un chasse-mouches.

Les pieds nus des femmes pilonnaient la terre battue. Les corps ondulaient suivant le rite. La sueur ruisselait, tous étaient empoignés par la musique et par la danse. Le Gros tremblait de tous ses membres et ne voyait plus rien que les formes confuses des femmes et des saints et des dieux capricieux de la forêt lointaine. L'homme blanc trépignait ; il dit à l'étudiant :

— Je n'y tiens plus. Je vais danser...

Le saint saluait Jubiaba. Des bras formant des angles aigus honoraient Ochossi, dieu de la chasse. Des lèvres se serraient ; des mains, des corps tremblaient, dans le délire de la danse sacrée. Tout à coup Ochala — qui est le plus grand de tous les dieux, et qui se divise en deux personnes : Ocho-diyan le jeune, et Ocholoufan le vieux — posséda la Marie-des-Rois, une petite négresse de quinze ans, au corps vierge et poli. Elle devint Ocholoufan, Ochala vieux, courbé, appuyé sur un bâton de lumière. Quand elle sortit de la petite chambre, elle était tout de blanc vêtue. L'assistance la salua en se prosternant jusqu'à terre :

— Oké ! Oké !

Et c'est seulement alors que la mère du *terreiro* chanta :

E inun ojá l'a ô ló, inun li a ô lô

114

C'est-à-dire :

Préparez-vous, gens de la foire. Nous allons envahir la foire.

Et l'assistance reprenait en chœur :

Erô ójá é para mon, ê inun ójá li a ô ló.
Attention, les amis, nous allons entrer dans la foire.

Oui ils allaient entrer dans la foire, parce qu'il y avait parmi eux Ochala, le plus grand de tous les dieux nègres.

Ocholoufan, le vieux Ochala, ne s'inclina que pour Jubiaba. Puis il dansa parmi les initiées. Enfin la Marie-des-Rois trébucha, tomba sur le sol. Mais elle continuait à danser, son corps rythmant ses spasmes, écumant de la bouche et du sexe.

Tous étaient devenus fous dans la salle, tous dansaient, au son des tambours, des timbales, des sonnailles et des calebasses. Les saints dansaient aussi au son de la vieille musique africaine ; ils dansaient tous les quatre au milieu des initiées, autour des *ogans*. Il y avait Ochossi, le dieu de la chasse, Changô dieu de l'éclair et du tonnerre, Omolou déesse de la vessie, et Ochala, le plus grand de tous, qui s'ébrouait par terre.

Sur l'autel catholique, dans un coin de la salle, Ochossi était représenté par saint Georges ; Changô, par saint Jérôme ; Omolou par saint Roch, et Ochala, par le Seigneur de Bonfin, qui est le plus miraculeux des saints de la ville noire. C'est lui qui a la plus jolie fête, car sa fête est tout à fait pareille à un *candomblé* ou à une *macumba*.

Dans la salle on avait offert à l'assistance du maïs grillé, puis on lui servit du *chin-chin* de bouc et de mouton avec du riz de *haüssa*. Les nuits de *macumba* les nègres de la ville se réunissaient sur le *terreiro* de Jubiaba et se racontaient leurs affaires. Ils passaient la nuit hors de leurs maisons à causer, à discuter les événements de la semaine. Mais cette nuit-là ils ne se sentaient pas tout à fait à leur aise, à cause de l'homme blanc qui était venu de très loin pour assister à la *macumba* du père Jubiaba. L'homme blanc avait mangé beaucoup de *chin-chin* de bouc, et de riz de *haüssa* ; il s'en léchait encore les lèvres. Antonio Balduino savait que cet homme composait un A B C et qu'il courait le monde. D'abord il avait pensé qu'il était marin. Le Gros affirmait qu'il était chemineau. En fait, il avait été amené là par le poète qui avait acheté les sambas de Balduino. Ce blanc voulait voir des *macumbas* et le poète lui avait dit que seul Antonio Balduino avait assez de prestige pour obtenir qu'il fût admis dans la *macumba* de Jubiaba. Mais malgré tous les éloges dont il était l'objet, Antonio Balduino ne s'était pas senti très disposé à parler de lui à Jubiaba. Amener aux *macumbas* un blanc, surtout un inconnu, ce n'est pas une chose à faire. Il pouvait être de la police, et venir là seulement pour une rafle. Une fois ils avaient pris Jubiaba, et le Père de Saint avait passé la nuit en tôle avec Echoû. Il fallut que Zé-la-Crevette, qui était débrouillard comme pas un, allât récupérer à la police l'*Orichala,* à la barbe du factionnaire. Quand il revint, l'apache, avec Echoû sous son veston, ce fut du délire. Et la *macumba,* cette fois-là, dura la nuit entière, pour apaiser Echoû justement irrité, qui pouvait se venger en troublant les fêtes suivantes.

C'était pour cela que Balduino hésitait à amener le blanc. Il ne se décida à en parler à Jubiaba que sur l'insistance de l'étudiant nègre qui était son ami, et qui suppliait :

— Je garantis cet homme-là... J'en suis sûr comme de moi-même.

Alors le nègre voulut tout savoir de la vie de ce blanc. Quand il sut qu'il courait le monde, pour tout voir, il s'enthousiasma. Qui sait si cet homme-là n'écrirait pas un jour son A B C à lui ?

Le blanc prit congé, non sans avoir affirmé à Jubiaba qu'il n'avait jamais rien vu d'aussi merveilleux. L'étudiant partit avec lui et alors seulement les nègres, comme qui dirait, respirèrent. Ils pouvaient raconter leurs affaires, parler de ce qu'ils aimaient, dire des mensonges gros comme ça.

Le Rosado dit à Balduino :

— T'as vu mon nouveau tatouage ?

— Non.

Le Rosado était un matelot qui passait à Bahia de temps à autre. Un jour il avait donné des nouvelles de Zé-la-Cosse qui naviguait sur les mers lointaines, et qui déjà causait *gringo*. Le Rosado avait les côtes entièrement tatouées de noms de femmes. Il y avait aussi un vase de fleurs, un poignard. Et maintenant il avait fait mettre une tête de taureau et un fouet.

Il riait. Antonio Balduino admira, avec une pointe d'envie :

— Pas mal...

— Et tu sais, petit, à bord y a un américain qui a un atlas sur le ventre. Une merveille...

Antonio Balduino se rappela l'homme blanc. Il aurait dû voir ça. Mais il était parti et on aurait dit qu'il fuyait pour ne pas faire honte aux nègres. Antonio Balduino va se faire tatouer, lui aussi. Mais il ne sait pas bien encore ce qu'il fera mettre. Au fond il aimerait assez la mer et Zumbi des Palmiers. Il y a un nègre, sur les quais, qui porte au côté le nom de Zumbi, en toutes lettres.

Damien, le vieux nègre au poil blanc, sourit.

— Ça vous plaît de voir des tatouages ?

Jubiaba fait un geste pour le retenir. Mais il a déjà tiré sa chemise et on lui voit la peau. Son dos porte la marque du fouet. Il a été fouetté dans les *fazendas* au temps de l'esclavage. Antonio Balduino a remarqué sous les traces du fouet une brûlure :

— Qu'est-ce que c'est ça, mon oncle ?

Lorsque Damien comprend qu'il s'agit de la brûlure, il a honte tout à coup et cache cela. Il se tait et regarde là-bas, la ville tout illuminée. La Marie-des-Rois regarde Antonio Balduino. Les nègres qui ont été esclaves peuvent aussi avoir leur secret.

Jeanne s'en était allée, le cœur gros de jalousie, et la Marie-des-Rois était rentrée, elle aussi, chez sa mère. Alors Antonio Balduino descendit avec le Gros et Joachim. Il emportait sa guitare, en cas de bringue.

Mais le Gros ne tarda pas à partir, car il habitait loin, chez sa grand'mère, une octogénaire, qui avait une petite barbe, et qui avait perdu depuis longtemps toute notion de la réalité. Elle habitait un monde à part, mélangeait dans ses récits les événements et les personnages, sans arriver jamais au dénouement. En vérité ce n'était pas la grand'mère du Gros. Le Gros avait inventé cette parenté, car il avait honte d'entretenir cette vieille qui, avant de l'avoir rencontré, était sans domicile. Mais c'était tout comme si elle eût été véritablement sa grand'-mère : il passait des heures en conversation avec elle, et rentrait de bonne heure afin de ne pas la laisser seule. Parfois on rencontrait le Gros avec un coupon de tissu et on pensait que c'était pour quelque mignonne.

— C'est pour ma grand'mère, la pauvre... Elle use beaucoup ses vêtements, parce qu'elle se couche sur la terre sale. Elle est déjà tombée en enfance...

— Dis donc, Gros, c'est ta grand'mère du côté de ton père, ou de ta mère ?

Le Gros s'embarrassait. Les autres savaient bien que le Gros n'avait jamais connu son père ni sa mère. Mais le Gros avait une grand'mère, et beaucoup la lui enviaient.

Quand le Gros fut parti, Antonio Balduino et Joachim descendirent la rampe en sifflant un *samba*. La rampe était silencieuse et déserte. Il n'y avait qu'une fenêtre éclairée, une fenêtre de maison pauvre, sur laquelle une femme étendait des langes de nouveau-né. On entendit dans la chambre la voix d'un homme :

— P'tit gars... p'tit gars...

Joachim observa :

— J'en connais un qui roupillera au travail demain... Il fait un métier de nourrice sèche...

Antonio Balduino demanda :

— T'as remarqué comme il est bon, le Gros ?

— Bon ? Joachim n'avait pas remarqué.

— Oui, bon... C'est un type bon. Il a l'œil de piété ouvert.

Ils continuèrent à descendre, en silence. Balduino revoyait la scène de la *macumba,* l'homme chauve qui avait parcouru le monde. L'homme était parti, c'est vrai, il s'était enfui. Antonio Balduino pensa que cet homme n'était autre que Pedro Malazarte. Mais il s'était enfui quand il avait vu que les nègres avaient honte. Il se rappela Zumbi des Palmiers. S'il y avait eu un autre Zumbi ce vieux nègre n'aurait pas été fouetté. Et ce blanc qui était parti... Un jour il écrirait l'A B C d'Antonio Balduino, A B C héroïque où il chanterait les hauts faits d'un nègre libre, joyeux et brigand, courageux comme sept.

En pensant à cela Antonio Balduino retrouve sa gaieté. Il rit :

— Tu sais pas une chose, Joachim ? Je vais avoir le pucelage de cette négrillonne...

— Laquelle ? Joachim dressait l'oreille.

— La Marie-des-Rois, celle qu'a été prise par Ochala. La petite...

— Ça c'est du linge, Baldo. Elle est fiancée d'un militaire. Tu vas te mettre dans un sale pétrin.

— De quoi ?... Je te dis qu'elle en pince pour moi. Soldat ? connais pas. C'est moi qui me l'envoie, la brunette... Le soldat, qu'il aille se faire foutre...

Joachim savait bien que si Balduino voulait vraiment la mulâtresse, il se soucierait fort peu du soldat. Mais il n'aimait pas les histoires avec les militaires, et il conseilla :

— Laisse choir la brunette, Baldo...

Il n'avait oublié qu'une chose : c'est qu'Antonio

Balduino quand il serait mort devait avoir un A B C, et que tous ses héros chantés dans les A B C aiment romantiquement des donzelles l'espace d'une nuit, et que le lendemain ils se disputent avec des militaires.

Ils marchèrent dans la ville basse qui sommeillait. Ils ne rencontrèrent personne pour faire la noce avec eux. La « Lanterne des Noyés » était déjà fermée. Personne dans les rues, pas une négresse, à emmener sur la plage. Pas un bistro où boire une *queue de coq*[1]. Ils marchaient, humant le vent ; Joachim bâillait. Ils enfilèrent une ruelle et virent un couple de mulâtres, qui semblaient récents amoureux.

Joachim signala :

— Une mulâtresse, vieux frère...

— Y a bon, Joachim. C'est pour nous...

— Elle est avec un mâle, Baldo.

— Tu vas voir si je connais la musique...

D'un bond Antonio Balduino fut sur la mulâtresse. Il lui donna une violente bourrade, et la femme tomba sur le pavé.

— Alors salope, faut plus te gêner ! Pendant que je travaille, tu vas te frotter aux hommes... T'as pas honte ?

Puis il se retourna vers le mulâtre. Celui-ci, avant que Baldo lui eût rien dit, s'excusa :

— C'est votre amie ? Je savais pas, moi...

---

1. *Rabo de gallo,* cet équivalent littéral de *cocktail* désigne généralement un mélange d'eau-de-vie de canne et de sirop de groseilles. (*N. d. T.*).

— Mon amie ? Ma femme, tu veux dire ! On s'est mariés à l'église, t'entends ? A l'église...

Il avançait vers l'homme.

— Je ne savais pas. Excusez-moi... Elle m'a rien dit...

Il s'éloigna en louvoyant et disparut au premier tournant. Antonio Balduino riait comme un perdu. Joachim était resté à l'écart, pour les laisser s'expliquer entre hommes. Comme il se rapprochait :

— T'as vu le coup ?

Tous deux riaient à gorge déployée, un rire à réveiller la ville. Un autre rire monta du sol. C'était la femme qui se relevait. Une mulâtresse édentée, bien claire, qui ne valait guère cet exploit. Mais faute de mieux, ils décidèrent de l'emmener sur la grève. Antonio passa le premier, et puis ce fut le tour de Joachim.

— Elle a pas de dents, mais elle fait bien ça, dit Joachim.

— Bah, ça ne valait pas, fit Balduino...

Il s'étendit sur le sable, prit sa guitare et pinça les cordes. Joachim mit les pieds dans l'eau. La femme qui finissait de se rajuster s'approcha d'eux et se mit à chanter la chanson qu'Antonio jouait sur la guitare. Tout bas d'abord, mais bientôt à voix haute, et elle avait une jolie voix, étrange, presque masculine. Elle emplissait les quais de sa voix, tant que les hommes des caboteurs se réveillèrent. Les matelots apparurent aux vibords, et le jour se leva.

BOXEUR

La maison de Jubiaba était petite mais jolie. Elle était plantée au milieu d'un terrain sur le Morne de Châtre-Nègre, avec un grand *terreiro* sur le devant et sur les derrières une cour.

Une grande salle l'occupait presque entière. On y voyait entre deux bancs une table où dînaient Jubiaba et ses visiteurs, et une chaise de repos tournée vers la chambre à coucher. Sur les bancs autour de la table des nègres et des négresses conversaient. Il y avait aussi deux espagnols et un arabe. Sur les murs d'innombrables portraits, encadrés de coquillages blancs et roses, représentaient les parents et amis du saint homme. Sur une console un *orichala* noir fraternisait avec une image du Seigneur de Bonfin. L'image représentait le saint sauvant un navire du naufrage. A côté une idole plus jolie encore : c'était une négresse au corps bien modelé, qui tenait dans sa main un sein gonflé, comme une offrande. C'était Yansan, la déesse des eaux, que les blancs appellent sainte Barbara.

Jubiaba sortit de sa chambre, vêtu d'une blouse brodée. Cette blouse lui tombait jusqu'aux pieds, et

123

c'était son seul vêtement. Un nègre se leva de table pour aider le Père à s'asseoir.

Les nègres à tour de rôle baisèrent la main de Jubiaba. Vinrent ensuite les espagnols, puis l'arabe. Un des espagnols souffrait d'une fluxion. Il avait le visage entouré d'un mouchoir. Il s'approcha du Père de Saint et dit :

— Père Youbiaba, y'ai oune sacrée dent qui fait mal... Caramba! Yo peux plous trabaher. Caramba! Y'ai dépensé oune fortune chez lé dentiste...

Il ôta le mouchoir. L'enflure était énorme. Jubiaba ordonna :

— Fais du thé de mauve et prie comme ça :

> *Saint Nicodème, guérissez ma dent !*
> *Nicodème, guérissez ma dent !*
> *guérissez ma dent !*
> *ma dent !*
> *dent !*

Il ajouta :

— Tu feras la prière sur la plage. Tu écriras sur le sable et chaque fois tu effaceras un mot. Puis tu iras à la maison et tu feras ta tisane. Mais sans la prière, rien de fait... Compris ?

L'espagnol laissa cinq milreis et alla exécuter l'ordonnance.

Ensuite vint un nègre qui voulait faire un sortilège. Il dit quelques mots à l'oreille du Père de Saint. Celui-ci se leva, aidé par le nègre, et entra dans la chambre. Quelques minutes après ils revinrent, et le jour suivant on pouvait voir un sortilège qui ne pardonne pas — farine de manioc et huile de *dendê* mélangées, quatre milreis en pièces, deux sous, enfin un petit d'urubu encore vif — à la porte d'Henrique Padeiro, lequel mourut peu de temps après d'un mal mystérieux.

Une négresse voulait, elle aussi, faire un sort, mais elle ne parla pas à voix basse, oh ! non, elle ne passa pas dans la chambre... Elle dit devant tout le monde :

— Cette sans-vergogne de Marthe elle m'a pris mon homme. Je veux qu'il revienne chez nous — la négresse était révoltée. J'ai des enfants ; elle, elle n'en a pas...

— Vous lui prenez quelques cheveux, répondit Jubiaba. Vous me les apportez et je te réponds qu'on arrange tout ça.

Puis le défilé continua. Tous ces nègres voulaient des sorts. Certains furent bénis avec une branche de cresson. Et c'était ainsi que la ville à l'aube suivante se remplissait de sortilèges dont les passants s'éloignaient religieusement. Jubiaba recevait aussi du grand monde, des docteurs qui portaient l'anneau [1], des richards qui venaient en voiture.

Quand Antonio Balduino entra dans la salle, il y avait un soldat qui causait avec le Père de Saint. Il essayait de parler bas, mais il était si ému que tout le monde l'entendait dire :

— ... paraît qu'elle ne m'aime plus... fait semblant de pas m'entendre... m'est avis qu'elle en aime un autre... mais je peux pas la laisser, père... je la veux pour moi...

Il avait des pleurs dans la voix. Jubiaba posa une question et il répondit :

---

1. V. *note du traducteur*, p. 89.

— La Marie-des-Rois...

Antonio Balduino sursauta, puis sourit. Il s'efforça d'entendre la suite, mais déjà Jubiaba reconduisait le soldat :

— Tu m'apportes de ses poils de sous le bras, et aussi une culotte à toi : je ferai qu'elle te quittera jamais plus... Elle te suivra partout, comme un chien.

Le soldat sortit, la tête basse, sans regarder personne, en s'efforçant de passer inaperçu.

Antonio Balduino s'approcha de Jubiaba, il s'assit par terre.

— Paraît qu'il a vraiment le béguin de la petite...

— Tu la connais, Baldo ?

— C'est pas celle qu'Ochala a prise, dans la fête ?

— Le soldat l'aime, il va lui faire un sort... Fais attention, Baldo...

— C'est pas encore lui qui me flanquera la colique !

— Il est amoureux...

— Oui, ça se voit du reste...

Il resta quelque temps à gratter le sol avec un bout de bois. Il allait sur ses dix-huit ans, mais il en paraissait vingt-cinq. Il était robuste comme un arbre, libre comme un animal, et possesseur du rire le plus éclatant de la ville.

Il plaqua Jeanne, il ne revit plus l'édentée qui avait une voix d'homme et chantait ses *sambas,* il ne voulut plus entendre parler des négresses qu'on mène à la plage.

Il rôdait en compagnie du Gros autour du

126

logement de la Marie-des-Rois. Il inventa pour elle
un *samba* qui disait :

> *C'est toi que j'aime, Maria,*
> *Maria, mon cœur est à toi,*
> *Si j'ai fait des misères aux gens*
> *C'est toi maintenant qui m'en fais.*

Ce *samba,* il ne le vendit pas. Il le chanta dans une
fête où elle se trouvait, en la regardant. Le soldat ne
savait que faire : il n'avait pas encore réussi à se
procurer les poils d'aisselle de sa fiancée, pour les
porter à Jubiaba. Marie-des-Rois se contentait de
sourire. Elle regardait le soldat avec des yeux tristes
parce qu'elle savait bien qu'il était amoureux d'elle
et que pour elle il n'hésiterait pas à descendre un
homme. Elle se rappelait la lettre qu'il avait
envoyée à sa marraine, Dona Branca Costa, pour
faire sa demande en mariage. Cette lettre, elle
l'avait gardée à la maison, au fond du bahut. On y
lisait :

> *Excellentissime Senhora Dona Branca*
> *Salutations distinguées.*

*Aujourd'hui ou jamais je me sent transporté ver un paradie
sincerre et confortable ou regne pour moi seulment les sentimens
intimes et favorable dont auquels je doi déclaré à votre Exelence que
j'aime d'un amour pur et saint ton estimée Maria.*

*Mon amour naura pas de faim. Sinon par l'évolution des temps
et sil plait a votre bienveliance nous donera le boneur et la joie d'une
prosperitée éternel. Ainsi donq je profitte de l'ocazion avecque ces
sentimants intimes pour demander à votre Ecsellence la main de ta
gentille et charmante Maria.*

*Quelle ne serait pas mon boneure de posséder cette perle precieuse
de votre cœur confortable, dont auquel je m'éforcerai de doner*

satisfaxion à votre Escellence et à tous ceus de sa briliante Famille dans le plus brefe délai.

Dans l'espoir que votre Ecxellence dègnera m'accorder une reponse favorable, je quite la plume pour présenté à votre Exelance d'agréer mes sentiments les plus distingués.

Signé : Osorio, soldat du 19ᵉ.

Dona Branca ne voulait pas qu'elle épousât un militaire, mais Maria insista de telle sorte qu'elle dut enfin quitter la maison de sa marraine. La noce devait avoir lieu au mois d'août, dès qu'Osorio aurait reçu le galon de caporal que le capitaine lui avait promis. Là-dessus la des-Rois fit connaissance, à la *macumba*, avec Antonio Balduino, mauvais drôle, qui composait et jouait des *sambas*. Il n'avait pas envoyé de lettres, lui, il n'avait point parlé de mariage. Il s'était contenté de lui glisser à la fête de Riberigno la carte que voici :

Plier ce coin voudra dire : OUI

Plier ce coin voudra dire : NON

♥

MON ÂME SOUPIRE POUR VOUS
et serait heureuse que vous acceptiez,
Mademoiselle,
l'aveu de son amour profond.

———

Rendre la carte intacte donnera une espérance.

Elle cacha la lettre dans son sein. Puis elle courut s'enfermer dans la chambre de la femme de Riberigno où étaient empilés des chapeaux d'homme et la guitare d'Antonio Balduino. Candida, qui avait vu la carte, accompagna Maria dans la chambre :

— Qui c'est qui t'envoie ça, petite ?

— Devine...

— Comment veux-tu que je devine ? Attends un petit peu...

Elle réfléchit : — Vraiment non, je vois pas...

— Antonio Balduino.

— Chi ! mais c'est pas un homme, ça... c'est le Diable habillé en homme... Avec lui, toutes les femmes font la culbute... Prends garde, ma petite des-Rois...

— Je vois pas pourquoi.

— Et Osorio ?

Osorio c'était le militaire. Marie-des-Rois demeura pensive, et au lieu de plier le coin qui dit oui elle rendit la carte intacte. Mais pour Antonio Balduino c'était comme si elle avait plié le coin qui dit oui.

Maintenant il allait faire la causette avec elle à la porte de la rue de Brotas, les jours où le soldat était de service. Le soldat ne pouvait venir que les jeudi, samedi et dimanche. Le reste de la semaine était pour Antonio, dont les mains connaissaient déjà les formes du petit corps vierge. Un mardi qu'il y avait fête au Caboula, Marie-des-Rois s'y rendit avec une amie. Elles rencontrèrent Balduino sur la place. Le nègre était éblouissant : souliers rouges et chemise rouge. Il fumait un cigare d'un sou. On causa. Antonio Balduino s'arrêta devant une loterie et acheta un numéro pour Maria. Ils déroulèrent le tortillon de papier et virent le numéro 41. Le forain, un gros Espagnol, alla voir à quoi correspondait le numéro. Il cria :

— 41. Une boîte de poudre.

Il y avait sur la boîte un petit quatrain. Ça, c'était la bonne aventure.

> *Je vois dans l'avenir des pleurs,*
> *Des disputes, de la bagarre,*
> *A cause d'une affaire de cœur*
> *A laquelle on n'a pas pris garde.*

Antonio Balduino rigola. Mais Marie-des-Rois devint triste.

— Et si Osorio arrivait, hein ?...

On aurait dit un fait exprès. Osorio, en grande tenue, s'avançait vers le groupe. Il parla le premier :

— J'avais bien raison de me méfier... Mais j'aurais quand même pas cru ça. Non j'aurais pas cru ça...

Sa voix était plaintive, comme un chant d'église. Pendant qu'il parlait, la Marie-des-Rois s'était caché le visage dans les mains. Les amies riaient, pour dissimuler leur inquiétude, en répétant : « M'sieu Osorio, vous ne ferez pas ça... »

— Vas-y, dit Antonio, qui s'était mis en garde.

Le soldat leva la main pour gifler Antonio, mais le nègre esquiva le coup et fit un croc-en-jambe au soldat qui tomba. Il se releva, le sabre à la main. Antonio Balduino ouvrit son couteau :

— Viens-y donc si t'es un homme !

La Marie-des-Rois suppliait :

— Baldo, pour l'amour de Dieu !...

Les amies disaient :

— M'sieur Osorio... M'sieur Osorio...

— Faut pas croire que ton barda m'impressionne, dit Balduino, et il désarma le soldat qui portait déjà au visage une estafilade.

Quand le sabre du soldat fut par terre, Antonio lâcha son couteau et attendit Osorio dans un coin obscur. On s'attroupait ; des agents, d'autres soldats s'approchèrent. Osorio se précipita sur Balduino et reçut un de ces coups de poing, dont Balduino avait le secret... Il s'étala. Un *gringo* qui regardait en connaisseur prit Antonio par le bras, disant :

— Va-t'en, les soldats rappliquent... C'est bien joué... Faudra qu'on se revoie...

Le nègre ramassa son couteau et se fraya un passage vers la maison de Marie-des-Rois. Il était temps : de tous les côtés surgissaient des soldats, qui, voyant leur camarade blessé, commençaient à faire pleuvoir des coups. Et la mêlée devint générale.

Marie-des-Rois cacha Antonio Balduino dans sa propre chambre, sans que sa mère qui dormait s'aperçût de rien. Et quand le nègre sortit au petit jour, le corps de la des-Rois était encore tendre et chaud, mais il n'était plus vierge. Ç'avait été encore meilleur qu'Ochala, le plus grand des saints.

Quelques jours plus tard, à la « Lanterne des Noyés », Balduino rencontra le *gringo* qui l'avait aidé à s'enfuir. Il entrait avec le Gros lorsqu'il entendit un « pstt ».

— Voilà un temps fou que je vous cherche. Je vous ai cherché partout. Où diable étiez-vous fourré ?

131

Il tirait les chaises, offrait des cigarettes. Ils s'assirent. Balduino remercia.

— Sans vous qu'est-ce que j'allais prendre au milieu de tous ces soldats !

— Bon coup de poing, ça... Joli coup de poing...

Le Gros qui n'avait pas assisté à la scène demanda :

— Quel coup de poing ?

— Celui qu'il a donné au soldat... Par la Madone, c'était ce qui s'appelle envoyé !

Il commanda de la bière.

— Vous avez déjà fait de la boxe ?

— Non, j'ai seulement appris la savate.

— ... parce que, si vous vouliez, on ferait de vous un champion...

— Un champion ?

— Ça, j'en réponds, par la Madone !... Quelle détente... Formidable, ça...

Il observa les puissantes mains du nègre. Il lui tâta les épaules, les bras.

— Un champion que je dis... Un champion...

Il semblait regretter d'autres temps.

— Suffirait de vouloir...

Antonio ne demandait pas mieux :

— Comment ça ?

— Pourrait même aller à Rio, puis, qui sait ? en Amérique du Nord...

Il but un coup de bière :

— J'ai été entraîneur dans le temps... J'ai formé des boxeurs qui sont aujourd'hui des champions dans tous les pays... Ben, y en a pas un qui aurait encaissé... Joli coup !...

Quand ils sortirent du bistro, Antonio Balduino était engagé par l'entraîneur Luigi, et il était convenu que le Gros viendrait avec eux, comme soigneur. Ils sortirent tous les trois un peu gris. Le jour suivant Antonio dit à la des-Rois :

— Maintenant, ma petite, je suis quelqu'un. Je suis boxeur. Je vais être champion. Après je vais à Rio, et puis en Amérique du Nord...

— Alors tu t'en vas ?

— Je t'emmènerai, mon petit.

C'était encore meilleur qu'Ochala, le plus grand des saints.

Quelques mois après on annonçait le premier combat. On parlait maintenant de Baldo, le nègre. Luigi donnait des entrevues, et même un journal publia le portrait d'Antonio Balduino, un bras allongé, l'autre en position de défense. La Marie-des-Rois colla le portrait à son mur.

L'adversaire s'appelait Gentil et se disait champion maritime des poids lourds. A la vérité c'était un débardeur du port.

Sur la place de la Cathédrale étaient assemblés tous les amateurs de boxe, avec tous les habitués de la « Lanterne des Noyés », y compris Monsieur Antonio, les habitants du Morne de Châtre-Nègre, et les amis de Balduino, au grand complet.

L'arbitre monta d'abord sur le ring. C'était un sergent de l'armée, en civil. Il dit :

— Nous allons voir un combat furieux. Je demande au public de faire silence et d'applaudir.

Puis le Gros fit son apparition, apportant un seau et une bouteille. Vint ensuite un homme au teint jaune, qui apportait les mêmes choses et qui prit place de l'autre côté. Ensuite Antonio Balduino, accompagné de Luigi. Tous les gens du Morne, de

133

la « Lanterne des Noyés », des caboteurs et des voiliers, crièrent :

— Antonio Balduino ! Antonio Balduino !

L'arbitre présenta :

— Baldo, le nègre.

Puis ce fut le tour de l'adversaire, que l'assistance applaudissait :

— Gentil, champion de tous les poids de notre glorieuse marine.

Applaudissements, acclamations. Mais les amis du Morne, des caboteurs et de l'estaminet regardaient ironiquement le mulâtre :

— Il va en prendre pour son grade...

Antonio Balduino regardait aussi son adversaire, et souriait, Luigi prodiguait des conseils :

— Tape dur, sur la bouche, et sur les yeux, de toutes tes forces...

Le Gros était nerveux, il priait pour la victoire de son ami. Mais il se rappela que la boxe était un péché et il cessa de prier, saisi de crainte.

Une cloche sonna et les adversaires marchèrent l'un vers l'autre. La foule délirait.

Antonio Balduino fut disqualifié pour s'être servi à un moment donné d'un coup de savate, mais le combat avait révélé ses remarquables dons de boxeur. Le public n'accepta pas la sentence et siffla l'arbitre, que la police dut venir défendre.

Une nouvelle photo de Balduino parut dans les journaux, et même l'un d'entre eux obtint une grosse vente en publiant la biographie du nègre. On découvrit ainsi qu'il était l'auteur des *sambas* que s'attribuait le poète Anisio Pereira, et cela provoqua un scandale dans la société littéraire de la ville.

On lui accorda sa revanche. Le public fut nombreux et cette fois il fut applaudi par tout le monde et non pas seulement par les camarades du Morne, des caboteurs et de la « Lanterne des Noyés ». Monsieur Antonio avait parié vingt milreis qu'il serait vainqueur. Quand le juge annonça :

— Baldo, le nègre

toute l'assistance lui fit une ovation.

Au cinquième round le mulâtre Gentil n'était plus champion de la Marine. Il gisait sur le ring, immobile. Le Gros épongeait la sueur de son ami. Ensuite on alla en bande à la « Lanterne des Noyés » boire les vingt milreis gagnés par Monsieur Antonio.

En fait de voyage c'est la Marie-des-Rois qui en fit un. Sa marraine avait eu un nouveau bébé et le mari, qui était fonctionnaire public, avait été nommé dans le Maragnon. Marie-des-Rois les accompagna. Antonio Balduino en eut du chagrin, car elle l'empêchait de penser à Lindinalva, la jeune fille au visage pâle taché de son.

Cette nuit-là, il prit une biture. En regardant le bateau qui emmenait son amie il pensa même s'engager comme marin. De son côté la des-Rois emportait le beau portrait où il avait le bras tendu, et le visage qui souriait de la bouche et des yeux.

Il vainquit tous les pugilistes qui s'interposaient entre lui et le champion de Bahia, un boxeur appelé Vicente, lequel avait cessé de boxer, faute d'adversaires de sa classe. Pourtant quand on commença à parler de Baldo et de ses triomphes répétés, Vicente reprit l'entraînement, commençant à craindre pour son titre.

Une semaine à l'avance, la ville était déjà pleine d'affiches. On y voyait en effigie deux boxeurs.

Dans une interview aux journaux, Vicente fit savoir qu'il serait vainqueur au sixième round. Antonio Balduino répliqua le lendemain qu'au sixième round le champion bahianais aurait déjà mordu la poussière. Des insultes furent échangées et le public se passionna. On paria beaucoup et Balduino était grand favori.

De fait, avant le sixième round Vicente gisait bel et bien sur le ring, et Baldo, le nègre, était champion bahianais de tous les poids.

On donna la revanche à Vicente. Nouveau triomphe de Baldo. Luigi, fou de joie, ne parlait plus que d'aller à Rio. Cependant Antonio Balduino troussait sur la plage des mulâtresses, buvait à la « Lanterne des Noyés » et faisait retentir dans les rues de la ville son rire clair.

Survint dans les parages un champion carioque [1]. Il défia tout le monde, fit un bruit de tonnerre. On fixa une rencontre avec Antonio Balduino. La ville dès lors ne pensa plus qu'à la lutte entre les deux champions.

La veille Antonio Balduino était en train de blaguer à la « Lanterne des Noyés » quand l'impresario de son adversaire vint le trouver :

— Bonsoir...

— Bonsoir.

1. Nom donné communément aux habitants de Rio de Janeiro (*N. d. T.*).

136

Antonio Balduino offrit une canette.

— Je voudrais vous dire deux mots, en particulier.

Le Gros et Joachim allèrent s'asseoir à une autre table.

— Voilà... comme vous savez, Claudio ne peut pas se faire battre...

— Ah bah ?

— ... Pour la raison suivante : il me coûte très cher. Si vous le battiez, il ne pourrait plus se produire ici, pas vrai ?...

— Bon.

— Mais s'il est vainqueur, il continuera à boxer... Et je rentrerai dans mes frais.

— Et alors ?

— Je vous donne 100 milreis pour vous faire battre. Après on vous donne la revanche.

Antonio Balduino leva la main, mais il l'abattit sur la table.

— Vous avez déjà parlé à Luigi ?

— Luigi est un jobard... Il n'a pas besoin de se mêler de ça...

Il sourit :

— D'ailleurs, avant de partir on vous accordera la revanche... Ça va ?

— Vous avez l'argent ?

— Je vous le donne après le match.

— Rien à faire. Marche pas... Si vous voulez me donner l'argent maintenant...

— Ouais ?... Et si vous gagnez ?

— Et si quand j'ai pris la tatouille, le fric me passe sous le nez ?

Antonio Balduino s'était levé. Le Gros et Joachim suivaient la scène à l'autre table.

— Pas la peine de se fâcher, dit l'impresario. Asseyez-vous donc...

Il observait le nègre qui but un coup de gnôle.

— J'ai confiance en vous... Tiens-là, prends sous la table...

Antonio Balduino prit l'argent. Il compta cinquante milreis.

— Vous avez dit cent...

— Je donnerai les cinquante autres après...

— Ça peut pas aller.

— Je ne les ai pas sur moi, parole !

— Maintenant ou jamais...

Il reçut les cinquante qui manquaient, et marcha vers la table du Gros. Quand l'impresario fut sorti Antonio Balduino s'esclaffa, à s'en faire mal au ventre.

Le jour suivant, après le combat et la défaite sensationnelle du champion carioque, l'impresario revint trouver Antonio Balduino à la « Lanterne des Noyés ». On sentit que ça allait barder :

— Vous êtes un escroc...

Antonio Balduino rigolait.

— Vous allez me rendre mon argent !

— Voleur volé, c'est bien joué.

— J'irai à la police, aux journaux...

— Vas-y.

— Voleur ! sale voleur !...

A son tour l'impresario roula par terre. La galerie applaudissait.

— Il a voulu m'acheter, les gars... Il m'a donné cent milreis pour me faire battre par ce rachitique... Comme ça que j'allais perdre !... J'ai pris son pèze et j'ai battu son type, aujourd'hui... Ça lui apprendra à acheter les gens... Moi je me vends que par amitié, les gars... Et maintenant on va boire son fric...

La « Lanterne des Noyés » riait. Puis Antonio Balduino sortit et s'en alla porter à la Zéfa le collier de perles rouges qu'il avait acheté le même jour avec l'argent de l'impresario carioque. Zéfa était une petite mulâtresse qui était venue du Maragon et que Marie-des-Rois avait chargé de donner un baiser de sa part à Balduino. Elle en avait donné plusieurs au lieu d'un.

Luigi parlait sérieusement d'aller à Rio.

Sa carrière de boxeur prit fin aux fiançailles de Lindinalva. Dans les journaux qui annonçaient sa rencontre avec le péruvien Miguez, Balduino vit un faire-part des fiançailles de « Lindinalva Pereira, fille bien-aimée du riche Commandeur Pereira, notabilité de notre ville, avec le jeune avocat Gustave Barreras, rejeton glorieux d'une des plus illustres familles bahianaises, poète éminent, orateur du plus grand talent ».

Il prit une cuite de première grandeur et se fit écraser au troisième round. Il n'avait plus la force de combattre et se contentait d'encaisser les coups du péruvien Miguez. Le bruit courut qu'il s'était vendu. Il n'expliqua sa défaite à personne. Pas même à Luigi qui pleurait cette nuit-là, en s'arrachant les cheveux, en invoquant le ciel ; pas même au Gros qui regardait le désastre avec des yeux de chien battu. Jamais plus il ne monta sur le ring.

Cette froide nuit qui suivit sa déroute, comme il ne voulait pas aller boire à la « Lanterne des Noyés », il se rendit au « Bar Bahia ». Il s'assit à une table du fond avec le Gros, et il buvait silencieusement quand un homme s'approcha d'eux et leur demanda de lui payer un verre. Balduino leva les yeux.

— Je connais ce type-là, je sais pas d'où, mais je le connais...

L'homme avait un regard vitreux. Il se passait la langue sur les lèvres :

— Allons, un tord-boyau... Paie, collègue...

Antonio Balduino reconnut alors une cicatrice :

— Ça, dit-il, c'est de moi...

Il réfléchit, et soudain se claquant le crâne :

— T'es pas Osorio ?...

Le Gros ajouta :

— T'étais pas soldat ?

— Oui, j'ai été sergent dans le temps...

Il tira une chaise, s'assit :

— J'ai été sergent — il se passait la langue sur les lèvres. Allons, un tord-boyau...

Balduino riait. Le Gros avait pitié.

— Mais un beau jour une femme est venue, une femme, t'entends ? Jolie !... Mais jolie !... On était fiancés, tu sais... J'attendais de passer caporal...

— Mais t'étais pas sergent ?

— C'est juste ; je me fous dedans... Je crois que j'allais passer capitaine. Le capitaine me l'avait promis, tu sais... Le capitaine... Tu payes un autre verre ? Petit, apporte un autre, c'est l'ami, là, qui paye... On avait marqué le jour de la noce... Ça allait être une de ces noubas !... Elle est allée avec un autre...

— Et cette balafre ?

— Ben, c'est le type en question... Mais je te lui

140

ai mis les tripes à l'air... C'était une beauté, la petite... Une beauté...

— Ça, on peut le dire...

— Tu la connaissais ?

— Tu te rappelles donc pas ?

Ils burent toute la nuit et sortirent bras-dessus, bras-dessous, copains comme cochons, riant aux éclats, ayant complètement oublié la Marie-des-Rois, et qu'ils avaient été l'un soldat, et l'autre boxeur.

Tout à coup l'homme s'arrêta :

— Alors c'était toi ?...

Et il s'écarta d'Antonio Balduino.

— Oui, mais j'ai tout perdu, moi aussi...

Ils s'étreignirent de nouveau et reprirent leur marche vacillante :

— Ce qu'elle pouvait être mignonne...

— Ça, pour être mignonne...

Antonio Balduino confondait la négresse Marie-des-Rois avec la blanche Lindinalva.

PORT

De grandes barques immobiles sur l'eau plate.
Les caboteurs, les voiles larguées, dormaient
dans la nuit. Même ainsi ils faisaient penser aux
départs, aux voyages d'un petit port à l'autre, d'une
foire à l'autre, dans la baie. Pour l'instant ils
dormaient, leur nom gravé en poupe : *Paquebot
voyageur, Le Voyageur sans port, Etoile du Matin,
Solitaire.* Mais au matin ils s'en iraient, toutes voiles
dehors, dans le vent, déchirant les eaux de la baie.
Ils iraient se gorger de légumes, de fruits, de
briques et de tuiles. Ils s'arrêteraient à toutes les
foires. Puis ils rentreraient chargés d'une cargaison
odorante d'ananas. *Le Voyageur sans port,* qui est
peint en rouge, file comme pas un. Maître Manoel
dort à la proue. C'est un vieux mulâtre, né sur les
caboteurs, qui n'a jamais connu d'autre gîte.

Antonio Balduino sait l'histoire de tous ces
bateaux. Gamin il aimait déjà s'étendre sur la
grève, sa toison noire enfouie dans l'oreiller de sable
et les pieds dans l'eau. Comme elle est bonne et
tiède, l'eau, à ces heures de nuit ! Balduino pêche
quelquefois, en silence, et son visage s'éclaire d'un
grand sourire quand le poisson mord. Mais en

143

général il se borne à regarder la mer, les bateaux et,
là derrière, la ville.

Antonio Balduino, il a envie de partir, lui aussi,
de connaître des terres inconnues, d'aimer sur des
plages inconnues des femmes inconnues. Miguez, le
péruvien, l'a battu.

Un navire siffle en dépassant la jetée. Il s'en va,
en jetant des feux dans la nuit. C'est un suédois. Il
n'y a pas encore si longtemps, les matelots tiraient
leur bordée dans la ville, buvaient de la bière dans
les bars, prenaient les mulâtresses de Barroquigna
par la taille. Cette nuit les voilà en mer, et demain
ils seront déjà dans quelque port lointain avec des
femmes blanches ou jaunes. Un jour il faut qu'Antonio Balduino s'engage, lui aussi, et qu'il coure le
monde. C'est son rêve de toujours. Son rêve quand
il dort, ou quand, étendu dans le sable, il regarde
les caboteurs et les étoiles.

Le navire disparaît.

La ville dressait vers le ciel les mille bras de ses
églises. Du quai on apercevait les rues montantes,
les vieilles bâtisses. Des lumières brillaient là-haut
et les nuages blancs qui couraient au ciel ressemblaient à des moutons. Ils ressemblaient aussi aux
dents de Joana. Chaque fois qu'il lève une petite
négresse, Antonio Balduino lui dit :

— Tes dents ressemblent à des nuages...

Mais maintenant qu'il a pris la pile, quelle
femme regardera de son côté ? Tout le monde
raconte qu'il s'est vendu.

Il se perdait dans la contemplation des choses. Il
y avait une étoile, juste au-dessus de sa tête. Il ne
savait pas son nom, mais c'était une grande étoile

jolie, qui lui faisait de l'œil. Il ne l'avait encore jamais vue. La lune se montra, énorme, et versa jusqu'au fond des maisons une lumière si bizarre qu'il ne reconnut plus la ville. Il pensa qu'il était un matelot et qu'il venait d'entrer dans un port étranger. Les nuages couraient sur le ciel. C'étaient des moutons. Des moutons blancs, énormes. Dans la ville basse il n'y avait personne. C'était bien la première fois qu'il rêvait comme ça tout éveillé. Déjà Bahia n'était plus Bahia et lui n'était plus le nègre Antonio Balduino, Baldo, le boxeur, celui qui allait aux *macumbas* de Jubiaba et qui s'était fait battre par le péruvien. Qu'est-ce que c'était bien que cette ville-là ? Où donc étaient partis tous ceux qu'il connaissait ? Il regarda du côté du port et vit le bateau. Bien sûr c'était l'heure de rentrer ; on l'attendait à bord.

Il vit sa blouse de matelot et dit à haute voix :

— Je monte à bord...

Une voix cria :

— Quoi ?

Mais il n'entendit pas et se reprit à contempler la ville baignée de lune. Il se souvint du match de boxe.

Tout à coup, du sommet du Morne là-bas, dévalèrent des sons de *batouque.*

Un nuage sombre couvrit la lune. Le costume de matelot avait disparu ; il était en pantalon blanc avec une chemise à rayures rouges.

Le tam-tam augmentait sur le Morne. Il venait comme une prière, comme un appel angoissé. Alors la ville redevint Bahia, sa Bahia, dont il connaissait toutes les rues, les impasses et les ruelles. Elle cessa d'être un port perdu d'une île perdue dans l'immensité de la mer. C'était la Bahia de sa défaite.

A présent il n'observait plus le ciel, ni les nuages. Il ne regardait plus les troupeaux de moutons dans le ciel. Où donc étaient allés ces bateaux qui avaient fui loin de ses yeux ?

Il écoutait.

Des sons de *batouque* descendaient maintenant de tous les Mornes, des sons qui de l'autre côté de l'océan avaient été guerriers autrefois, quand les *batouques* résonnaient pour annoncer la bataille ou la chasse. Aujourd'hui c'étaient des sons de prière, des voix serves qui appelaient au secours, des foules de nègres qui levaient les mains vers le ciel. Quelques-uns de ces noirs avaient déjà la toison blanche, et gardaient la marque du fouet.

Aujourd'hui les *macumbas* et les *candomblés* répétaient en écho ces vieilles plaintes.

C'était comme un message à tous les nègres, aux nègres qui combattaient et chassaient encore en Afrique, aux nègres qui gémissaient sous la trique de l'homme blanc. Des sons de *batouque* venaient du Morne. Ils s'adressaient aussi, angoissés et confus, à Antonio Balduino étendu dans le sable. Ces sons entraient dans ses oreilles et s'y enflaient d'une haine sourde.

Antonio Balduino se roulait dans le sable désespérément. Jamais il n'avait connu pareille angoisse. La haine bouillonnait en lui. Il voyait des files de nègres, il voyait celui qui gardait la marque du fouet. Il voyait les mains calleuses frappant le sol, il voyait les négresses enfanter des petits mulâtres, fils de seigneurs blancs. Il voyait Zumbi des Palmiers transformer la *batouque* des esclaves en la *batouque*

146

des guerriers. Il voyait Jubiaba, noble et calme, enseigner tout le peuple esclave. Il se voyait lui-même, dressé contre l'homme blanc... Mais il avait perdu le combat, il avait pris la pile avec Miguez, comme un vendu.

Puis il ne vit plus rien parce que la lune reparut avec sa lumière gênante, et les sons mouraient sur les pentes, dans les passages obscurs, les rues pavées.

Dans les derniers sons de *batouque* et l'éblouissement de la lune, le visage de Lindinalva lui apparut, pâle et taché de son.

Elle était jolie, elle souriait. Elle éteignait la *batouque* et la haine.

Antonio Balduino se passa la main sur le visage pour écarter la vision gênante, et il tourna la tête. Il regarda encore les feux des caboteurs et maître Manoel qui marchait sur le quai. Mais dans les lumières Lindinalva dansait. Tout cela parce qu'il s'était fait battre, et qu'il avait perdu son courage.

Il ferma les yeux et quand il les rouvrit il ne vit plus que la petite lumière de la « Lanterne des Noyés ».

des guerriers qu'il voyait jadis, dans la plaine,
emmener tout le peuple pêcheur. Il se voyait lui-
même dressé contre l'homme blanc. A la douceur
de la défaite, il avait pris la plus âpre douceur
comme un venin...

Puis il ne vit plus rien pendant un long espace
avec sa lanterne éteinte, et les sons résonnaient sur
les parois, dans ces profondes ouvertes, les seuls
pavés.

Dans les derniers sons de chaque cri l'homme-
ment de la rume, de visage de Lucille brillait du
suprême pelé et facile de lou...

Elle était toute seule souriant. Elle fléchissait la
lampée et la haine.

Antonio Pallando se pressa la main, et la cocca
poin-à-cuter la vision générale et le cours le ciel. Il
regarda encore les feux des alentours et, malgré
l'ancêtre qui attachait sur le quai. Déjà dans les
lampées fondantes éteintes. Toute sa force que
s'était fait battre, et qu'il s'est perdu son esprit de
—Il vida les yeux et quand il les rouvrit il ne vit
plus que la petite lumière qu'il a faite que des
étoiles.»

UN REFRAIN TRISTE
VIENT DE LA MER

La lumière de la « Lanterne des Noyés » brille
comme une invite. Antonio Balduino quitte le quai
et la caresse du sable, se lève et se dirige à grandes
enjambées vers le cabaret. Une lampe de quelques
bougies éclaire à peine l'enseigne qui représente
une jolie femme au corps de poisson et aux seins
durs. Au-dessus, une étoile peinte à l'encre rouge
verse sur le corps vierge de la sirène une lumière
pâle qui rend celle-ci mystérieuse et comme diffuse.
Elle retire de l'eau un suicidé. En bas, le nom :

LANTERNE DES NOYÉS

De l'intérieur vient un appel :
— C'est toi, Baldo ?
— Tout juste, Joachim !

A une des tables graisseuses sont assis le Gros et
Joachim. De la table, les mains en abat-jour au-
dessus des yeux pour mieux y voir à la lueur
vacillante du quinquet, Joachim crie :
— Entre. Jubiaba est ici.

Dans la petite salle, presque plongée dans l'obscurité, cinq ou six tables où boivent bateliers, patrons de caboteurs et matelots. Des verres épais pleins d'eau-de-vie de canne. Un aveugle joue de la guitare mais personne ne l'écoute. A une table, des matelots blancs et blonds, allemands d'un cargo qui charge dans le port, boivent de la bière et chantent, ivres.

Les deux ou trois femmes qui cette nuit sont descendues de la Rampe de la Grosse Poutre à la « Lanterne des Noyés » sont avec eux. Elles rient fort mais elles ont un air effaré parce qu'elles ne comprennent pas la chanson.

Les matelots se tiennent par le bras et donnent des baisers aux femmes. Sous la table, d'innombrables bouteilles de bière vides. Antonio Balduino passe à côté d'eux et crache. Un matelot lève son verre, Antonio Balduino s'apprête à se battre. Dans un coin l'aveugle gémit à la guitare et personne ne l'écoute. Antonio Balduino se rappelle que Joachim est dans le cabaret, il abaisse le bras et va s'asseoir à côté du Gros et de Joachim.

— Et Jubiaba ?

— Il est dedans avec Antonio, il lui fait une prière pour sa femme.

Antonio est un vieux portugais qui vit avec une mulâtresse au visage criblé de petite vérole. Un gamin blême fait le service en courant. Il salue Antonio Balduino.

— Bonsoir, Baldo.

— Donne une goutte.

Le Gros prête l'oreille à la chanson des matelots :

— C'est joli...

— Alors, tu comprends ?

— Non, mais ça me remue en dedans...

— Ça te remue? Joachim ne comprend pas.

Antonio Balduino, lui, comprend et il n'a plus envie de se battre avec les Allemands. Maintenant il voudrait bien chanter avec les matelots et rire avec les femmes. Il tambourine des doigts sur la table et il siffle. Les matelots sont de plus en plus saouls et il y en a un qui déjà ne chante plus. Il a la tête renversée sur la table. L'aveugle joue de la guitare dans un coin d'ombre. Personne ne l'entend, sauf le blême gamin qui fait le service. Entre deux tournées d'eau-de-vie apportées en courant, il regarde l'aveugle avec admiration. Et il sourit.

Mais de loin, du noir de la mer, vient une voix qui chante. Malgré les étoiles on ne voit pas qui c'est, ni d'où elle vient, si c'est des barques, des caboteurs ou du vieux fort. Mais il vient de la mer, ce refrain triste. Une voix forte, lointaine.

Antonio Balduino épie. Tout est noir alentour. Il n'y a de la lumière qu'aux étoiles et à la pipe de Maître Manoel. Les matelots ne chantent plus, les femmes ne rient plus, l'aveugle a cessé de pleurer à la guitare au grand regret du blême gamin qui fait le service.

Jubiaba est revenu à la table et Antonio au comptoir. Le vent qui envahit le cabaret comme une caresse apporte la tristesse de la voix. D'où peut-elle venir? La mer est si grande et si mystérieuse qu'on ne sait pas d'où vient cette vieille valse triste. Mais c'est un nègre en tout cas qui chante. Il n'y a que les nègres pour chanter de la sorte. Maître Manoel ne dit mot. Est-ce parce qu'il pense au chargement de *sapotis* qu'il va prendre demain matin à Itaparica? Non. Il écoute l'air de la valse. Il se tourne vers le côté d'où paraît venir cette voix gonflée du mystère de la mer. Le Gros a le regard vague. Bien sûr la valse le remue. Lui et tous les autres se tournent vers la mer : d'où peut venir la voix du nègre ?

Seigneur, donne une trêve à mes soupirs...

Est-ce qu'il est dans le vieux fort, et alors c'est un vieux soldat ? Est-ce qu'il est dans une barque, et alors c'est un jeune campagnard qui vend des oranges à la foire d'Agua dos Meninos ? Est-ce un batelier dans sa barque au Port-au-Bois ? Sa voix vient-elle d'un rapide caboteur, voix d'un matelot nègre oublié de sa belle en un port lointain ?

Seigneur donne une trêve à mes soupirs
Je me meurs du chagrin
De ne plus la revoir...

D'où peut venir la chanson triste qui traverse les caboteurs, les barques, le brise-lames, le quai, la « Lanterne des Noyés », la baie tout entière, et va se perdre dans les venelles de la ville ?

Le Gros voit bien qu'Antonio Balduino est nerveux. Il pense à Lindinalva et s'imagine que le nègre ne chante que pour lui qui est si seul. Mais le nègre chante pour tout le monde, et pas seulement pour Antonio Balduino. Il chante pour le Gros, pour Maître Manoel, pour les matelots allemands, pour tous les nègres des caboteurs et des barques, pour tous les blancs matelots des navires suédois, pour la mer aussi...

Les lumières de la ville brillent sur le morne. Il n'y a pas longtemps encore venait du morne un tam-tam de *candomblés* et de *macumbas*. Maintenant la ville est loin et l'éclat des étoiles est plus proche d'eux que les lampes électriques. Antonio Balduino voit la braise de la pipe de Maître Manoel. La voix du nègre le pénètre, soudain s'éloigne, s'enfuit au large. Mais elle revient et s'obstine à vibrer dans le cabaret. Une tristesse descend sur toute chose :

> *Si seul que puis-je faire*
> *Sauf de gémir*
> *Sauf de gémir...*

Ils ne parlent pas. Les matelots allemands écoutent. Jubiaba étend les mains sur la table. Le Gros frissonne et Antonio Balduino voit Lindinalva, blanche, pâle, grêlée, dans les eaux, dans le ciel, dans les nuages, dans le verre d'alcool, dans les yeux du gamin phtisique qui fait le service.

Cette lune jaune s'est abattue de nouveau sur la « Lanterne des Noyés ». La voix vient en sourdine apportée par le vent. Le Gros tremble, Maître Manoel fume lentement. La voix s'arrête dans le cabaret et tourne avec la brise :

> *Jusqu'à prendre pitié de moi*
> *Tourne ton regard*
> *Ton amour sacré*
> *Vers moi...*

La chanson triste s'en est allée. L'aveugle la cherche de ses yeux sans lumière.

Jubiaba marmonne des paroles que personne n'entend.

Joachim demande :

— Hé l'ami, t'as une cigarette?

Il fume à grosses bouffées. Les matelots boivent de la bière. La mer attire les regards des femmes. Jubiaba étend ses jambes maigres et épie la nuit. La lune jaunit tout le reste, elle argente la mer et le ciel. Mais voici que revient la vieille valse. La voix du nègre est proche, beaucoup plus proche.

> *Je me meurs du chagrin*
> *De ne plus la revoir...*

La voix se rapproche de plus en plus. Maître Manoel retourne à sa pipe qui brille comme une étoile. Un caboteur au loin là-bas traverse la mer. Il avance sans bruit, écoutant lui aussi le refrain triste que le vent lui apporte.

Antonio Balduino a envie de dire :

— Bon voyage, les amis.

Mais il reste muet, attentif. La voix s'en est allée emportée par le vent. Elle revient en sourdine, tout bas :

> *De ne plus la revoir.*

La lune est entrée dans le cabaret. Les matelots écoutent comme s'ils comprenaient la valse du nègre. Les femmes qui comprennent maintenant ne rient plus. Joachim dit :

— A quoi ça sert de revenir ?

Le Gros a pris peur :

— Qu'est-ce que tu as dit ?

Antonio Balduino dit à Jubiaba :

— Père Jubiaba, j'ai eu aujourd'hui un drôle de rêve, couché sur le sable...

— Qu'est-ce que tu as rêvé?

Jubiaba est flétri et tout menu sur sa chaise. Le Gros se demande quel âge peut avoir Jubiaba. Cent et combien d'années? Antonio Balduino est fort et énorme. Il ne raconte pas son rêve, mais il continue :

— J'ai vu ce nègre au dos marqué, Père Jubiaba...

La voix chante en plein cabaret :

> *Si seul que puis-je faire*
> *Sauf de gémir*
> *Sauf de gémir...*

Antonio Balduino parle :

— ... et il gémissait, Père, il gémissait... Ce nègre fouetté sur le dos... Je l'ai vu en rêve... C'était affreux. J'ai envie de taper sur ces matelots...

Le Gros s'effare :

— Pourquoi?

— Le nègre couvert de taches... de taches...

Jubiaba se lève de sa chaise. Son visage ridé est tendu par la haine. Tout le monde l'écoute.

— Il y a longtemps que ça s'est passé, Baldo...

— Quoi donc?

— L'histoire que je vais raconter... Le père de ton père était encore tout petit. Dans le domaine d'un seigneur blanc et riche, du côté de Main Coupée.

Une chanson triste, une vieille valse qu'un nègre chante on ne sait où, domine tout :

> *Donne une trêve à mes soupirs...*

155

Jubiaba raconte :

— On n'était qu'un tas de nègres... On venait juste de débarquer et on ne savait même pas la langue du seigneur blanc... C'était il y a long-temps... Là-bas à Main Coupée.

— Qu'est-ce qui est arrivé ?

— Senhor Leal n'avait pas d'intendant. Mais il avait un couple de gorilles, d'énormes singes noirs, attachés à une grosse chaîne. Le maître appelait le mâle Coquet et la femelle Coquette. Le mâle avait un gourdin attaché à sa chaîne et un fouet à la main... C'était lui l'intendant.

Qu'est devenue la vieille valse triste, qu'elle n'emplit plus le cœur de ces nègres et qu'elle les laisse solitaires devant l'histoire de Jubiaba ? Où est la voix du nègre qui chantait ? Il n'y a plus maintenant que l'aveugle qui gémit à la guitare et tout le monde l'entend. L'enfant blême et phtisique quête sur un plateau de fer-blanc de la monnaie pour l'aveugle qui est son père. Un homme dit :

— Moi je donne rien. Le vieux sait pas jouer...

Mais tous lui font de tels yeux qu'il met une pièce sur le plateau.

— C'était pour rire, mon vieux...

Voix de Jubiaba :

— La guenon Coquette tuait les poules, courait les maisons. Le singe conduisait les travailleurs aux champs et s'asseyait sur son gourdin. Un nègre ne travaillait pas ? Y rossait le nègre. Des fois y rossait sans motif. Y tuait le nègre avec son fouet.

Les lumières tremblent à la « Lanterne des Noyés ». L'aveugle rythme un air de *macumba* sur sa guitare.

— Senhor Leal aimait lâcher Coquet sur les

négresses. Coquet les tuait pour les baiser ensuite...
Un jour le maître a lâché Coquet sur une jeune
négresse, mariée à un nègre jeune. Il avait des
visites, Senhor Leal...

Le Gros tremble de tout son corps. Au loin
revient le refrain triste. On n'entend plus la guitare
de l'aveugle qui compte la monnaie de la quête.

— Coquet s'est jeté sur la négresse et le nègre sur
Coquet.

Jubiaba regarde au loin la nuit. La lune est
jaune.

— Senhor Leal a tiré sur le nègre qu'avait déjà
donné deux coups de couteau au singe. La négresse
est morte elle aussi. Il n'est resté qu'un peu de sang
à l'endroit. Les visites, elles, étaient très gaies et
elles riaient fort. Sauf une petite jeune fille blanche
qu'est devenue folle la nuit, de voir le singe et le
nègre...

La valse triste chante tout près.

— Mais pendant la nuit un frère du nègre a tué
Senhor Leal. Le frère du nègre, je l'ai connu. C'est
lui qui m'a raconté l'histoire...

Le Gros est auprès de Jubiaba. La pipe de Maître
Manoel brille comme une étoile. Dans le noir de la
mer une voix chante un refrain triste :

Je me meurs du chagrin
De ne plus la revoir...

La voix chante haute, sonore, chargée de regrets.
Jubiaba dit :

— J'ai connu le frère...

Antonio Balduino tâte son couteau à hauteur de
la poitrine.

157

« Ojú ànun fó ti iká, li ôkù », disait Jubiaba.

Oui, Antonio Balduino savait bien que l'œil de piété était déjà crevé, et qu'il n'était resté que l'œil de malice. Dans la nuit mystérieuse du quai bourdonnant de musiques variées il voulut pousser son grand éclat de rire, qui était son cri de liberté. Mais il l'avait perdu. Il était démoralisé. Il n'était plus l'empereur de la ville, il n'était plus Baldo le boxeur. Maintenant la ville l'étreignait comme la corde étreint le cou du pendu. On disait qu'il s'était laissé acheter. Aussi la mer battant sur les rochers, les navires qui partaient couverts de lumières, les caboteurs qui s'en allaient portant chacun une lanterne et une guitare, tout cela avait l'attrait d'un appel irrésistible. C'était cela le chemin de la maison. Viriato-le-Nain l'avait pris, le vieux Sallustiano l'avait pris. D'autres encore. Sur la poitrine de Antonio Balduino il y a trois tatouages : un cœur, un L énorme et une barque.

Antonio Balduino enleva le Gros et s'enfuit avec lui sur la mer à bord d'un caboteur. Il allait tâcher de retrouver dans les foires, dans les petites villes, dans la campagne, sur la mer, son rire perdu et le chemin de la Maison.

CABOTEUR

Le *Voyageur sans port* fend l'eau qui reflète les étoiles. Il est tout entier peint de rouge et il porte une lanterne qui répand alentour une lumière jaune comme celle de la lune qui vient juste de sortir d'un nuage. On hèle d'un autre caboteur qui traverse la baie :

— Qui va là ?

— Bon voyage ! bon voyage !

La route de la mer est large. Les eaux murmurent au passage. Un poisson saute dans la lumière de la lanterne. Maître Manoel est au gouvernail. Le Gros suit sans comprendre. Antonio Balduino, étendu de tout son long, regarde le spectacle de la mer. De la cale vient une odeur d'ananas mûr.

Passe un vent très doux, et voici qu'une claire étoile brille au ciel. Dans la tête du nègre Antonio Balduino se forme un *samba* qui vient se rythmer en petites tapes sur ses genoux. Puis il se met à siffler, et bientôt il aura retrouvé son rire perdu. Il vient, ce *samba,* qui parle de femme, de vagabondage, de nègre libre, des étoiles au ciel, de la large route de la mer. Il demande :

Où mène-t-elle, cette route, Maria ?

Et il ajoute :

Les étoiles de tes yeux sont dans le ciel...
Le bruit de ton rire est sur la mer...
Et toi tu es dans la lanterne de la barque.

C'est cela qu'il disait, le *samba*. Il disait encore qu'Antonio Balduino n'aimait que deux choses : Maria et ne rien faire. Ne rien faire, dans sa langue, veut dire être libre. Et Maria veut dire mulâtresse.

Où peut-elle bien mener, cette route ? Pour Maître Manoel qui est un vieux loup de mer, elle n'a pas de mystère. Il annonce :

— Ici, c'est l'endroit où la mer fait l'amour avec le fleuve.

La barre est franchie. Ils entrent dans le Paragouassou. Sur les rives, de vieux châteaux féodaux, des ruines d'*engenhos-bangués,* de richesses passées, ont l'air d'ombres extraordinaires : on les prendrait pour des fantômes. Comme dit le Gros : On dirait une mule de curé.

Ce bruit de l'eau maintenant, c'est la mer et le fleuve qui font l'amour. Et le bruit qui vient, là-bas, de la brousse, ça doit être la maîtresse d'un curé qui est morte et qui s'est changée en mule sans tête et qui erre à l'aventure dans ces fourrés épais qui ont recouvert les tombes des nègres du temps de l'esclavage.

Le caboteur glisse avec douceur sur l'eau paisible du fleuve. Au gouvernail, Maître Manoel fume la pipe. Il montre au passage les bancs de roches noires. Cette route n'a pas de secret pour lui. Antonio Balduino a fini de chanter son *samba* que le Gros sait déjà par cœur. Il trouve que c'est le plus joli qu'Antonio Balduino ait fait, car il parle de femme, de vagabondage, d'étoiles. Il lui demande « de ne plus les vendre ». Le nègre se met à rire. Le caboteur court sur les eaux du fleuve.

— Personne ne s'y frottera contre lui, dit Maître Manoel en flattant de la main son caboteur comme s'il caressait une femme.

Un vent se lève qui gonfle les voiles et rafraîchit les corps. De la cale monte une odeur d'ananas mûr.

Il y a bien des années que Maître Manoel possède un caboteur. Antonio Balduino l'a connu, ainsi que le *Voyageur sans port* quand il était petit. N'empêche que longtemps auparavant, Maître Manoel faisait déjà avec son caboteur les ports du *Reconcavo,* portant des fruits aux marchés et ramenant briques et tuiles pour les constructions de la nouvelle ville.

On lui donnerait trente ans, mais jamais la cinquantaine qu'il a sur les épaules. Il est tout entier d'une teinte unique, un bronze foncé, et il est difficile de dire s'il est blanc, nègre, ou mulâtre. C'est un matelot couleur de bronze, pour ça oui, un matelot qui ne parle guère et qu'on respecte dans toute la zone du port de Bahia, de la foire d'Agua dos Meninos, des cabarets des quais et de ceux de tous les petits ports où il touche.

Le Gros rompt le silence par une question :

— Est-ce que vous avez déjà repêché des noyés, patron ?

Maître Manoel abandonne sa pipe et étend les jambes :

— Un jour de tempête, à l'entrée de la barre, une barque s'est retournée. Le vent avait éteint toutes les lanternes. Quelle nuit, on aurait dit le Jugement Dernier...

Le Gros s'assure qu'aujourd'hui la nuit est bien claire et amicale.

Le *Voyageur sans port* file, incliné sur le côté, suivant le contour du fleuve qui est tout en méandres et qui tantôt s'élargit en bassins pour se rétrécir ensuite en chenaux étroits.

Le Gros pense que c'est une grande étoile nouvelle qu'il voit briller un peu à l'arrière. Et il s'écrie dans la joie de sa découverte :

— Regardez comme elle est jolie cette nouvelle étoile ! Elle est à moi, elle est à moi. Il a peur que quelqu'un ne la vole, ne la lui enlève, à lui qui l'a découverte.

Les autres regardent. Maître Manoel ricane.

— Une étoile ! Mais non, c'est le *Paquebot volant* qui s'amène... Il était à Itaparica quand on est passé, il veut nous rattraper. Il peut te battre à la course, dit Maître Manoel en s'adressant au *Voyageur sans port* qu'il caresse.

Il regarde ses compagnons.

— C'est un bateau qui marche bien, et Gouma sait gouverner. Mais avec celui-ci, il n'y a rien à faire. Vous allez voir...

Le Gros est tout triste d'avoir perdu son étoile. Antonio Balduino demande :

— A quoi est-ce que vous avez vu que c'est le *Paquebot volant*, Manoel ?

— A la lumière de la lanterne.

Mais la lumière ressemble à celle des lanternes de tous les caboteurs, et si Antonio Balduino ne croit pas comme le Gros que c'est une nouvelle étoile, c'est uniquement parce qu'elle ne cesse de se déplacer. Il se demande tout de même si c'est bien le *Paquebot volant*. C'est peut-être un des caboteurs rapides du port. Il attend pour voir. Le Gros regarde le ciel et cherche à découvrir une autre étoile pour remplacer celle qu'il a perdue. Mais celles qui brillent, il les connaît toutes, elles ont toutes un maître. Le caboteur se rapproche. Maître Manoel ralentit pour l'attendre.

C'est bien le *Paquebot volant*. Gouma crie :

— On fait une course, Manoel ?

— Où vas-tu ?

— A Maragogipe.

— Moi je vais à Cachoeira, mais on n'a qu'à courir jusqu'à Maragogipe... Ça fait cent sous...

— Entendu.

Antonio Balduino parie, lui aussi. Gouma prend le gouvernail :

— Allons-y.

Les caboteurs courent bord à bord et le *Paquebot volant* prend de l'avance. Balduino remarque :

— Dis donc, Manoel, mes dix milreis fichent le camp.

Le patron sourit :

— Laisse-le aller...

Et il appelle : « Maria Clara ! »

La femme qui dormait et rêvait se réveille et apparaît. Maître Manoel la présente :

— La patronne.

Leur surprise est si grande qu'ils ne disent mot. Elle non plus ne dit rien, et même si elle était laide, elle paraîtrait belle, debout sur la barque inclinée, sa robe soulevée par le vent, les cheveux flottants. Une odeur de mer se mêle à l'odeur d'ananas. Sa nuque, ses lèvres, pense Antonio Balduino, doivent sentir la mer, l'eau salée. Il est pris d'un désir subit. Le Gros pense qu'elle est un ange gardien et veut réciter une prière. Mais elle n'est rien de semblable, elle est la femme de Maître Manoel, qui la prévient :

— Je cours contre Gouma. Chante quelque chose.

La chanson aide le vent et la mer. Ce sont de ces secrets que seul connaît un vieux loup de mer, de ceux que l'on apprend à fréquenter l'océan.

— Je vais chanter le *samba* que ce garçon chantait tout à l'heure.

Ils sont tous sous son charme. Personne ne sait si elle est belle ou laide, mais ils sont tous épris d'elle en ce moment. Elle est la musique qui suborne la mer. Elle est debout, ses cheveux se soulèvent abandonnés au vent. Elle chante :

Où mène-t-elle cette route, Maria ?

Le *Voyageur sans port* file dans une rumeur d'eau. On recommence à voir le *Paquebot volant* qui est un point lumineux dans la nuit.

Les étoiles de tes yeux sont dans le ciel...

Cette blancheur, c'est la voile du *Paquebot volant* qui se rapproche.

Le bruit de ton rire est sur la mer...

164

Où les conduira cette course folle ? Est-ce qu'ils ne vont pas donner contre un banc de roches noires, et pour finir aller dormir au fond de la mer ? Au gouvernail, Maître Manoel a les yeux fermés. Antonio Balduino frémit, il jouit de cette femme qui chante. Pour le Gros, c'est un ange, et il prie.

Toi tu es dans la lanterne de la barque...

Ils passent à côté du *Paquebot volant*. Gouma lance sur le pont du *Voyageur sans port* un rouleau de pièces. Quinze milreis. Maître Manoel en met cinq dans sa poche et crie :

— Bon voyage, Gouma. Bon voyage !

— Bon voyage, répond une voix qui vient de l'arrière. Antonio Balduino prend les dix milreis qu'il a gagnés :

— Tu lui achèteras une robe avec, Manoel. C'est elle qui les a gagnés.

Antonio Balduino se demande où peut bien être ce blanc chauve qui était venu un jour à la *macumba* de Père Jubiaba. Où est-il cet homme qu'il avait pris pour Pedro Malazarte l'aventureux ? Il faudra qu'il n'oublie pas ce voyage en caboteur, quand il écrira l'A B C du nègre Antonio Balduino, vaillant et batailleur, qui aime la mer et la liberté.

Maître Manoel a confié la barre à Antonio Balduino, maintenant que le fleuve est large.

Il a rejoint sa femme au fond de la barque. Le pont les cache, mais on entend tous les bruits des corps en amour. D'en bas viennent des gémissements murmurés, des prières et des baisers. Une haute vague arrive, et elle recouvre les amants. Ils rient entre leurs baisers. Ils sont mouillés en ce moment, et l'amour n'en sera que meilleur.

Antonio Balduino se figure ce qui se passerait s'il jetait la barque contre les rochers. Ils mourraient tous, et cris et baisers s'éteindraient dans la mer. Le Gros qui vient cette nuit de perdre une étoile dit :

— Il n'aurait pas dû faire ça...

DOUX ARÔME DU TABAC

Doux arôme du tabac! Doux arôme du tabac! Il emplit les larges narines du Gros, et la tête lui tourne. Le caboteur n'est resté dans le port que juste le temps des foires du voisinage, à Cachoeira et Saint-Félix. Puis il est reparti vers d'autres petits ports, Maragogipe, Santo Amaro, Nazareth-des-Farines, Itaparica, emportant Manoel et la femme qui chantait la nuit et qui avait l'odeur de la mer. Il a ouvert ses voiles et il est parti dans le matin nostalgique.

Antonio Balduino et le Gros restèrent à Cachoeira, flânant tout au long des rues de la vieille ville dans un vagabondage forcé. Ils sentaient la ville à son odeur, à cet arôme douceâtre du tabac qui venait de Saint-Félix, en face, des usines blanches occupant à elles seules des pâtés de maisons, ventrues comme leurs propriétaires. Arôme qui faisait tourner la tête, penser à des choses lointaines, et qui obligeait le Gros à inventer ou à reprendre d'interminables histoires. Ils n'avaient pas trouvé de travail aux usines. On n'y employait guère que des femmes, des femmes blêmes et exténuées, aux yeux cernés, pour fabriquer les cigares coûteux que l'on sert à la fin des banquets ministériels. Les hommes manquaient d'adresse, leurs mains étaient trop épaisses pour ce travail délicat.

Le jour de leur arrivée, par une pluvieuse après-midi, ils avaient traversé en barque le Paragouassou qui sépare les deux villes. Le Gros chemin faisant racontait une histoire. Il était né pour faire un poète, et s'il avait su lire et écrire, il aurait pu gagner sa vie à écrire des A B C et des histoires en vers. Mais comme il n'avait jamais été à l'école, il se contentait de raconter, de sa voix de basse sonore, les faits divers qu'il entendait, les vieilles légendes qu'il avait apprises en ville et les histoires qu'il inventait après boire. Les histoires n'auraient été que meilleures s'il n'avait pas eu la manie d'y mettre des anges partout. Car il était aussi très religieux.

Le canot évitait les écueils. Le fleuve était à sec et les hommes, pantalons retroussés et torse nu, pêchaient leur dîner. Le Gros racontait :

— Alors Pedro Malazarte qui était un vieux roublard dit à l'homme : « Il y a là un énorme troupeau de cochons, ils sont plus de cinq cents, qu'est-ce que je dis, cinq cents ? plus de mille qu'il y en a, deux mille, trois mille, j'en ai perdu le compte tant ils sont nombreux. » L'homme a la marmite ne voyait que les queues qui sortaient du sable, une quantité de queues noires et qui s'agitaient au vent. Ça remuait comme si qu'il y avait eu des cochons vivants enterrés pour de vrai dans le sable. Et Pedro Malazarte disait : « C'est des cochons magiques... Quand ils font leurs besoins ils font de l'argent, rien que des billets de cent sous. Quand ils commencent à engraisser ils ne font plus que des billets de dix francs et ils vont même jusqu'aux billets de mille quand ils sont vieux. Je t'échange le tout contre ta marmite. »

— Le type ne s'est pas méfié ? interrompt le canotier.

— Mais non, c'était un niais et les cochons lui avaient tapé dans l'œil. Il prit sa marmite pleine de viande et de *feijoada* et l'échangea contre le troupeau. Alors Pedro Malazarte ajouta : « T'as qu'à les laisser enterrés jusqu'à demain matin. Le matin y sortent et y font de l'argent. » Le type attendait que les cochons sortent. La journée passa, puis la nuit, puis le lendemain... et le brave homme attend toujours, il y est encore... Vous n'avez qu'à y aller voir si ça vous amuse...

Le canotier riait, Antonio Balduino réclamait maintenant l'histoire de la marmite. Il aimait les histoires de Pedro Malazarte, ce coquin qui savait rouler son prochain et qui menait une petite vie bien pépère. Il l'imaginait vivant, courant le monde et connaissant tous les pays, même le ciel, puisqu'une fois Pedro Malazarte s'était chargé d'y porter l'argent de la riche veuve pour son mari qui crevait de faim dans un mauvais hôtel du Paradis. Il était presque sûr que le type chauve qu'il avait rencontré à la *macumba* de Jubiaba était bel et bien Pedro Malazarte sous un déguisement. Est-ce qu'il n'avait pas, lui aussi, couru le monde entier, est-ce qu'il n'avait pas tout vu ?

— On ne m'ôtera pas de l'idée que ce type chauve qui était à la *macumba* de Père Jubiaba, c'était Pedro Malazarte.

169

— Qui ça ? demande le Gros qui ne se rappelle plus.

— Le jour où la des-Rois a été prise par Ochala...

Le canot accosta dans la boue du quai.

C'est des usines que vient cette odeur qui fait tourner la tête. Les hommes qui étaient à la pêche rentrent au logis, ils rapportent du poisson pour leur dîner. A ce moment les usines font entendre un sifflement aigu et prolongé. C'est la fin de la journée de travail. Antonio est venu chercher une femme parmi les ouvrières des usines : il a envie de faire l'amour. Et il attend, embusqué au coin de la rue, le passage des ouvrières, en riant aux éclats des histoires du Gros.

Mais les voici qui sortent : elles sont tristes et lasses, étourdies par l'arôme du tabac qui imprègne leur corps tout entier, leurs mains, leurs vêtements, leur sexe. Elles ne sont pas gaies et il y en a des tas, une légion de femmes à l'air malade. Certaines qui viennent de fabriquer des cigares de luxe fument des cigares au rabais. Presque toutes mâchent du tabac. Un type blond bavarde avec une petite mulâtresse dont le teint ne s'est pas encore fané à l'usine. Elle rit, et il lui murmure :

— Je vous ferai augmenter.

Antonio Balduino dit au Gros :

— Y a que celle-là qui soit potable... Mais le gérant a déjà mis la main dessus.

Les femmes passent, silencieuses, comme ivres : elles entrent dans les rues étroites qui déjà s'assombrissent et prennent les venelles sans lumière. Et elles causent entre elles à voix basse, elles ont l'air d'avoir peur d'attraper une amende, comme à l'usine pour avoir causé. Il en passe une, qui est enceinte ; elle s'arrête un peu plus loin et elle embrasse un homme qui porte du poisson à la main. Maintenant ils se donnent le bras et elle lui raconte qu'elle a eu une amende parce qu'elle s'est arrêtée à un moment où son ventre tirait et lui faisait mal. Tout à coup elle dit :

— Et les jours que je vais perdre quand j'aurai le petit... combien de jours... '

Sa voix est angoissée. L'homme baisse la tête et serre les poings. Antonio, qui les a entendus, crache.

Le Gros est tout tremblant. Les femmes des fabriques continuent à passer. On voit les noms des marques sur de grands panneaux. Et dans un bistro, une réclame affirme : « Les meilleurs cigares du monde. Spécialité pour banquets, dîners et déjeuners. » Et continuent de passer les femmes qui fabriquent les cigares. Elles ont l'air si tristes qu'on ne dirait pas qu'elles vont voir leurs foyers, leurs maris, leurs enfants. « On dirait qu'elles suivent un enterrement » remarque le Gros.

La jolie petite mulâtresse part avec l'allemand. La femme enceinte pleure au bras de son mari.

A l'hôtel de Cachoeira, qui est confortable et même luxueux, les jeunes allemands boivent des whiskies et mangent des dîners spécialement préparés pour eux. Des femmes sont venues de Bahia pour coucher avec ces gaillards blonds, fils des propriétaires des fabriques d'où les ouvrières sortaient tout à l'heure. Ils causent tout en buvant et parlent du salut de l'Allemagne par l'hitlérisme, et de la prochaine guerre mondiale qu'ils gagneront. Et lorsque la boisson leur aura monté à la tête ils chanteront des hymnes guerriers.

Mais la pleine lune qui est sortie des Mornes et qui est maintenant au-dessus du fleuve, les blonds allemands ne la voient pas. Au bord de l'eau, les maris des ouvrières chantent à la guitare et les femmes offrent leurs enfants à la lune :

> *Bénis-moi madame la lune*
> *Prends mon bébé que je te donne*
> *Et aide-moi à l'élever.*

Vers la fin de cette soirée tout humide de bruine, le canotier s'approche d'Antonio Balduino et du Gros :

— Alors, camarade ? On ne va pas bouffer ?

— Mais si, on y va...

— Si vous voulez venir bouffer chez moi... Un dîner de pauvre, vous savez. Y a que du poisson, mais enfin ça se mange, et puis c'est offert de bon cœur...

Puis se tournant vers le Gros :

— Raconte donc des histoires, ça fera plaisir à la vieille de les entendre. Elle doit déjà être rentrée de la fabrique... J'ai cinq filles et deux garçons...

Il sourit, car il connaît d'avance la réponse. Ils entrent dans une ruelle qui mène à une rue boueuse, et cette rue rappelle à Antonio Balduino le Morne de Châtre-Nègre. Dans les maisons brillent les lueurs rouges des quinquets. Des enfants jouent devant les portes à faire des bonshommes et des bœufs avec la boue noire de la chaussée.

— C'est ici, dit le canotier.

Les murs sont noirs de fumée. Pour ornement, une unique image qui représente le Seigneur de Bonfin, une guitare accrochée. Un petit dort sur un lit de planches. Il doit bien avoir trois mois tout au plus. Le baiser de l'homme le réveille et il lui tend ses menottes en riant de toute sa petite bouche noire. Il a déjà le ventre ballonné des autres qui font des bonshommes de terre devant la porte.

Le canotier fait les présentations :

— Deux amis. Celui-ci — il montre le Gros — est épatant pour raconter des histoires. Tu vas voir...

La femme mâche du tabac. Elle a les lèvres retournées, et le teint jaune de quelqu'un qui souffre des fièvres. Elle prend les poissons que son mari a portés et s'en va à la cuisine. On l'entend appeler les enfants.

Antonio Balduino s'est emparé de la guitare. Le Gros demande :

— La vie est dure par ici ?

— Ce qui est dur, c'est de trouver du travail... Il n'y en a que pour les femmes ; les hommes vont à la pêche, ou bien se font quelques sous avec leurs barques.

— Et les femmes, elles gagnent bien ?

— Bien ? Trois fois rien... Sans compter les amendes, les absences à cause des gosses, les maladies. Elles sont tout de suite vieilles, finies... On en voit de dures par ici, vieux frère.

— C'est triste...

— Triste ? L'homme se met à rire. Il faut voir ce qu'il y a de gens qui crèvent de faim. Quand une femme quitte une fabrique, elle ne trouve pas de travail ailleurs. Un arrangement qu'ils ont entre eux... Et ça n'est pas tous les jours qu'on attrape du poisson...

Un jeune nègre à la porte écoute en silence. Il approuve de la tête.

Le Gros se sent coupable d'avoir entamé un sujet si triste.

— Mais le bon Dieu vous aide...

— Oui, à attraper des maladies, c'est tout. C'est ma bourgeoise qui a mis là cette image, mais moi je n'y crois plus... J'ai déjà crevé de faim, et comment. Un soir, y avait même pas à manger pour la plus petite, celle-ci — et il montre une petite mulâtresse de cinq ans. Dieu a oublié les pauvres...

La femme apparaît à la porte du fond et crache un jet de salive noirâtre.

— C'est des hérésies que tu dis là, mon homme. Le bon Dieu te punira.

Le jeune homme de la porte réplique :

— Moi dans le fond du cœur je n'y crois pas non plus. Rien que du bout des lèvres. Veux-tu que je te dise ? Ce salaud d'allemand est tombé sur Mariette. Il lui a dit qu'il l'augmenterait... Où est-ce qu'il est, Dieu ?

Le Gros prie à voix basse. Il demande à Dieu de ne pas laisser l'allemand s'emparer de Mariette, et aussi que la nourriture ne manque jamais sur la table du canotier. Antonio Balduino sait que le Gros est en train de prier et que ça ne sert à rien. Il dit :

— C'est peut-être un péché, les gars... Mais l'envie que j'ai, moi qui vous parle, c'est de tuer tous les blancs... Je les tuerais sans pitié.

Le poisson est sur la table. Le jeune nègre a

disparu (quelques mois plus tard, il devait être condamné à trente ans de travaux forcés pour avoir tué l'allemand qui avait plaqué Mariette avec un enfant et pas de travail). Il n'y a pas beaucoup à manger pour tant de bouches, et les enfants en demandent encore. La lumière rouge du quinquet fait des ombres énormes.

Le Gros a raconté l'histoire de la marmite de Pedro Malazarte, et les petits se sont endormis. Une des fillettes tient encore serré dans sa petite main noire un bonhomme en terre à qui il manque un bras. Et dans son rêve, c'est une poupée blonde de porcelaine qui dit : « maman » et qui ferme les yeux pour dormir. Ils sortent du côté du fleuve. Les hommes chantent au clair de lune. Des femmes aux vêtements rapiécés se promènent sur la berge. Le fleuve passe et disparaît sous le pont.

Le Gros chante la *Complainte de Vilela* qu'Antonio Balduino accompagne à la guitare. Les hommes sont tout oreilles au récit de la lutte héroïque du bandit Vilela contre le « lieutenant négrier ». C'est une histoire héroïque. Le lieutenant était un brave, mais Vilela fut plus brave encore :

> *Le lieutenant était vaillant*
> *Tant et si bien qu'il se pendit !*
> *Le brigand Vilela mourut*
> *Comme un saint et fit son salut.*

— Joli, dit quelqu'un.
Puis se tournant vers le Gros :
— Chantes-en une autre, camarade.
Ce fut Antonio Balduino qui se mit à chanter des

sambas et des *modignas* qui rendirent les femmes toutes tristes.

Du clocher de l'église tombent les neuf coups de neuf heures.

— Dites-donc, les gars — propose un robuste nègre — on va au *samba* de chez Fabrice ?

Quelques-uns s'y rendent. Les autres se dirigent vers leurs maisons ou s'attardent encore sur le quai, à regarder la lune, le fleuve, le pont : c'est leur cinéma, à eux.

Fabrice recevait ses invités, un verre de gnôle à la main :

— Vous voulez prendre quelque chose ?

Tous disaient oui, et le verre passait de main en main, un grand verre que Fabrice remplissait consciencieusement jusqu'au bord.

Le passeur présenta Antonio Balduino et le Gros : « Deux amis. »

— Entrez, entrez... Ici les amis sont chez eux... Ce disant, il distribuait de grandes claques dans le dos.

Ils entrèrent. Un mulâtre à petite moustache jouait de l'accordéon. Les couples tournoyaient autour de la salle. Antonio Balduino ne sentait pas l'odeur caractéristique du nègre. Jusque dans ce faubourg lointain, c'était l'odeur douceâtre du tabac qui dominait. Les couples tournaient, l'accordéoniste se baissait et se redressait et à la fin de la danse, il était si excité qu'il jouait debout et qu'il se mettait à danser lui aussi, frôlant les couples qui passaient à portée de sa main.

Lorsque la musique s'arrêta, le passeur cria :

— Dites-donc, il y a ici un type qui joue de la

guitare comme un Dieu... Et ce gros-là sait des tas de belles histoires...

Antonio Balduino dit au Gros :

— J'ai comme une idée que je vais faire une femme, ici.

Il s'en fut boire un coup avec le maître de maison et au retour, devant l'insistance des négresses, il joua sur la guitare ses meilleurs *sambas* que le Gros chanta. L'accordéoniste lui en voulut, mais ne dit rien. Quand Antonio Balduino eut fini, il lui dit :

— On va boire un verre, mon vieux ? Tu joues vraiment bien...

— Moi ? Je racle... C'est toi qui es fameux...

L'autre lui montra des femmes :

— Celle-là marche... Dis-donc, ma gosse a une amie... Pourquoi que tu ne marches pas avec ?

Il se remit à jouer de l'accordéon. Maintenant c'était la salle entière qui tournait. Les pieds frappaient le sol, les nombrils effleuraient les nombrils, les têtes se touchaient, tous étaient ivres, les uns d'alcool, les autres de musique. Les hommes accompagnaient le tam-tam en battant des mains, les corps s'entrelaçaient à la ceinture, puis ils se lâchaient, tournaient tout seuls et se rencontraient à nouveau, ventre contre ventre, sexe contre sexe.

Le tam-tam continuait, les instrumentistes se mêlaient aux danseurs, la salle avait la tête en bas, elle était de guingois, tout d'un coup elle redevenait normale, puis aussitôt après elle ne l'était plus, et ils marchaient tous au plafond. Les quinquets augmentaient encore la confusion. Les ombres dansaient aussi, elles dansaient sur le mur, gigantesques, effrayantes. Le sol avait disparu, les pieds ne le sentaient plus, on ne sentait plus que le corps qu'on touchait et qui donnait une secousse. Les femmes étaient élastiques, leur trémoussement les pliait en deux, les hanches s'élargissaient, les fesses remuaient toutes seules, comme animées d'une vie indépendante. Il n'y avait plus de salle, il n'y avait plus de lumière, on ne voyait plus rien. Seuls demeuraient le tam-tam, l'odeur capiteuse de tabac et les nombrils qui se rencontraient. Voici que le désir à son tour a disparu, et il ne reste plus maintenant que la danse toute pure.

Antonio Balduino écrivit sur le sable du fleuve un nom : Régina. La femme qui était étendue auprès de lui, tout alanguie après l'amour, eut un sourire de satisfaction et l'embrassa. Mais une petite vague alors vint effacer le nom qu'il avait tracé avec la pointe de son couteau. Antonio Balduino éclata de rire, de son rire qui le secouait tout entier. La femme, furieuse, se mit à pleurer.

MAIN

La plantation de tabac couvrait le Morne tout entier et semblait n'avoir pas de limites. Après s'être étalée dans la plaine, elle escaladait le Morne et redescendait de l'autre côté : paysage vert, à perte de vue, fait de plantes basses à feuilles larges. Le vent balançait les feuilles, et sans le petit sac de toile qui les protégeait, les semences seraient allées se perdre sur quelque sol stérile.

Les femmes qui, courbées, cueillaient les feuilles d'un geste las, se redressèrent et se mirent à s'agiter. Les hommes avaient pris les devants, et marchaient avec une allure de bossus. Ils portaient des charges de feuilles qu'ils déposaient ensuite devant leurs maisons, à l'abri du plein soleil et de la pluie. Les feuilles déjà sèches cédaient la place aux feuilles fraîches, qui faisaient comme un rideau devant les maisons de travailleurs. Quatre cases en carré délimitaient un espace où les hommes se réunissaient pour causer et jouer de la guitare. La vieille entra dans l'une d'elles, où son compagnon accroupi surveillait les haricots qu'il faisait cuire. La jeune femme s'attarda à faire un brin de causette avec les hommes sur la « place », comme ils appelaient le bout de terrain entre leurs maisons.

Le Gros regrettait sa grand'mère et disait :

— Elle est restée toute seule à la garde du bon Dieu... Qui c'est qui lui donne à manger ?

— T'en fais pas, elle ne va pas mourir de faim.

— C'est pas ce que je veux dire (le Gros était tout embarrassé). Ce que je dis, c'est que...

La femme s'appuie des mains sur les chaises pour écouter plus à son aise.

— Hé bien, quoi ?

— Vous ne savez pas ? C'est une pauvre vieille. Elle ne mange que si on lui donne la becquée.

La femme se met à rire et les hommes à plaisanter :

— Ça m'a l'air d'être sa poule... La becquée ! En voilà une histoire ! Est-ce qu'elle est jolie ?

— Je vous jure que c'est ma grand'mère, je le jure. Elle n'a plus de dents et elle a perdu la boule...

D'autres hommes arrivent. Antonio Balduino s'étend sur le sol, le ventre en l'air. Le Gros lui demande :

— N'est-ce pas que c'est vrai que j'ai une grand'mère et que je lui donne la becquée ?

Nouveaux rires. La femme l'interrompt :

— Ta femme doit être rudement vieille, Gros, pour que tu l'appelles grand'mère ?

La rigolade générale augmente la confusion du Gros.

— Je le jure... je le jure. Et il baise ses doigts mis en croix.

— Amène-nous-la. Je lui donnerai la becquée, je me marierai avec elle. Moi, ça m'est égal qu'elle soit vieille.

180

Antonio se soulève sur un coude :

— Voulez-vous que je vous dise ? Vous êtes tous dingos, ma parole ! et il se frappe le front. Parfaitement, le Gros a une grand'mère, et puis il a un ange gardien. Le Gros a des tas de choses que les autres n'ont pas. Le Gros est bon, vous ne le savez peut-être pas...

Le Gros est embarrassé. Les hommes se taisent, et la fille regarde maintenant d'un air stupéfait.

— Le Gros est bon, nous on est mauvais... Le Gros...

Son regard se perd dans la contemplation des champs de tabac.

Ricardo murmure :

— Même vieille je me l'enverrais bien...

Mais la femme avant de rentrer chez elle s'approche du Gros :

— Tu prieras pour moi ? Fais une prière pour que l'ange fasse gagner quatre sous à Antonio, comme ça on pourra aller aux plantations de cacao. Et, jetant un regard sur les feuilles de tabac : « C'est fou ce qu'il y a comme argent là-bas. »

Ricardo dit :

— Le travail est dur cette année... Il y a une grosse récolte et Zéquigna ne veut prendre personne en plus. Je me demande même comment il vous a embauchés, vous deux...

— On était quasi morts de faim, à Cachoeira... C'est pour ça qu'on est venu.

— Oui, pour gagner vingt sous par jour.

Un mulet se met à braire dans la plaine. Antonio Balduino dit au vieux qui sortait de chez lui, la bouche pleine :

181

— Dis donc, vieux, dis bonjour à ton père : y rouspète.

Il y eut des rires. Balduino reprit, en baissant le ton :

— Ça fait rien, Totogna est un beau morceau...

— Tâche de t'y frotter pour voir... Antonio a quatre morts sur la conscience. Il ne plaisante pas, et il vise juste...

— En tout cas, j'en peux plus. Deux mois sans femme...

Le vieux riait. Ricardo le regardait d'un air furieux :

— Tu peux rire, toi, t'es marié. T'as une femme. Ça a beau être un vieux tableau, c'est une femme tout de même. Tandis que moi, il y a bientôt un an que j'ai pas vu de jument dans mon lit.

Les hommes restèrent muets. Le vent balançait les pieds de tabac, dont les larges feuilles faisaient songer à d'étranges sexes de femme. Ricardo, la gorge sèche, avala sa salive et dit :

— Je ne sais pas comment on arrive à travailler sans femme... Ici il n'y a que ces deux-là, et elles sont mariées.

— Et la fille à mame Laura ?

— Je l'épouserais bien, si elle voulait, dit Ricardo.

Antonio Balduino planta son couteau en terre. Un grand nègre affirma :

— Un de ces jours, je te lui ferai signe, qu'elle veuille ou non...

— Mais c'est une petite de douze ans, protesta le Gros avec effarement.

Les montagnes au fond, couvertes de brouillard. La voie ferrée. De temps en temps, un train qui sifflait, et des femmes qui faisaient des signes de la portière. La route où passaient les hommes qui vont porter des sacs de fruits aux foires, qui conduisent des mulets chargés, ou qui mènent du bétail à vendre à la Foire Sainte-Anne. Tantôt leurs mains calleuses tenaient des sacs énormes, tantôt ils touchaient leurs bêtes ou guidaient leurs bœufs. Des troupeaux en transhumance passaient, et l'on entendait la voix triste des bouviers chanter :

Ouououou boiiiii

Et les mains qui s'abaissaient vers la terre, larges et calleuses, pour cueillir les feuilles parfumées du tabac. Les mains s'abaissaient et se relevaient sur un rythme toujours égal. On eût dit les gestes de la prière. Ce travail donnait une douleur dans le dos, une douleur aiguë et tenace qui continuait, même la nuit, à faire souffrir. Zéquigna surveillait le travail, donnait des ordres, se fâchait. Des monceaux de feuilles s'accumulaient, et quand venait le soir, les mains des hommes avaient gagné vingt sous dont ils ne voyaient jamais la couleur, parce qu'ils devaient déjà au patron ils ne savaient pas combien.

De leurs mains laides et calleuses, ils faisaient des signes aux trains qui passaient en sifflant.

Quatre hommes habitaient la case de torchis : Ricardo, le nègre Philomène, Antonio Balduino et le Gros. Philomène ne parlait que de coups de fusil et de meurtres, les rares fois où il ouvrait la bouche, car à l'ordinaire il écoutait en silence. Ricardo avait collé au mur, au-dessus des planches sur lesquelles il dormait, le portrait d'une actrice de cinéma toute nue, avec juste un éventail pour lui couvrir le sexe. C'était le fils du patron qui le lui avait donné trois ans plus tôt au cours d'une visite à la plantation, et Ricardo l'avait affiché avec le plus grand soin. Il plaçait le quinquet de telle façon que la lumière rouge tombait en plein sur l'actrice, dont la nudité avait un air provocant. Le Gros avait mis au-dessus de son lit un saint qu'il avait « troqué » contre dix sous aux fêtes de Bonfin. Antonio Balduino rassemblait aux pieds du sien l'amulette que Jubiaba lui avait donnée et les poignards qu'il portait à la ceinture. Philomène, lui, n'avait rien.

Après le dîner, ils se réunissaient dehors et faute de cinéma, de théâtre ou de boîtes de nuit, ils jouaient de la guitare et faisaient des tournois d'improvisation. Ils chantaient des complaintes ou de gais *sambas,* et Ricardo était habile à improviser. Leurs mains glissaient sur la guitare. Ce n'étaient plus les mêmes mains que la terre et la bêche avaient rendues calleuses, c'étaient des mains d'artistes, prestes et sûres, qui apportaient aux cœurs des hommes des histoires d'amour et de bataille. Après le pain, c'était la joie que ces mains donnaient au pays sans femmes. Les mains agiles glissaient le long des cordes et la musique se répandait à travers les plantations de tabac qui prenaient, au clair de lune, un aspect fantastique.

Quand le silence descendait sur toute chose, quand on n'entendait plus le bruit des guitares et que les hommes étaient déjà étendus sur leurs bat-flanc, Ricardo, une fois éteint le quinquet, se mettait à contempler le portrait de l'actrice. Son regard était fixé sur elle, et voici qu'elle se met à remuer. Mais maintenant elle est vêtue, et ils ont tous les deux quitté les plantations de tabac. Ils sont dans une grande ville, une ville que Ricardo n'a jamais vue, tout illuminée, sillonnée d'autos et d'avenues, plus grande que Cachoeira et Saint-Félix réunies. Ça doit être Bahia, peut-être même, qui sait, Rio de Janeiro. On voit passer des femmes blondes, des femmes brunes, et toutes sourient à Ricardo, car il est très élégamment vêtu d'un costume de drap et chaussé de souliers rouges comme ceux qu'il a vus dans un magasin de Foire Sainte-Anne. Les femmes rient, elles le veulent toutes, mais lui ne veut pas quitter l'actrice qu'il a connue dans un théâtre et qui se pend au bras de Ricardo en lui frôlant la poitrine de ses seins. Puis ils vont souper dans un restaurant chic plein de femmes décolletées où ils boivent des vins chers. Il l'a déjà embrassée plusieurs fois, et elle l'aime sûrement, car elle lui permet de lui meurtrir les seins et de lui relever sous la table sa jupe de soie. Mais voici qu'elle a regagné son cadre sur le mur et remis son éventail sur son sexe, car le bat-flanc grince beaucoup et Antonio Balduino s'est mis à bouger sur son lit de planches à l'autre extrémité de la salle. Ricardo furieux attend que le silence revienne. Il tire jusqu'au menton sa couverture trouée. Puis il rejoint la femme au restaurant et prend aussitôt après une auto pour gagner une chambre où il y a un lit et des parfums. Il la déshabille petit à petit jouissant de ses charmes un à un. Peu lui importe maintenant que le bat-flanc grince et que Antonio Balduino bouge. Non, ce n'est pas sa main calleuse, c'est le sexe de l'actrice blonde qui n'a plus ni vêtement, ni éventail, qui fait l'amour avec Ricardo. S'éveille qui voudra : il ne fait rien de mal, il fait l'amour avec une jolie femme, aux seins durs et au ventre rond.

L'actrice a regagné le tableau, son sexe caché par l'éventail. Sur la route brille la lumière d'un quinquet qui éclaire les plantations de tabac. Ricardo laisse aller sa tête sur les planches du bat-flanc et s'endort.

Un dimanche, Ricardo annonça qu'il allait pêcher dans les eaux du fleuve. Il avait acheté un pétard, et il espérait tuer beaucoup de poissons. Il invita les copains, mais seul le Gros se décida à l'accompagner. Ils causèrent tout le long du chemin. Ricardo tira sa chemise au bord de l'eau, et le Gros se coucha dans l'herbe. Les plantations de tabac s'étendaient au loin derrière eux. Un train passa. Ricardo prépara le pétard et alluma la mèche. Il souriait. Il fit un mouvement, mais avant qu'il eût le temps de jeter le pétard, celui-ci éclata et lui emporta mains et bras, souillant le fleuve de sang. Ricardo regarda ses moignons : on eût dit qu'il venait de se suicider.

VEILLÉE

Arminda, la fillette de mame Laura, qui, le travail fini, faisait bondir à travers champs l'allégresse de ses douze ans, à présent elle ne bondit plus, elle travaille avec un regard angoissé. Une fois même elle a demandé à Zéquigna la permission de rentrer à la maison. C'est que voilà bien une semaine que mame Laura est couchée sur un lit et que son corps s'enfle d'une maladie inconnue. Naguère Arminda était gaie : elle se baignait dans la rivière, nageait comme un poisson, excitant le désir des hommes en montrant son corps de gamine. Maintenant elle est toute au travail, car celui qui ne travaille pas meurt de faim.

Ce mardi-là on ne la vit pas à la fabrique. Totogna qui venait de chez la malade annonça :

— La vieille a passé l'arme à gauche...

Les hommes levèrent le nez de leur travail :

— C'était ben l'âge...

— Elle est enflée qu'on dirait un bœuf... Que ça fait même peur...

— Drôle de mal...

— On ne me sortira pas de l'idée que c'est un esprit mauvais...

Zéquigna entrait. Les hommes se courbèrent à nouveau sur les feuilles de tabac. Totogna lui dit quelques mots à l'oreille puis elle annonça à voix haute :

— Je vas rester avec la petite. Cette nuit y aura la veillée...

Le nègre Philomène confia à Antonio Balduino secrètement :

— C'est moi qu'irai.

Le Gros but un coup d'eau-de-vie de canne, parce que les morts lui faisaient grand-peur. Et à l'heure du déjeuner, chacun raconta des histoires des défunts de sa connaissance. On rappela des cas de maladie, des morts. Le nègre Philomène ne disait rien. Il avait un plan dans la tête.

Les torches paraissaient marcher seules. Leur lueur vacillante se rapprochait de la cabane de pisé. On ne distinguait pas les personnes, mais seulement cette rougeur qui tremblait, inquiète comme une âme en peine. Sur le seuil, Totogna accueillait les gens venus pour veiller la morte. Elle distribuait les accolades, écoutait les condoléances, tout comme si elle eût été parente de Mame Laura. Elle avait les yeux humides en racontant les souffrances de la défunte.

— La pauvre, ce qu'elle pouvait crier... Aussi avec une saleté de maladie comme ça...

— Pour moi, c'est un esprit...

— Ça lui a fait enfler le ventre, comme un édredon...

— Maintenant elle ne souffre plus...

Une femme se signa. Le nègre Philomène interrogea :

— Et Arminda ?...

— Elle est là-dedans, elle pleure. La pauvrette, elle n'a plus personne...

Elle fit circuler la gnôle. Tous en burent.

Dans la salle deux bancs s'alignaient près d'un mur. Quelques hommes et quelques femmes, pieds nus, la tête découverte, veillaient le corps. De l'autre côté de la salle, assise sur une vieille chaise, Arminda pleurait, des pleurs sans larmes entrecoupés de hauts sanglots. Les nouveaux arrivants allèrent à elle, lui serrèrent la main sans mot dire.

Au milieu de la pièce, étendu sur une table qui servait d'ordinaire pour les repas, le cadavre gisait, gonflé, près d'éclater. Une cretonne imprimée de fleurs jaunes et vertes le recouvrait, ne laissant voir qu'une face ridée à la bouche tordue, et des pieds plats, énormes, aux doigts écartés. Les hommes, en passant devant, jetaient sur le visage un coup d'œil furtif et les femmes faisaient le signe de croix. Une chandelle, au chevet de la morte, répandait sa lumière sur les traits figés dans une expression de souffrance. Et les yeux de la morte semblaient regarder fixement les hommes et les femmes qui étaient assis sur les bancs, somnolant. Une bouteille d'eau-de-vie de canne passa de main en main. On buvait à longs traits, à même le goulot. Deux hommes se levèrent pour aller fumer. Zéquigna vint ensuite et caressa la tête d'Arminda. Alors les oraisons commencèrent, entonnées par le Gros :

Seigneur, chargez-vous de cette âme...

Les assistants répondaient en chœur :

Priez pour elle.

La bouteille d'eau-de-vie circulait à la ronde. Ils buvaient à même le goulot. La chandelle éclairait le visage de la morte, qui enflait toujours davantage. Cependant le chœur lamentait :

Priez pour elle.

Antonio Balduino leva les yeux sur Arminda. De l'autre côté de la salle ; elle pleurait. Mais le visage enflé de la morte empêche Antonio de bien voir.

De son côté le nègre Philomène observe l'orpheline. Antonio Balduino voit bien que les yeux du nègre sont arrêtés sur les seins d'Arminda, qui montent et qui descendent, rythmés par les sanglots. Antonio Balduino a une bouffée de colère. Il murmure à son voisin :

— Il respecte même pas les morts, ce sale nègre...

Mais il regarde, lui aussi, les seins qui bougent sous le corsage. Soudain le nègre Philomène en détache son regard. Il a peur, tout le monde voit ça. De quoi qu'il a peur ? pense Antonio Balduino. Et il sourit presque en coulant ses yeux sur l'échancrure du corsage. La clarté de la chandelle donne à plein sur la naissance des seins. On dirait qu'elle veut entrer... Oui la lumière cherche à se faufiler entre les seins d'Arminda, comme une main. Voilà qu'elle essaie... Antonio Balduino suit la scène, les yeux allumés. On dirait maintenant que la lumière a réussi à pénétrer dans le décolleté. Et bien sûr elle est en train de pétrir les seins qui montent et qui descendent. Antonio sourit et dit entre ses dents :

— Elle est arrivée à ses fins, la mâtine...

Mais maintenant lui aussi détache son regard et se met à trembler. Ne dirait-on pas que la morte fixe sur lui des yeux courroucés ? Antonio regarde par terre, mais il se sent suivi par le regard haineux de la vieille. Il pense :

— Pourquoi diable cette sacrée vieille ne s'occupe-t-elle pas plutôt de cette crapule de Philomène, qui veut la petite ?

Il se rappelle que lui aussi, il a eu de mauvaises pensées, et il évite le regard de la morte. Il regarde le Gros dont la bouche s'ouvre et se ferme en psalmodiant les litanies des morts.

Une supposition que cette mouche entrerait dans la bouche du Gros... Mais c'est toujours sur lui que la vieille a les yeux rivés, et Philomène ne quitte pas des siens le corsage.

— Satanée vieille ; elle est encore en train de surveiller sa fille... Elle n'est pas si morte que cela...

— Hein ?... fait un voisin.

— Rien... J'ai rien dit.

Le Gros chante. Antonio Balduino reprend avec tout le monde :

Priez pour elle.

Sûr, cette mouche va entrer dans la bouche du Gros. Elle allait y entrer quand le Gros a fermé la bouche. La revoilà. Elle est en arrêt sur son nez. Elle attend que le Gros ouvre de nouveau la bouche. Ça y est. Mais la mouche a pris un grand vol et s'est allée poser, de l'autre côté, sur Arminda. Le nègre Philomène s'agite sur sa chaise. Antonio se prend à imaginer comment sont les seins d'Arminda. Tu parles de tétons qu'elle a : ça fait boule sous le corsage. Justement la mouche est arrêtée sur l'un d'eux, exactement sur la pointe du sein gauche. Elle ne porte pas de soutien-gorge, cela se voit immédiatement... Pourquoi pleure-t-elle, pense Antonio ?... Elle a de grands yeux, des cils longs. Un sanglot en la secouant a presque fait jaillir un sein hors du corsage. Et la mouche s'est enfuie. Elle

191

est allée sur le visage de la défunte. Comme elle a enflé ! Elle ne va plus tenir sur la table. La face est devenue énorme, la peau a verdi, les yeux se sont exorbités. Mais pourquoi regarde-t-elle ainsi Antonio Balduino ? Qu'a-t-il fait de mal ? Il ne regarde même plus du côté d'Arminda. (Le nègre Philomène ça oui, il la dévore des yeux.) Alors qu'est-ce qu'elle attend la morte pour le lâcher, le laisser en paix, regarder ailleurs ?... Et comme elle a enflé ! elle est difforme. La mouche est maintenant sur son nez. N'est-ce pas de la sueur qui perle au visage de la morte ? Naturellement elle veut des prières. Et Antonio Balduino, au lieu de prier avec les autres, épie sa fille... Le nègre fait chorus :

Priez pour elle.

Il est content car il l'a dit si fort que Philomène a sursauté, et qu'il a répété à contretemps :

Priez pour elle.

Il avait du retard. Le Gros était déjà en train de dire autre chose. La bouteille d'eau-de-vie circule. Antonio Balduino en boit une lampée, après quoi, de nouveau, il tourne les yeux sur Arminda. Mais son regard est intercepté par la morte. Maintenant celle-ci a enflé de telle sorte qu'il ne réussit plus à voir que la moitié du visage d'Arminda. Mais il voit bien, il ne voit que trop, les yeux de la défunte pleins de haine. C'est-il pas qu'elle aurait deviné qu'il va demander à Arminda de l'eau, uniquement pour l'accompagner dans l'autre pièce et la peloter ? Les morts savent tout. Il voit le visage affreux de la vieille morte. Il n'en a jamais vu de pareil. Celui d'Arminda est souriant. Même quand elle pleure comme maintenant, il a l'air joyeux, comment ça se fait ? Le visage de la défunte est vert, couvert de

petites gouttes de sueur. Il est gluant. Balduino
s'essuie les mains l'une à l'autre, pour se libérer de
cette sensation. Il lève les yeux vers le toit. Mais il
sent le regard de la morte qui l'englue. Il passe un
long moment à détailler les soliveaux et les tuiles
noires. Et tout à coup il abaisse les yeux et regarde
les seins d'Arminda. Bien fait : il a carotté la vieille
morte. Mais alors c'est pire, bien pire : la bouche
s'est tordue de rage, les yeux se sont exorbités.
Une mouche s'est posée sur la lèvre. On dirait un
mégot noirci par la salive. Antonio Balduino tâche
de suivre les prières. Enfin quand il pense que la
morte ne regarde plus de son côté, il ouvre la
bouche pour demander de l'eau à Arminda. Mais
les yeux de la morte sont là, plantés dans les siens,
d'un air de défi. Il se remet à prier. Il boit de la
gnôle. Combien de fois est-ce que la bouteille a déjà
passé devant lui ? Elle est presque vide. Combien en
reste-t-il à déboucher comme ça ? Une veillée ça
coûte cher d'eau-de-vie... Maintenant que la morte
ne le regarde plus, Antonio Balduino se lève tout
doucement, contourne la table où le corps repose, et
va toucher l'épaule d'Arminda :

— Viens me donner de l'eau à boire.

Elle se lève. Ils vont vers le fond de la cour, où il y
a une cuve et un broc. Arminda s'est baissée pour
remplir le broc et par l'échancrure du corsage
Antonio aperçoit les seins. Alors il ceinture l'enfant,
la fait pivoter dans ses bras, l'amène bien en face de
lui, effarée. Il ne voit plus rien que ces yeux et ces
seins devant lui. Il va resserrer son étreinte et déjà
sa bouche se dirige vers la bouche d'Arminda qui
n'a pas compris, quand voici les yeux de la morte
qui s'interposent entre elle et lui. La vieille Laura a

quitté la table pour défendre la petite. Les morts savent tout et elle savait ce que Balduino voulait faire. Elle est là, entre eux deux, et regarde le nègre. Il lâche Arminda, se cache la figure dans les mains, renverse le broc d'eau et rentre dans la salle comme un aveugle. La défunte a enflé encore un peu plus sur la table.

Le nègre Philomène ricane comme s'il avait compris l'arrière-pensée de Balduino, quand il demandait de l'eau à boire. Sûrement il va faire la même chose. Quel idiot, pense Balduino, s'il se croit plus malin. Une fois là-bas, il rencontrera la défunte aux aguets. La défunte sait tout, devine tout... Et pourtant ses yeux ne suivent pas Philomène. Serait-ce qu'elle va laisser ce nègre immonde faire des siennes avec Arminda ? Il s'est levé lui aussi, il a demandé de l'eau, et la morte n'a pas bronché. Antonio Balduino murmure à la face impassible :

— Eh bien ! eh bien ! Tu ne vois donc pas ? Ce salaud de nègre...

Mais la morte ne tient aucun compte de l'avertissement. Au contraire elle semble satisfaite. Maintenant Arminda est revenue : elle pleure toujours, mais d'une manière différente. Son corsage est fripé à la hauteur des seins. Le nègre Philomène rentre souriant. Antonio Balduino crispe les mains de rage, il se lève et dit au Gros à voix haute :

— T'avais pas dit que c'est une petite de douze ans ? Alors quoi, cette morte, qu'est-ce qu'elle fout ?

Zéquigna dit :

— T'es saoul...

Quelqu'un ferme les yeux de la morte.

FUITE

A la ceinture, sous sa veste, Antonio Balduino porte deux poignards.

Zéquigna s'est jeté sur lui, la faucille à la main. Ils se sont empoignés, ils ont roulé sur le sol dur de la route. Zéquigna à terre, la faucille a volé au loin. Il s'est relevé, il a couru de nouveau sus à Antonio Balduino, mais alors, il a vu le poignard dans la main du nègre. Il s'est arrêté, indécis, pour calculer son coup... Puis, il a fait un bond. Antonio Balduino recule d'un pas, sa main s'ouvre, le poignard tombe. Zéquigna, un rire dans son regard, leste comme un chat, se baisse pour attraper l'arme de son ennemi. Mais pendant qu'il se baisse, Antonio Balduino tire de sa ceinture l'autre poignard qu'il plante dans le dos de Zéquigna.

C'était la nuit. Le nègre a gagné la brousse.

Il se fraye un chemin dans la brousse. Il court entre les arbres qui se referment. Il y a trois bonnes heures qu'il court de la sorte, tel un chien poursuivi par de mauvais garnements. Les grillons se font entendre dans le silence. Il court sans but, il court au hasard ; les pieds douloureux, il bat les fourrés, évitant les chemins, se déchirant aux épines. Sa culotte est lacérée de haut en bas. Il ne s'en est même pas aperçu. Et la brousse sans fin s'étend devant lui. Il n'y voit rien dans cette obscurité. Halte. Il entend un craquement de branches brisées. Qui va là ? Est-ce qu'on est déjà à ses trousses ? Il guette, la main au couteau, dernière arme qui lui reste. Il est caché derrière un arbre, on aura de la peine à le voir. Il sourit à la pensée que le premier qui passera va s'endormir pour toujours. Le couteau est ouvert dans sa main. Rapide comme une vision passe devant lui un habitant de la brousse. Quelle espèce de bête était-ce ? Antonio Balduino ne l'a même pas reconnue, et il rit de sa frayeur. Il pousse à nouveau de l'avant, s'ouvrant un chemin avec les mains. Du sang lui coule du visage. La brousse est sans pitié pour ceux qui la violent. Une épine a déchiré le visage du nègre. Mais lui ne voit rien, ne sent rien. Il ne sait qu'une chose : c'est qu'il a laissé un homme par terre dans les plantations de tabac, et que dans le dos de cet homme il y avait un poignard à lui, planté par sa propre main. Antonio Balduino n'en éprouve aucun remords. Toute la faute en est à Zéquigna. C'est lui qui a tout fait pour amener cette rixe. Il a tellement persécuté Baldo ! Ça devait arriver. Et puis, s'il ne s'était pas amené la faucille à la main, Antonio Balduino n'aurait pas tiré son poignard.

La brousse devient plus clairsemée. A travers les feuillages, le nègre voit les étoiles qui brillent. Le ciel est clair. Des lambeaux de nuages blancs courent. S'il y avait une femme avec lui Antonio Balduino dirait que ses dents ressemblent aux blancs nuages du ciel. Il s'arrête pour admirer le ciel de la nuit étoilée. Il s'assied. Il est dans une clairière et il ne se souvient plus de s'être battu. Si la Marie-des-Rois était là... Mais elle est partie avec une famille pour Saint-Louis-du-Maragnon. Elle s'en est allée par mer, sur un noir bateau couvert de lumières. Si elle était là, ils feraient l'amour dans le silence de la brousse. Le nègre regarde les étoiles. Qui sait si des-Rois, à l'heure qu'il est, ne les regarde pas aussi ? Une étoile est partout à la fois. Ça doit sûrement être les mêmes, pense Antonio Balduino. La des-Rois la voit, cette étoile, et Lindinalva aussi. Ça le met de mauvaise humeur de penser à Lindinalva. Pourquoi pense-t-il à elle ? Elle est blanche, elle a des taches sur le visage, et un nègre comme lui n'a pas de chance avec elle. Il vaut mieux penser à Zéquigna étendu sur le sol un poignard dans le dos que de penser à Lindinalva qui hait le nègre. Si elle savait qu'il s'est réfugié ici, elle le dénoncerait à la police. Des-Rois le cacherait, Lindinalva, non. Antonio Balduino entrouvre ses grosses lèvres en un sourire : il se souvient que Lindinalva ne sait rien et ne pourra pas le dénoncer. Il est furieux contre les étoiles qui l'ont fait penser à Lindinalva. Viriato-le-Nain détestait les étoiles. Il le lui avait dit un jour. Quand ça ? Antonio Balduino ne s'en souvient plus. Viriato ne faisait guère la conversation que pour parler de sa tristesse d'être tout seul. Et un jour, il a pris le chemin de la mer, comme le vieux qui fut retiré de l'eau la nuit où les hommes des quais chargeaient un navire suédois. Est-ce qu'il a trouvé sa maison, Viriato ? Le Gros dit que celui qui se tue va en enfer. Mais le Gros est maboul, il ne sait pas ce qu'il dit. Antonio Balduino a des regrets du Gros. Lui aussi, il ne sait rien, il ne sait pas que Baldo a tué

Zéquigna d'un coup de couteau dans le dos. Il y avait déjà quinze jours que le Gros était reparti, tout ennuyé à cause de sa grand'mère à Bahia qui n'avait personne pour lui donner la becquée. Le Gros est très bon, il est incapable de donner un coup de couteau à quelqu'un. Ça n'a jamais été un homme à se battre. Antonio Balduino se souvient parfaitement des jours de leur enfance où ils mendiaient à Bahia. Le Gros savait demander l'aumône comme pas un. Mais pour se battre, il ne valait rien. Le Beau Philippe riait de lui. Il était joli, Philippe. Quand il est mort, sous l'auto, le jour de son anniversaire, tout le monde pleurait. On aurait dit un enterrement de riche. Les femmes de la rue Basse avaient apporté des fleurs. Une vieille française pleurait. C'était la mère de Philippe. On lui avait passé un costume neuf et mis une cravate neuve. Philippe avait dû être bien content. Il était élégant, et il aimait porter une cravate. Antonio Balduino s'est battu une fois à cause de lui. Il sourit en se rappelant cette histoire. Une belle raclée qu'il avait flanquée à Sans-Dents. Tout comme Zéquigna, Sans-Dents s'était jeté sur lui avec un canif, et pourtant lui n'avait pas sorti d'arme cette fois-là. Contre Zéquigna il a sorti le poignard. Maintenant, il est sûr qu'il n'aimait pas Zéquigna. Dès le premier jour, cette tête ne lui revenait pas. Et si ça n'avait pas été lui, c'est un autre qui aurait donné le coup de couteau. Le nègre Philomène lui en voulait rudement aussi, à Zéquigna. Et tout ça, à cause d'Arminda. Pourquoi Zéquigna s'est-il mis en ménage avec elle ? Il n'avait pas le droit. C'étaient eux qui étaient les premiers. La nuit de la veillée, si Antonio Balduino ne l'a pas emmenée chez lui, c'est seulement parce que la morte ne le lâchait pas du regard avec ses yeux gonflés. Et le nègre Philomène, est-ce qu'il ne l'avait pas pelotée ? Alors pourquoi Zéquigna est-il venu s'en mêler, pourquoi a-t-il enlevé la petite ? C'était une petite de douze ans. Le Gros voulait dire par là qu'elle n'était pas encore femme, que c'était dégoûtant de faire ça avec elle. Du coup Zéquigna, qui l'a fait, méritait bien d'être poignardé... Bien sûr, s'il ne l'avait pas fait, c'est le nègre Philomène qui l'aurait fait, ou même Antonio Balduino. Oui, il sait très bien que ce n'est pas pour ça qu'il a planté son poignard dans le dos de Zéquigna. S'il a tué le chef des cultures, c'est parce qu'il s'est mis avec elle alors que lui la voulait dans son pieu. Elle n'avait que douze ans, mais elle était déjà femme... Est-ce qu'elle l'était ? Et si le Gros avait dit vrai ? Si elle n'était encore qu'une gamine, alors, c'était dégoûtant. En tout cas Zéquigna ne le ferait plus, il était étendu sur le sol avec un couteau dans le dos. Mais à quoi ça a-t-il servi ? Maintenant, c'est le nègre Philomène qui l'a emmenée chez lui, sûrement. C'est la loi des plantations de tabac ; quand il y en a une qui reste sans homme, elle en trouve tout de suite un autre qui l'emmène chez lui. A moins qu'elle ne préfère aller dans les quartiers réservés de Cachoeira, de Saint-Félix ou de Foire-Sainte-Anne. C'est ça qui serait dégoûtant. Comme c'est une petite de douze ans, tous les hommes la voudront. Alors, elle vieillira, elle prendra de l'alcool, elle ne se lavera plus les cheveux, ses seins flétriront, elle attrapera de sales maladies, elle aura quarante ans à son quinzième anniversaire. Peut-être qu'elle s'empoisonnera. Il y en a d'autres qui se jettent à l'eau par une nuit bien noire... Il valait mieux qu'elle reste avec Zéquigna, à cueillir le tabac aux champs. Mais Zéquigna est poignardé.

Antonio Balduino entend des voix dont le son traverse la brousse. Il se rapproche pour écouter. Ce n'est encore qu'une rumeur indistincte. Des hommes qui passent sur la route ? Mais la route est loin, elle est de l'autre côté, ce qu'il y a ici c'est une simple piste. Antonio Balduino s'avance encore un peu. Et maintenant, il entend. Les hommes sont tout près, ils ne sont séparés de lui que par un rideau de feuillage. Ce sont les hommes de la plantation. Ils ont tous leur carabine à répétition et ils fument assis sur la piste. Ils sont aux trousses du nègre Antonio Balduino qui a poignardé le chef des cultures, et ils ne savent pas que le nègre est là, tout près d'eux et qu'il a presque envie de rire. Tout de même, il se met à trembler lorsqu'il entend les hommes dire qu'il est cerné dans le taillis et qu'il lui faudra ou mourir de faim ou sortir et se rendre. Antonio Balduino s'éloigne tout doucement pour éviter de faire du bruit et s'enfonce à nouveau dans la brousse. Il a la route de l'autre côté. Mais il y a des hommes de ce côté-là, comme tout à l'entour du taillis. Il est cerné, acculé comme un chien enragé. Ou il mourra de faim, ou on l'arrêtera comme assassin. Le grincement des grillons devient irritant. Chez Zéquigna, on doit faire la veillée. Et le nègre Philomène, pense Antonio Balduino, le nègre Philomène doit être ici armé de sa carabine, ou là-bas, à la veillée, en train de regarder Arminda, prêt à l'emmener chez lui. Si seulement il pouvait poignarder aussi le nègre Philomène... Mais il est cerné comme un chien enragé, il est acculé dans le taillis et il commence à sentir la faim et la soif.

200

Les pieds lui font mal à force de marcher. Il aurait pu se contenter de flanquer une raclée à Zéquigna. Est-ce qu'il n'est pas Baldo, le boxeur ? Est-ce qu'il n'en a pas démoli bien d'autres à Bahia sur la place de la Cathédrale ? Oui, il aurait pu envoyer Zéquigna par terre à coups de poing. Mais l'autre s'était amené avec sa faucille. Quand on est un homme, on ne se bat pas comme ça, et un tour de vache, ça se paye, de la même monnaie. C'est pourquoi il a sorti son poignard et il l'a laissé tomber pour planter l'autre dans le dos de Zéquigna. Celui qui y a gagné, c'est Philomène qui doit maintenant être à la veillée en train de guetter Arminda. S'il pouvait aller jusque chez Zéquigna il tuerait Philomène. Le cadavre doit être étendu sur le bat-flanc avec sa blessure dans le dos. Philomène a sûrement mis son couteau à la ceinture et après ça il emmènera Arminda chez lui. Au fond, c'est Philomène qu'il aurait dû tuer. Mais maintenant il est acculé dans le taillis, cerné de tous côtés. Tout irait bien sans cette sacrée soif... Mais il a la gorge sèche. Les pieds qui lui font mal, le visage déchiré par les épines et qui saigne, les vêtements en loques, tout ça lui est égal ; mais pas sa gorge, qui brûle de soif. Il voudrait bien manger aussi. Pas de fruits dans cette brousse. Ce n'est pas la saison des goyaves. Un serpent passe en sifflant. Les grillons font un bruit infernal. Il ne voit plus les étoiles maintenant, la brousse est épaisse. Et la soif augmente. Il fume. Heureusement les cigarettes et les allumettes étaient dans la poche de la culotte. Quelle heure est-il ? Minuit peut-être, ou peut-être plus. Le tabac fait oublier la soif et la faim. Quand a-t-il commencé à fumer ? Il ne s'en souvient plus.

Il fumait déjà quand il habitait le Morne de Châtre-Nègre. Il en a reçu des volées à cause de ça. Si sa tante Louise le voyait maintenant, qu'est-ce qu'elle dirait ? Elle le rossait, mais elle l'aimait bien. La pauvre, elle est devenue folle à force de porter son *mingau* et son *mungunsa* au marché du Terreiro. Devant chez elle, sur le Morne, les hommes se rassemblaient pour bavarder. Un jour vint l'homme d'Ilheos qui racontait des histoires de bandits. Et aujourd'hui Antonio Balduino est traqué comme s'il était lui aussi un bandit célèbre. Si l'homme d'Ilheos le voyait, il l'admirerait sûrement et il ajouterait son histoire à celles qu'il racontait jusque tard dans la nuit. Lui aussi Baldo avait voulu avoir son A B C. Il pensait que le type chauve qui était venu à la *macumba* de Jubiaba écrirait un jour son A B C. Ah mais s'il sort jamais de ce taillis où il est cerné par des hommes armés de fusils à répétition, il aura bien mérité d'être chanté en A B C ! Combien sont ceux qui le poursuivent ? Si tous les hommes de la plantation s'y sont mis, ça doit faire plus de trente. Mais ils ne sont sûrement pas tous venus. Le nègre Philomène n'est pas venu, il est resté avec Arminda à lui raconter des mensonges, à lui faire des promesses. Il le connaît, ce nègre... Nègre qui parle peu, nègre qui vaut pas cher. Il serre son couteau. Cette arme lui suffirait pour attaquer Philomène s'il le rencontrait maintenant. On raconterait ça aussi dans son A B C. Avec un simple couteau il a attaqué et tué un bandit qui portait un fusil... Il jette sa cigarette. Diable ! la gorge est sèche, l'estomac fait mal, et il sent à la figure une douleur violente. Il y passe la main et touche la blessure faite par l'épine. C'est une

202

grande coupure qui lui a balafré tout le visage.
Maintenant que le sang a cessé de couler elle lui fait
mal. Il y a aussi ses pieds qui saignent, ses mains
qui sont blessées. Et la soif qui le torture, les
hommes qui l'entourent, les grillons et leur
vacarme... Il revoit les étoiles à travers la brousse
moins dense. Si encore il y avait de l'eau, s'il
pleuvait ! Mais il n'y a pas de nuages noirs au ciel.
Rien que des lambeaux de nuages blancs que le
vent charrie. Et la lune qui est sortie, la grande lune
pâle plus belle que jamais. Comme il aurait envie
d'être sur le quai de Bahia avec sa guitare, et cette
femme à la voix masculine, à chanter une valse,
quelque chose de bien vieux qui parle d'amour.
Ensuite leurs deux corps en boule rouleraient sur le
sable du quai... Ah ! ce que ça serait bon ! Cette
étoile là-bas, on dirait même la lumière de la
« Lanterne des Noyés ». Ils boiraient un coup, ils
écouteraient la musique du vieil aveugle qui chante
à la guitare, ils causeraient avec le Gros et Joachim.
Peut-être même que Jubiaba ferait une apparition,
et il lui demanderait sa bénédiction. Lui non plus,
Père Jubiaba ne sait pas qu'il est acculé dans le
taillis. Il ne sait pas qu'il a tué Zéquigna. Mais
Jubiaba comprendrait, il lui passerait la main sur la
tête et ensuite il se mettrait à parler en *nagô*. Non, il
ne dirait pas que l'œil de piété est crevé, que seul est
resté l'œil de malice... Pourquoi le dirait-il ? Antonio Balduino garde encore bien ouvert l'œil de
piété. Il a tué Zéquigna, c'est vrai. Mais parce qu'il
voulait marcher avec une gamine de douze ans.
Mais non, ça ne sert à rien de mentir au Père
Jubiaba. Il sait tout, il est Père de Saint, et puissant
auprès d'Ochala. Il sait tout comme la vieille

203

défunte... Non, il a tué parce qu'il voulait Arminda pour lui seul. Elle n'avait pas douze ans mais elle était déjà femme... Le Gros n'y connaît rien. Comment peut-on ajouter foi à ce qu'il raconte ? Le Gros ne connaît rien aux femmes, il ne s'y connaît qu'en prières. Et puis le Gros est très bon, il n'a pas l'œil de malice. Ce qu'il faut, c'est que Père Jubiaba fasse un sort pour tuer le nègre Philomène. Le nègre Philomène, il est méchant, lui aussi il a crevé l'œil de piété. Un sort pour le tuer, quelque chose de fort avec du poil d'aisselle de femme et des plumes de charognard. Mais pourquoi Père Jubiaba secoue-t-il la tête ? Ah ! il dit en *nagô* qu'Antonio Balduino lui aussi a crevé l'œil de piété. C'est ça qu'il dit, oui... Antonio Balduino tire son couteau, la gorge sèche de soif. Si Jubiaba répète, il le tuera et après il se plantera le couteau dans la gorge. Il voit le vieux nègre dans le ciel bleu. Non, ce n'est pas la lune. C'est Jubiaba. Et il répète, et il répète... Antonio Balduino se précipite le couteau au poing et c'est tout juste s'il ne tombe pas au milieu de ceux qui le poursuivent et qui bavardent sur la route. Jubiaba a disparu. Balduino a soif. Et il retourne en courant au plus épais de la brousse, où il ne voit pas la lune, où il ne voit pas les étoiles, où il ne voit pas le quai de Bahia et la « Lanterne des Noyés ». Il s'allonge par terre, il étend les mains du côté de la route :

— Demain, je leur ferai voir si je ne leur fausserai pas compagnie. J'suis un homme, moi.

Le visage lui fait mal et il a soif. Mais dès qu'il ferme les yeux, il s'endort d'un sommeil sans rêve.

Le gazouillis des oiseaux le réveille. Il jette un coup d'œil autour de lui et ne comprend pas comment il se fait qu'il soit ici et non sur son bat-flanc à la plantation. Mais la soif qui lui serre la gorge et la balafre au visage qui le fait souffrir lui rappellent les événements de la veille. Il est acculé là-dedans, et il a tué un homme la veille. Et il a soif, une soif insensée. Sa figure a enflé pendant la nuit. Il passa la main sur la balafre :

— Une mauvaise épine... Manquait plus que cette saloperie !

Assis à croupetons, il se demande quoi faire. Ils n'ont peut-être pas laissé grand monde pour l'assiéger de jour... Le visage lui fait mal. Il a soif. Il sort tout doucement, écartant les épines et évitant de faire du bruit. Maintenant, à la clarté du jour, il s'oriente mieux. La route est à sa droite. Mais c'est vers la piste qu'il se dirige : il doit y avoir moins de monde. S'il n'avait pas soif, ça lui serait égal. Il ne sent pas la faim pour le moment, sauf que l'estomac lui fait mal, mais c'est supportable. La soif, c'est ça qui est mauvais, ça vous serre le gosier comme une corde. Il faut qu'il passe, même au risque d'être pris. Il n'en peut plus de soif. Il est capable de lutter jusqu'à ce qu'un coup de feu mette fin à tout ça. C'est drôle, pourtant : personne n'aimait Zéquigna et tout le monde l'aimait lui. Seulement le patron a dû donner un ordre : celui qui n'aidera pas à cerner le criminel sera renvoyé du travail. S'il y a des gens sur la piste, il va y avoir de la bagarre... Baldo va mourir, mais pas tout seul.

— Y en a un qui y passera avec moi.

Son rire sonne si haut qu'il a l'air joyeux. Oui, il est joyeux, parce qu'il a décidé d'en finir et de se battre pour sa peau. Ce qu'il aime le plus au monde, c'est de se battre. Ce n'est que maintenant qu'il s'en aperçoit. Il est né pour se battre, pour

tuer et pour mourir un jour d'un coup de feu dans le
dos, d'un coup de poignard dans la poitrine, ou
peut-être d'un coup de couteau. Ceux qui reviendront pourront dire qu'il est mort comme un
homme, un vrai mâle, le couteau à la main... Et qui
sait s'ils ne raconteront pas à leurs enfants et à leurs
amis l'histoire d'Antonio Balduino qui fut mendiant, boxeur, faiseur de *sambas,* querelleur, qui tua
un homme à cause d'une gamine, et qui mourut
faisant face à plus de vingt adversaires pour se
défendre ? Qui sait ?

Il découvre alors le trou d'eau, il boit à grandes
goùlées et lave la blessure de son visage.

De l'eau ! De l'eau ! Et lui qui n'avait jamais
remarqué comme c'était bon, l'eau ! Meilleur que la
bière, meilleur que le vin, meilleur même que l'eau-
de-vie. On peut bien le cerner maintenant, l'acculer
comme un chien. Ça n'a pas d'importance. Il a de
l'eau pour boire et pour laver la blessure de son
visage qui lui fait mal et qui est enflé. Il s'allonge au
bord du trou d'eau et il se repose confiant, souriant,
heureux. De nuit, il n'avait pas vu les trous d'eau. Il
y en a plusieurs. L'eau est boueuse, sale, mais ce
qu'elle peut être bonne ! Il reste longtemps étendu,
à ruminer. Où ira-t-il une fois sorti de là ? Il pourra
s'enfoncer dans l'intérieur, se cacher dans une
plantation, soigner les bœufs. Il y a tellement
d'assassins dans le pays... Si par hasard on s'obsti-
nait à le pourchasser, il entrerait dans une bande et
il mènerait la vie qu'il a toujours admirée. Le pire
est que maintenant il commence à sentir la faim. Il
va peut-être trouver des fruits comme il a trouvé de
l'eau. Il bat la brousse en examinant les arbres. En

pure perte. Mais peut-être que dans le courant de la journée il tuera un animal et le mangera. Il a des allumettes, il peut faire du feu. Non, il ne fera pas de feu : il attirerait l'attention des hommes qui sont en embuscade sur la route. Il a l'idée alors d'aller voir s'ils sont encore nombreux. Il touche de la main sa figure qui lui fait de plus en plus mal. Mauvais ça. C'est sûrement une épine vénéneuse.

Père Jubiaba connaît pour ce genre de blessures des remèdes miraculeux. Ce sont des plantes, des plantes de la campagne. Il doit y en avoir ici. Il regarde par terre. Oui, mais lesquelles sont bonnes ? Il n'y a que Père Jubiaba qui le sache, lui qui sait tout. Il se rapproche des broussailles qui le séparent de la piste. Il épie. Les voici. Ils y sont tous, aucun n'est allé travailler. Le patron est tout à fait décidé à en finir avec le nègre Antonio Balduino. Il a donné congé aux travailleurs. Eux mangent de la viande séchée et bavardent. Antonio Balduino revient lentement. Il a remis son couteau à la ceinture. Il marche pensif mais soudain se met à rire :

— Ils n'auront pas le dessus avec moi.

Le pire, c'est de n'avoir rien à manger. Et de rester tout seul la nuit. Il n'a jamais eu peur de rester seul. Mais aujourd'hui ça ne lui dit rien. Il se met à penser à des tas de bêtises, à voir les morts qu'il a connus, à voir Père Jubiaba, les endroits où il a passé, et Lindinalva. Ce ne serait pas grave s'il ne voyait pas Lindinalva. Le voici qui pense maintenant à Arminda qui doit s'être mise avec le nègre Philomène. Mais ce n'est pas la faute du nègre. Si Arminda ne couche pas avec lui elle couchera avec un autre. Il n'y a pas de femmes dans les plantations de tabac. C'est pour ça que Ricardo faisait tellement grincer son bat-flanc pendant la nuit. Maintenant il vit à Cachoeira en mendiant. Est-ce qu'il a trouvé une femme ? Qui sait, peut-être en a-t-il une et qui prend même soin de lui. Il le méritait bien, c'était un bon gars, un camarade toujours prêt à rendre service... S'il était à la plantation en ce moment, est-ce qu'il assiégerait Antonio Balduino, lui aussi ? Le nègre a un nuage devant les yeux. Il a déjà entendu parler de ça, c'est la faim. Et il part désespéré en quête de nourriture.

A la tombée de la nuit, il fumait sa dernière cigarette et n'y voyait presque plus rien devant lui. Le visage enflé lui faisait mal à en devenir fou.

Il s'avance du côté des trous d'eau, titubant comme un ivrogne. Il n'a dans le ventre que le déjeuner de la veille, car à l'heure de la rixe il n'avait pas encore dîné. Il s'avance en titubant, escorté d'un tas de gens qu'il connaît. Où a-t-il déjà vu cet homme maigre qui crie :

— C'est ça, Baldo ? C'est ça, le tombeur de blancs ? Et de rire. Où donc l'a-t-il vu ? Il se le rappelle maintenant. C'est au cours de ce combat de boxe contre un allemand qu'il a battu. Il sourit. Ce type avait déjà dit ça une fois, et ça n'empêche pas qu'il avait battu le blanc, qu'il l'avait laissé étendu sur le ring. Cette fois ce sera la même chose : il pourra s'évader, retrouver sa liberté. Mais pourquoi le Gros se met-il à réciter la prière des défunts ? Il n'est tout de même pas encore mort... Alors pourquoi les autres répondent-ils en chœur :

— *Priez pour lui.*

Pourquoi ? Est-ce qu'ils ne voient pas que ça fait

du mal au nègre Antonio Balduino qui a faim et qui porte au visage une laide balafre où les moustiques viennent se poser? Ils continuent. Antonio Balduino s'est couché près d'un trou. Il a bu. Il s'attarde ensuite à regarder le cortège qui l'accompagne. Il étend les mains. Il leur demande de s'éloigner, de le laisser mourir en paix.

— Allez-vous-en! Allez-vous-en!

Ils ne s'en vont pas. La vieille Laure, la mère d'Arminda, vient tout juste d'arriver. Elle a les yeux gonflés, le corps gonflé, la langue pendante. Et elle lui rit au nez.

— Va-t'en au diable! Va-t'en au diable!

Il se lève. Tous se mettent à le suivre. Même le Gros qui était un si bon ami. Jubiaba dit qu'il a crevé l'œil de piété. C'est vrai, oui, c'est vrai. Mais laissez-le en paix, car il va mourir et il veut mourir comme un homme et comme ça il n'y a pas moyen, comme ça il n'y a pas moyen.

Ils récitent les prières des défunts... Baldo trébuche sur une racine et tombe.

Il s'abandonne, étendu de son long. Et quand il se relève une résolution fait briller son regard.

La route est à sa droite. Il se dirige d'un pas ferme de ce côté-là. Il marche bien droit comme s'il n'avait pas faim, comme s'il ne venait pas de passer deux jours sans voir un vivant, rien que des fantômes, et il tient son couteau à la main:

— Y en a un qui y passera avec moi.

Tout d'un coup, son apparition subite sur la route frappe les hommes de stupeur. Il a encore assez de force pour jeter par terre l'un d'eux qui est devant lui. Et il traverse le groupe, son couteau brillant dans sa main.

Il disparaît dans l'obscurité.

Quelques coups de feu tirés au hasard retentissent.

FOURGON

« Le ver s'y était déjà mis. »

Le vieux soignait la figure d'Antonio Balduino, que la balafre avait fait enfler et qui était rouge et tuméfiée comme une pomme. Il mit sur la blessure un emplâtre d'herbes mêlées de terre. Tout comme aurait fait Jubiaba.

— Ça va se fermer en un rien de temps. C'est de l'herbe bénite, elle fait des miracles.

Fuyant les plantations de tabac, le nègre était arrivé là exténué par sa course. Le vieillard habitait une masure immonde, perdue dans la brousse, devant laquelle poussaient quelques pieds de manioc. Il lui donna à manger, un lit, il soigna sa blessure, plus tard il lui expliqua que Zéquigna s'en était tiré par miracle, mais que le patron voulait attraper Balduino pour lui administrer une raclée à titre d'exemple.

— Il peut toujours s'amener, grand-père...

Il avala une cruche d'eau :

— Je vais prendre le large maintenant... Je vous revaudrai ça un de ces jours...

— Prendre le large, pourquoi faire ? Ta plaie ne séchera pas comme ça. Tu ferais mieux de te tenir tranquille. Cache-toi ici. On ne se doute de rien, je suis un homme paisible.

Antonio Balduino attendit trois jours que la blessure se refermât. Il mangeait la viande du vieux, il buvait son eau, couchait sur sa paillasse.

Il a enfin pris congé de lui : « Vous êtes bon. »

Le voici qui suit la voie du chemin de fer. Une fois à Foire-Sainte-Anne, il se débrouillera avec un camion pour se faire porter à Bahia. Il est heureux d'avoir eu une aventure, de s'être battu, d'avoir été cerné et de s'être évadé. Il est invincible... C'est lui l'homme le plus courageux de toute la contrée. Les étoiles au ciel ont pu voir qu'il savait se battre. Et si son courage n'avait pas abruti les hommes qui le cernaient, il en aurait emmené un avec lui dans les étoiles, dans le grand ciel bleu. Et le nègre Antonio Balduino éclate de son rire qui fait taire les grillons et effraie les bêtes dans leurs repaires. Une odeur de feuilles se répand dans la nuit silencieuse. Le vent qui passe annonce la pluie. Les feuilles s'agitent et exhalent un parfum. Plus loin sur la voie il y a quelque chose de noir et une lanterne qui brille. Des voix d'hommes discutent. C'est un train qui est arrêté. Il doit conduire à Foire-Sainte-Anne les passagers du bateau qui est arrivé le jour même à Cachoeira venant de Bahia. Les hommes examinent une route. Antonio Balduino passe de l'autre côté et s'approche d'un wagon de marchandises. Si la porte est ouverte, il montera dans le train. Il la pousse de toutes ses forces : elle cède. Bon, elle est ouverte. Il bondit comme un animal, rapide et léger. Il referme la porte de l'intérieur, et c'est alors seulement qu'il remarque des ombres apeurées, cherchant à se dissimuler au fond du wagon entre les balles de tabac :

— Salut, la compagnie... Ayez pas peur... Je suis comme vous : j'aime pas payer de billet.

Et de rire.

La femme est enceinte. Un des deux hommes, un vieillard, s'agrippe à un bâton. Il fume en somnolant. Lorsque la braise de la cigarette jette une lueur dans l'obscurité du wagon, on prendrait le bâton pour un serpent prêt à sauter. L'autre homme porte des culottes de soldat et une vieille veste de drap. Il n'a pas de barbe, mais il essaie de se faire une moustache avec les quelques poils qui lui poussent sous le nez. Tout en causant, il passe sans cesse la main sur sa moustache imaginaire. « Un gamin », pense Antonio Balduino.

Ils se taisent tous, parce que le train est arrêté. Il y a une avarie quelconque : ça arrive souvent sur la ligne. Et depuis une demi-heure, ils se taisent en attendant que le train reparte. On pourrait les entendre du dehors, et alors, le chef de train se fâcherait contre ces voyageurs clandestins. Le vieux a ouvert les yeux quand Antonio Balduino a parlé, et il lui a dit : « Mon gars, si tu veux voyager ici, cause pas... Sinon, ils nous flanqueront sur la voie. »

Il montre du regard la femme enceinte. Antonio Balduino se demande si c'est son mari ou son père. D'après l'âge ce serait plutôt son père, mais il se pourrait aussi que ce soit son mari. Il s'imagine cette femme avec son gros ventre allant à pied jusqu'à Foire-Sainte-Anne. Elle accoucherait en route. Le nègre en rit tout bas. Le jeune homme en culottes de soldat le regarde, et se tortille la moustache. Il n'a pas l'air enchanté de voir arriver Antonio Balduino. Mais voici que des voix se rapprochent. C'est le chef de train qui explique les raisons du retard aux voyageurs de première :

— Un accident idiot... Maintenant on va repartir.

Aussitôt après, un coup de sifflet annonce le départ. Bien qu'il soit caché dans ce wagon fermé, Antonio Balduino dit au revoir.

— Tu laisses des regrets ? demande le vieux.

— A personne, à part les serpents, répond-il en riant.

Puis il baisse la tête et il ajoute sans regarder personne :

— Si, une fille... Une vraie...

— Jolie ? fait le jeune homme en frisant sa moustache.

— Epatante, mon petit... On aurait juré qu'elle était de la ville.

— Et vous l'avez laissée ?

— Elle était avec un autre... Et l'autre n'est pas mort.

— Moi, j'ai connu un homme qui a enlevé une femme, dit le vieux.

— Moi, j'en connais un qui a donné un coup de couteau à un autre à cause d'une garce. Après il est resté deux jours sans manger caché dans la brousse (c'était sa propre histoire qu'Antonio Balduino racontait).

— Parce qu'il avait peur ?

— Ta bouche bébé. Tu n'y connais rien... C'était rapport à ce qu'il était cerné de partout. Si t'as envie de savoir si c'est un homme ou non, t'as qu'à t'amener...

— Alors, c'était vous? Le jeune homme, du coup, le regarde avec plus de respect.

La femme continue à se taire. Mais un gémissement lui échappe, alors le vieux dit :

— S'ils ont le droit de se plaindre en première, qu'est-ce qu'on dira, nous autres qu'on voyage pour rien, en cachette...

— J'ai payé quarante sous à l'employé des bagages pour qu'il me mette ici, gémit la femme.

— Quand j'étais soldat, je voyageais en première, et gratis encore, dit le soldat en se rengorgeant.

Antonio Balduino est sceptique. « En première? »

— Bien sûr en première... Alors quoi, vous ne savez pas que les militaires ont des avantages. Voilà ce que c'est d'habiter au fin fond du diable, vous ne savez rien.

— Dis donc, espèce de conscrit, j'suis pas d'ici, moi... J'y suis que de passage, pour me promener... Moi, je suis né à Bahia... T'as déjà entendu parler d'un lutteur qui s'appelait Baldo. Ben c'est moi pour vous servir...

— Ah, c'est vous? Je vous ai vu vous battre contre Petit Gésier...

— Une belle bagarre, hein? fait le nègre en souriant.

— Fameuse, ça oui. Et j'ai pas payé d'entrée. On a des avantages quand on est militaire.

— Alors pourquoi que t'as lâché l'uniforme?

— J'avais fini mon temps. Et puis après...

Le vieux ouvre l'œil :

— Qu'est-ce qui t'est arrivé?

— A cause d'un cabot... A cause qu'il avait un galon sur la manche... Dame il ne se prenait pas pour de la merde...

— Il t'a pris en grippe? demande le vieux en s'accoudant à son bâton.

— C'est ça même... La petite, c'était moi qui lui plaisais. Il s'est mis à me chercher des histoires, je passais mon temps au bloc. Comme ça, rien à faire pour sortir quand on avait une perme. Seulement, allez voir comment je lui ai arrangé la figure...

— Tu me plais, petit. Quel âge as-tu?

— Dix-neuf ans...

— T'as encore rien vu, petit... Moi, je suis fatigué de la vie, réplique le vieux avec amertume.

— Fatigué? Pourquoi, grand-père? lui demande Antonio Balduino.

— Mon petit, j'ai déjà fait de tout, j'ai couru toute cette région-ci. Tout le monde ici connaît Auguste-du-Siège... Du siège, à cause d'une histoire que j'aie eue... Et qu'est-ce que j'y ai gagné? D'être malade, voilà tout.

L'ancien soldat offre des cigarettes, Antonio Balduino en allume une. A la flamme de l'allumette, il entrevoit le visage de la femme qui regarde le ciel par les interstices de la porte. Elle a l'air fatigué de quelqu'un qui a déjà beaucoup vécu. Le vieux continue de parler :

— Y a eu un temps où j'avais beaucoup de bétail, j'allais le vendre à Foire-Sainte-Anne... J'en avais à vous en flanquer plein la vue. J'ai aussi planté du tabac bien avant que les Allemands arrivent par ici. J'ai eu des terres... des tas de choses, quoi...

Il s'arrête. On croirait qu'il s'est endormi, mais non, il recommence d'une voix assourdie :

— J'ai même eu de la famille... Est-ce qu'on le dirait ? Pas du tout. Pourtant, j'avais deux filles, je les ai même mises au collège. Elles étaient gentillettes, toutes les deux... On m'a tout pris, vous entendez ? tout. Les uns ont emmené le bétail, les Allemands ont gardé le tabac. Même mes filles qui sont parties... Un blanc m'en a ensorcelé une, et elle a levé le pied avec lui pour aller Dieu sait où... L'autre, elle vit à Cachoeira, on dirait une folle avec ses cheveux coupés, elle fait la vie. Celle-là, je sais où elle est, mais l'autre ?

La femme détourne son regard de la porte :

— Vous en voulez beaucoup aux femmes qui font la vie ?

— C'est des filles perdues... Avec leurs cheveux coupés et leur rouge sur la figure...

— Vous ne savez même pas la vie qu'elles mènent. Vous ne savez rien. Qu'est-ce que vous savez ?

Le vieux est tout attrapé. Alors, l'ancien soldat dit :

— J'ai eu une maîtresse une fois qui faisait le trottoir... Elle faisait la retape jusqu'à minuit, et puis après, j'allais chez elle et je restais jusqu'au matin. C'était épatant.

— Et toi, pourquoi que tu causes ?

— Moi, je disais rien.

— Tu ne disais rien — fait la femme avec rage. Tu parles sans savoir. Tu parles pour parler. Moi, vrai comme je suis ici, si je ne suis pas morte de faim, c'est que Dieu n'a pas voulu.

Antonio Balduino est tout étonné de la voir

enceinte. Mais il ne lui demande rien. Le vieux
rouvre les yeux et dit :

— Moi, je ne veux pas en dire de mal, Dieu
garde... Si je n'avais pas ma fille, de quoi est-ce que
je vivrais ? Elle me respecte beaucoup. Quand j'y
vais, elle met les hommes à la porte. Si seulement
elle ne s'était pas coupé les cheveux...

Le train s'arrête à une station. Le wagon rede-
vient silencieux. Des hommes marchent tout près,
au-dehors. Quelqu'un dit : « Au revoir, au
revoir » ; un autre : « le bonjour à Joséphine ».
Tout près on chuchote : « Tu vas m'oublier. »
C'est la voix d'une femme qui a du chagrin.
L'homme proteste que non, qu'il ne l'oubliera pas.

— Oublie pas d'écrire, dis...

Un baiser, puis un coup de sifflet qui interrompt
les adieux. Maintenant le bruit des roues sur les
rails. L'ancien soldat explique :

— La locomotive, elle dit : « Je vais à Dieu, je
vais au Diable. » Ecoutez : est-ce que ce n'est pas
ça ?

— C'est vrai, on le dirait...

— C'est ma mère qui m'a appris ça quand elle
me portait sur les bras. Y en avait une autre, une
grande, qui tirait beaucoup de wagons, alors elle
faisait un autre bruit. Elle disait comme ça : « Café
au lait, pain au beurre. » C'est bien ça, hein ?

Il s'abandonne à ses souvenirs.

— Tu as ta mère ? demande la femme.

— Je vais habiter avec elle... Ce qu'elle a pleuré
quand je me suis engagé. Vous savez ce que c'est,
les femmes... La vieille me prenait toujours pour un
gamin. Du coup, il se met à friser sa soi-disant
moustache.

218

— C'est toujours la même histoire, dit la femme.
Et, s'adressant à Antonio Balduino : « Vous avez
vu celle-là à la station qui demandait à son type de
lui écrire ?

— Oui, je les ai entendus causer.

— Elle ne le reverra plus jamais. C'est comme
moi ! Soudain, elle se tait.

— Quoi ? demande le vieux en rouvrant les yeux.

— Rien... Des bêtises. Et elle se met à siffler un
air.

— Le monde est mauvais, dit le vieux en cra-
chant avec rage. On naît pour souffrir, nous
autres...

— Mais, non, vieux, répond l'ancien soldat, en
riant, la vie est belle. Vous dites ça parce que vous
en avez marre...

— La vie est belle pour ceux qui ont de l'argent,
affirme la femme.

— Alors, t'as une mère, toi ? demande Antonio
Balduino en se tournant vers le jeune homme. Moi,
je n'ai jamais vu la mienne. Ma tante est devenue
folle. Le Gros, il a une grand'mère...

— Qui c'est, le Gros ?

— Un type que tu ne connais pas. Il est bon...

— Bon ? — le ton du vieillard est amer. Personne
n'est bon. Qui c'est qui est bon sur cette terre...

— Le Gros est bon...

Mais le vieux a l'air de s'être rendormi. C'est la
femme qui répond :

— Mais si il y a de braves gens... Mais les
pauvres sont des malheureux de naissance. Et la
misère, ça rend méchant.

Le train file. L'ancien soldat s'est étendu. Il
regarde à la dérobée le visage de la femme. Elle fait

plus vieux que son âge, et son ventre est déjà bien laid. Telle qu'elle est, Antonio Balduino l'a bien vu, elle a tout de même un sourire aux lèvres. Elle regarde le ciel par la fente de la porte.

— Vous savez, c'est la misère... C'est pour ça que je ne lui en veux pas. Il m'a laissée avec un gros ventre...

— Qui ça ? votre mari ? demande gentiment l'ancien soldat.

— Je fais la vie. J'ai jamais été mariée...

— Ah ! Je croyais...

— Qu'est-ce qu'il pouvait faire ? Il n'avait pas le rond. Comment qu'il allait élever un gosse ?... Il s'est sauvé la nuit, comme un voleur... Il a tout laissé à la maison... Il m'aimait bien, pourtant, je le sais.

— Il s'est sauvé ? Quand il a vu que vous alliez accoucher ?

— C'est ça... J'avais quitté le business pour me mettre avec lui. Je m'étais mise à laver du linge. On aurait dit qu'on était marié. Il était bon... Mais là, vraiment bon. A mettre sur un autel... Un jour, je lui ai dit comme ça toute joyeuse que j'allais avoir un enfant. Il a eu l'air tout chose, il regardait en l'air... Et puis, il s'est mis à rire très fort, il m'a embrassée... C'était bon, tout ça.

— Moi, j'ai une petite dans mon pays, dit l'ancien soldat. C'est une belle gosse. On va se marier un de ces jours.

La femme secoue la tête. Et puis elle a pitié de l'ancien soldat. Il est si joli garçon et il connaît si peu la vie. Il va se marier... Mais Antonio Balduino demande :

— Et après ?

— Une nuit, il a fichu le camp. Je n'ai rien vu. Il a tout laissé, j'ai appris qu'il s'était sauvé pour ne pas voir le petit plus tard souffrir de la faim.

— Et maintenant ?

— On dit qu'il travaille à Foire-Sainte-Anne. Je vais le rejoindre...

Voici la station de Saint-Gonzague. Des voyageurs descendent. La ville dort parmi ses jardins. Le bruit du train a réveillé un enfant dans une maison voisine et on l'entend qui pleure. La femme sourit, elle est heureuse.

— Ça va être bon pour vous d'en avoir un, lui dit Antonio Balduino. Il pleurera, la nuit...

— Je voudrais que ce soit un garçon...

Le sifflet du train qui repart réveille le vieux :

— C'est vrai, il y a de braves gens. Je mentais. Ma fille est bonne. Je veux parler de Marie. Pas Zéfa. Zéfa, c'est une garce. Elle n'a jamais donné de nouvelles. Elle est peut-être morte ? Mais Marie, elle me donne de l'argent... Y a qu'une chose, elle me dispute, parce que je bois... Mais si je bois, c'est à cause de Zéfa, parce que je sais pas où elle est...

Le vieux laisse retomber sa tête et se rendort. L'ancien soldat dit à la femme :

— Il déraille... Alors, vous voulez un garçon ? Moi aussi, je veux un garçon quand je serai marié... On dit qu'il y a des hommes qui ont les douleurs, quand leur femme accouche.

Il est heureux, de nouveau, et il regarde la femme sans aucun désir. Son cœur est pur, et il éprouve une immense tendresse à la pensée de Marie des Douleurs qui l'attend à Lapa. Il sourit en imaginant sa surprise lorsqu'elle le verra. Dommage que la moustache ne se soit pas décidée à pousser. Sur le moment, elle ne l'aurait pas reconnu...

Le vieux s'est réveillé. Il tremble de froid. Le vent est revenu, il annonce la tempête. Il enveloppe le train qui oscille sur les rails.

— Toute cette misère, ça finira par nous avoir la peau, dit Antonio Balduino.

— Les pauvres sont faits pour souffrir. Y en a qui naissent pour être heureux : c'est les riches. D'autres pour souffrir : c'est les pauvres. C'est comme ça depuis le début du monde.

Maintenant, c'est l'ancien soldat qui dort comme un bienheureux. Il ronfle en sourdine. Il n'entend pas le sifflement du vent qui passe. Le vieux se traîne jusqu'à la porte et il regarde.

— Il va tomber quelque chose...

— Je viens d'un endroit, grand-père, où le peuple est bien malheureux. Je gagnais vingt sous par jour.

— Aux plantations de tabac ?

— C'est ça.

— Ah ! tu ne connais rien, mon garçon. Moi je suis un vieux bonhomme. J'en ai vu, des choses à faire trembler. Veux-tu que je te dise ? (ses yeux ont un éclat étrange et il écarte son bâton pour se lever) les pauvres sont si malheureux que quand ça sera la mode de chier de l'argent, eh bien, eux, ils seront constipés.

Antonio Balduino se met à rire. Le vieux perd l'équilibre et roule sur les balles de tabac. La femme vient à son secours :

— Vous vous êtes fait mal ?

Le soldat ronfle. La femme s'approche d'Antonio Balduino et lui dit à voix basse :

— Je l'ai pas dit parce que ça l'aurait rendu triste — et elle montre l'ancien soldat — mais la vérité, c'est que je ne sais même pas pourquoi que Romuald est parti. Peut-être que c'est la misère... C'est moi qui ai cette idée-là... Mais y a une voisine qui m'a dit qu'il est parti à cause d'une autre femme, une nommée Dulce. Si c'était ça ?... Mais non c'est pas possible. Il m'aurait pas laissée comme ça !

Le soldat dort, heureux comme un mort.

— Oui, comme ça... Avec un gosse dans le ventre...

Antonio Balduino frotte une allumette et la flamme lui fait voir la femme qui pleure, les épaules secouées par les sanglots. Il est embarrassé, il cherche quoi dire, il murmure :

— Vous en faites pas... Ça sera un garçon...

AVIS AU PUBLIC

———

Jeudi prochain
à 8 heures

LE GRAND CIRQUE INTERNATIONAL

après une tournée triomphale
dans toutes les capitales d'EUROPE et à BAHIA
se présentera devant le distingué public
de la **Foire Sainte-Anne.**

Jeudi 18   8 heures du soir

BOUBOULE, paillasse désopilant : Rire! Rire!! Rire!!!
— le singe ivrogne — l'ours boxeur — le lion africain
— la célèbre trapéziste Fifi — l'homme serpent —
Joujou et son cheval — l'homme qui mange du feu —
le grand équilibriste Robert

et

l'incomparable ROSENDA ROSEDA,
reine pathétique des multitudes
à l'apogée de sa carrière théâtrale.

Enfin

le champion mondial de lutte, boxe américaine et
savate

BALDO — le GÉANT NOIR

lance un défi à tout homme de la Foire Sainte-Anne
pour toute la durée du trop rapide séjour du Grand
Cirque International dans cette héroïque cité.

5 contos   de prix au vainqueur   **5 contos**

———

Jeudi prochain 18   Prix modérés

TOUS au GRAND CIRQUE INTERNATIONAL

CIRQUE

C'est par le plus grand des hasards qu'il rencontra Luigi. Il avait passé le reste de la nuit à baguenauder dans la ville. L'ancien soldat n'avait pas tardé à prendre la route de Lapa, le vieux était attendu quelque part, et la femme s'en était allée à la recherche d'une amie. Au matin Antonio Balduino tâcha de trouver un camion pour se faire emmener, gratis, à Bahia. Il y en avait un justement qui faisait son chargement : Baldo s'approcha du chauffeur sans avoir l'air d'avoir l'air.

— Alors, frère, on va à Bahia ?

— Hé oui... répondit le chauffeur, un mulâtre efflanqué, en souriant. T'as quelque chose à y envoyer ?

— Je voudrais y envoyer ce nègre qui est dans ma chemise.

Il se battait la poitrine en riant.

Le chauffeur cligna de l'œil :

— T'as raison, frère. C'est temps de fêtes. C'est fou ce qu'on rigole en ce moment à Bahia.

Antonio Balduino s'accroupit sur ses talons près du chauffeur, accepta une cigarette.

225

— Le temps me dure de Bahia, tu sais... Ça fait près d'un an que je suis parti...

Le chauffeur chanta :

Bahia, c'est la bonne terre,
A condition de vivre ailleurs

Baldo protesta :

— T'as beau dire. C'est un chic patelin. J'ai qu'une idée, c'est d'y retourner.

— Tu veux pas y aller en camion ? Le temps de casser la croûte et on s'en va...

— Mais dis, vieux, c'est que je suis sec...

Le chauffeur rigola : « Sacrées femmes... »

— Des fois que ça serait... Balduino cligna de l'œil.

— T'en fais pas. Mon aide ne vient pas. Tu montes à sa place.

— Ça va.

— S'il y a un coup de main à donner, tu seras là.

— A quelle heure tu dis qu'on s'en va ?

— Après le casse-croûte... Dans une heure, une heure et demie.

— Je serai là.

Antonio Balduino continua à se promener dans la ville. Il n'avait personne à voir, mais il ne voulait pas que le chauffeur soupçonnât qu'il ne déjeunait pas, ce jour-là. Une fois à Bahia, il dînerait avec le Gros, ou avec Joachim, ou même avec Jubiaba. Il pensait à cela, et aussi au moyen de resquiller une cigarette quand il entendit un cri de surprise :

— Par la Madone !... Mais c'est Baldo !

Il se retourna et se trouva nez à nez avec Luigi, cheveux rares, veston fatigué.

— Luigi...

Luigi le saisit aux épaules, tourna autour de lui, et déclara enthousiasmé :

— Magnifique...

— Qu'est-ce que vous fabriquez là, Luigi ?

— Mauvais vents, petit... Mauvais vents...

— Que diable est-ce que le vent vient faire dans l'histoire ?

— Depuis que t'as quitté le métier, Baldo, jamais plus rien n'a marché pour moi...

Il considérait le nègre, tristement :

— Une jolie carrière que tu étais en train de faire... Vraiment dommage... Lâcher tout comme ça, et partir sans dire où...

— J'ai pas pu digérer cette pilule...

— Sottise... Sottise... Quel est le boxeur qui ne s'est jamais fait battre ? D'ailleurs tu étais saoul comme un cochon...

— Mais qu'est-ce que vous fabriquez par là ? Vous avez dégoté un autre boxeur ?

— Un boxeur ? Plus souvent que j'en retrouverai un comme toi...

Antonio Balduino rit de plaisir et donna une bourrade à Luigi.

— Plus souvent... Maintenant je suis dans un cirque...

— Un cirque ?

— Pas la peine d'en parler... une misère...

Ils entrèrent dans un bistro. Antonio Balduino lui dit :

— Paie-moi les cigarettes, Luigi... Je suis sans un...

Il savait qu'avec Luigi on pouvait y aller franchement. Après un silence il lui dit :

227

— Vous êtes le seul que je n'ai pas vu quand j'étais poursuivi dans le bois, presque mort...

— Mais je ne savais pas ça, petit gars. Qu'est-ce qui s'est passé ?...

— Rien... Seulement que j'étais presque mort de faim. Alors j'ai revu tout le monde, vous savez ?... Tout le monde venait me veiller en chantant des choses pour les morts...

Luigi ne comprenait toujours pas. Alors Balduino raconta la dispute avec Zéquigna, la fuite dans le bois, les visions. Il parla sans détails, sans fioritures, parce qu'il brûlait d'en savoir davantage sur le cirque.

— Qu'est-ce que c'est que cette affaire-là ?

Luigi hocha la tête :

— Bah ! Une misère... Quand tu es parti, je ne savais plus que faire... Alors un cirque vint à passer... Le Grand Cirque International, d'un compatriote à moi, Giuseppe. A Bahia il a fait de l'argent. Mais il était assez embringué, il devait de l'argent plus qu'il n'en avait. Je suis entré dans l'affaire, comme associé... Sacrée affaire... On a fait tous les patelins... Par la Madone ! On a la poisse noire. On va liquider.

Luigi fit un geste découragé et donna des détails. Antonio Balduino remarqua :

— La guigne, quoi...

Luigi l'observait de nouveau, et soudain :

— Mais il me vient une idée qui va peut-être tout changer... Je t'engage.

— Moi ? sans blague ? Mais j'ai jamais travaillé dans un cirque !

— T'avais jamais boxé non plus, et j'ai fait de toi un boxeur...

Tous les deux se prirent à sourire en évoquant le temps passé. Quand ils se levèrent de table, Antonio Balduino était engagé par le Grand Cirque International comme lutteur. Il alla aviser le chauffeur :

— Dis donc, vieux, je vais plus à Bahia.

— Les femmes veulent rien savoir, rigola le chauffeur.

— Qui sait ?... Le nègre cligna de l'œil.

Le contrat verbal passé avec Luigi stipulait qu'il serait nourri et logé, et qu'il recevrait de l'argent dès qu'il y en aurait. Mais l'argent était bien le cadet des soucis du nègre Antonio Balduino.

L'affiche était déployée sur le sol. On y lisait en lettres bleues :

GRAND CIRQUE INTERNATIONAL

Près de l'affiche Giuseppe dormait. Luigi avisa :

— Il est saoul. C'est toujours comme ça...

Il le poussa du pied. L'autre murmura des paroles incohérentes :

— Je réclame le silence... Saut mortel... Un seul mot et le grand trapéziste... perdra la... vie...

Des hommes faisaient des trous dans le sol. D'autres disposaient des gradins. Tout le monde travaillait, artistes, valets, employés. Luigi emmena Balduino sous sa tente. La première chose que le nègre y vit fut son propre portrait, en boxeur, tel qu'il avait paru dans un journal de Bahia.

Luigi se jeta sur son lit (qui n'était d'ailleurs qu'un divan, lequel entrait en scène, lui aussi, avec l'homme-serpent) et continua ses explications :

— Cinq contos pour le vainqueur... Pas un qui montre le petit doigt, c'est moi qui te le dis...

— Pourtant faut bien qu'il y ait un combat, sinon le public réclamera ?

— Qui t'a dit qu'il n'y en aura pas ? On engage un type quelconque pour vingt milreis. C'est pas les volontaires qui manquent... Tu lui flanques une pile magistrale...

— Mais si par hasard un vrai costaud s'amenait, s'il fallait se battre pour tout de bon ?

— Pas de danger...

— Pourtant s'il en venait un ?...

Luigi indiqua le portrait épinglé au mur :

— Alors quoi ? T'es boxeur, oui ou non ?

Antonio Balduino répondit : oui, de la tête. Il passa la main sur l'image, siffota. Luigi commenta :

— Tu as déjà des regrets ? Alors tu vieillis...

— Dans ce temps-là je n'avais pas cette balafre à la figure.

— C'est épatant pour impressionner.

On frappait à la porte. Luigi ouvrit. C'était une petite femme qui venait réclamer un mois et demi d'arriérés :

— Dans ces conditions je ne travaille plus... Demain ne comptez pas sur moi...

— Demain vous serez payée, nom de Dieu.

— C'est tous les jours comme ça : « Vous serez payée demain. » Voilà deux mois que j'entends cet air-là...

— Demain vous serez payée, parole... Vous ne savez pas ce que vous allez voir... Il se retourna vers Balduino : C'est Fifi, la trapéziste... Elle est fâchée.

Le petit bout de femme regarda le nègre.

— Voici le célèbre Baldo. Vous avez certainement entendu parler de lui...

Elle ne le connaissait pas, même de nom, mais elle acquiesça de la tête. Luigi parlait avec volubilité, pour impressionner la petite femme :

— Le plus grand lutteur du Brésil... A Rio pas un qui ait tenu devant lui... Il est arrivé aujourd'hui à Bahia, engagé par moi. Il a pris une automobile et le voilà chez nous...

La femme restait incrédule :

— Et avec quel argent est-ce que vous avez engagé ce phénomène, Luigi ? Ça ne me paraît pas très catholique, cette histoire-là... J'ai comme qui dirait une idée que j'ai vu ce nègre au volant d'un camion par ici... Ecoute un peu, mon gars, si tu as laissé ton camion en pensant que tu gagnerais davantage ici, tu t'es mis le doigt dans l'œil... L'argent, c'est une chose dont on ne voit pas souvent la couleur.

Elle le repoussa d'un geste et se dirigea vers la porte. Mais Antonio Balduino la rattrapa, et lui saisissant le bras, avec rage :

— Minute, petite dame... Je suis boxeur, parfaitement. J'ai été champion bahianais de tous les poids... Vous voyez celui-là, sur le mur ? Votre serviteur.

La femme parut convaincue :

— Alors vrai... Qu'est-ce que vous êtes bien venu faire ici ? Il n'y a pas d'argent ici...

— Je suis venu pour rendre service à un ami — il donna à Luigi une tape sur l'épaule — un vrai ami...

— Ah ! dans ce cas...

— Et demain vous aurez de l'argent comme s'il en pleuvait.

La femme se confondait en excuses :

— Il y a un chauffeur, vous savez... C'est votre tête coupée...

En passant la porte elle souriait encore. Balduino se retourna vers Luigi :

— Cette histoire de Rio, ça n'a pas pris, vieux frère...

Luigi rédigeait le programme qu'on ferait circuler le lendemain. Baldo lisait par-dessus son épaule :

— Je veux mon nom en lettres bien grandes. Comme ça...

Et il ouvrait les bras pour indiquer la dimension.

Giuseppe, quand il avait cuvé son vin, s'agitait beaucoup. On aurait dit qu'il allait tout sauver, tout résoudre, payer le salaire des artistes et des valets. Mais son activité se limitait aux gestes, aux paroles.

— Voyons un peu ça. Ceci tient pas debout. Ces bancs devraient déjà être montés. C'est pas sérieux. Et après ça, vous viendrez réclamer de l'argent... Et moi qui me crève à la besogne ! Quand je ne suis pas là, rien ne va plus.

Et quand un artiste réclamait :

— Toi aussi, tu sais seulement réclamer... Et l'art, voyons ça ne compte pour rien ? Dans mon temps on travaillait pour l'art, les applaudissements, les fleurs. Les fleurs, tu entends ?... Des jeunes filles nous lançaient des fleurs, des mouchoirs brodés. J'aurais pu les collectionner. Mais ces choses-là, ça ne m'intéresse pas. Dans le temps on ne pensait qu'à l'art.

Il se tournait vers Fifi :

— Une trapéziste était une trapéziste...

La trapéziste ravalait sa rage. Il continuait :

— Aujourd'hui, que voit-on ? Une trapéziste comme toi, qui fait pourtant du beau travail, ça ne pense qu'à l'argent, comme si les applaudissements ne comptaient pas...

— C'est pas ça qui nourrit.

— Mais il y a la gloire, voyons ! L'homme ne vit pas que de pain, c'est le Christ qui l'a dit.

— Le Christ n'était pas trapéziste.

— De mon temps... Applaudissements, fleurs, mouchoirs, mouchoirs, comprenez-vous, tout ça comptait pour quelque chose. Alors vous voulez de l'argent, hein ?... parfait. Demain vous l'aurez, votre argent. Je paierai tout, jusqu'au dernier sou !

Mais il terminait toujours suppliant :

— Tu sais, ma petite Fifi, les temps sont durs... Que veux-tu que j'y fasse ? Je suis un vieil artiste. J'ai roulé dans toute l'Europe. Tu peux voir mes albums sous ma tente... Faut savoir se résigner. Patience, Fifi. Tu es une bonne petite...

— Mais, Giuseppe, je n'ai plus rien à me mettre. Ce maillot vert est si usé que j'ai honte...

— Je jure que le premier argent que je toucherai sera pour toi.

Là-dessus il sortait pour distribuer des ordres inutiles, protester contre un service en retard, critiquer tout ce qu'avait fait Luigi, tout cela pour finir sur le zinc, racontant à des inconnus qui payaient la goutte ses gloires passées de trapéziste.

Cette nuit-là comme il revenait zigzaguant vers

la tente, après avoir marqué au charbon la tête d'innombrables gosses pour leur permettre d'assister gratis au spectacle, il rencontra Antonio Balduino qui feignait de regarder les étoiles, cependant qu'en réalité il observait la roulotte de la Rosenda Roseda, danseuse noire, principale attraction du Grand Cirque International. Car il venait d'apercevoir à la lumière d'une bougie la négresse qui commençait à se déshabiller et découvrait un dos... un vrai velours.

Le nègre chantait un de ses *sambas* les plus appréciés :

> *Ma négresse est toute en velours,*
> *que ça vous donne le frisson...*

Quand il vit arriver Giuseppe, il fit semblant de regarder les étoiles. Quelle était celle de Lucas de la Foire ? Une fois on lui avait montré celle où était monté Zumbi des Palmiers. Mais elle ne brillait point par là. C'est à Bahia seulement qu'elle brille, les nuits de *macumba,* quand les nègres célèbrent Ochossi, le dieu de la chasse. Elle protège les nègres, brillante quand ils sont joyeux, éteinte quand ils ont des peines. N'était-ce pas le Gros qui lui avait raconté cette histoire ? Non, c'était Père Jubiaba, une nuit sur le port. Si ç'avait été le Gros, il aurait mis un ange dans l'histoire... Maintenant il peut bien jeter un autre coup d'œil sur la roulotte, car Giuseppe titube de telle sorte qu'il n'arrivera pas de sitôt. Mais voilà-t-il pas qu'elle vient d'éteindre la lumière ? Sans ce poivrot de Giuseppe il l'aurait vue nue. C'est une gaillarde... Qu'il y ait de l'argent ou non, tant qu'elle restera dans le cirque,

234

Antonio restera aussi. Ce qu'elle est jolie... Une fille comme ça, à la « Lanterne des Noyés », ça ferait un succès du tonnerre. Ils en baveraient, les copains...

Giuseppe arrivait. Quand il voulut saluer le nègre, il perdit presque l'équilibre.

— Je suis fatigué. Ce travail me crève. Je travaille comme un chien.

— Ça se voit.

Il continua son chemin. Il mit près d'une demi-heure à trouver l'entrée de sa tente.

— Il est capable d'y mettre le feu quand il allumera sa bougie, pense Antonio Balduino qui s'approche. Mais il a déjà allumé la bougie, et on le voit assis près d'une table bancale. Sur cette table il y a des livres. La curiosité étreint le nègre qui guette comme un voleur à l'entrée. Qu'est-ce qu'il peut bien y avoir dans ces livres pour que Giuseppe les caresse avec tant d'amour? Tout comme fait le nègre sur les cuisses de ses mulâtresses. Il passe la main si doucement, soigneusement, voluptueusement. Mais il s'est retourné, et Balduino a vu ses yeux. Giuseppe a ce soir le vin triste. Antonio Balduino n'y tient plus, il entre dans la tente de Giuseppe qui est tout triste d'avoir tant bu.

C'était en Italie, au printemps. Celui-là qu'on voyait dans l'album avec de grosses moustaches, c'était son père. Toute sa famille avait eu des cirques. Sur cette photographie plus ancienne, celle-là qui est jaunie, on aperçoit son grand-père en tenue... Non, il n'était pas général. Il était propriétaire du cirque. Le Grand Cirque International. Mais en ce temps-là c'était un vrai cirque. Rien que des lions, il y en avait plus de trente.

Vingt-deux éléphants. Des tigres... Toutes les bêtes de la création...

— J'ai bu quelques verres, mais je n'exagère pas, tu sais...

Antonio Balduino n'en doute pas.

Les moustaches de son père avaient un succès fou. Giuseppe était alors tout petit, mais il se rappelait parfaitement. Quand le vieux montait au trapèze, on aurait dit que le cirque allait s'écrouler sous les applaudissements. Du délire. Et les sauts qu'il faisait d'un trapèze à un autre, le saut mortel qu'il faisait en l'air, trois tours sur lui-même sans s'accrocher à rien... Ça donnait des arrêts au cœur. Sa mère était danseuse de corde. Elle était habillée de bleu, elle ressemblait à une fée. Elle avait un petit parasol japonais pour l'équilibre. Quand son père était mort, il avait hérité de tout. Des lions. Des chevaux savants. Il dépensait une fortune en salaires pour les artistes. Les plus fameux d'Europe...

— Et la paye avait lieu chaque samedi. Il n'y avait jamais de retard...

Un jour le Roi, en chair et en os, était venu au Cirque. Ce fut un grand jour... Antonio Balduino pouvait en douter, parce qu'il voyait là un Giuseppe ivre et dépenaillé. N'empêche que Giuseppe avait été applaudi par le Roi. Et pas seulement par le Roi, par toute la famille royale qui avait pris une loge de luxe. C'était à Rome, au printemps. Quand il se montra, mon doux Jésus ! On n'avait jamais vu rien de pareil.

— J'ai cru qu'ils n'en finiraient plus d'applaudir...

Et là, dans l'album, on voyait un portrait de lui

dans ce temps-là. En habit noir, parfaitement. C'est comme ça qu'il entrait en piste. Puis, petit à petit il se déshabillait. L'habit, le pantalon, le plastron. Il restait en maillot de soie, comme sur cette autre photographie. Il n'était pas mal dans ce temps-là. Pas comme aujourd'hui. Dans ce temps il avait du succès auprès des femmes. Il y avait même eu une comtesse... Blonde. Couverte de bijoux. Elle lui avait donné rendez-vous.

— Et elle a marché ? fit Balduino, très intéressé.

— Un galant homme ne raconte pas ces choses...

Le Roi était là, dans une loge. Et toute la famille royale. Après le double saut mortel — on a peine à croire ça — le Roi n'y tint plus : il s'est levé pour applaudir. Quelle nuit !... Faut dire aussi que Risoleta était plus jolie que jamais. Quand elle fit le saut avec lui, ce fut un triomphe... Elle vendait au public leur portrait à tous les deux, celui-là qu'on voyait au milieu d'une page au milieu de l'album. Celui où l'on voyait une femme qui remerciait et qui donnait la main à un homme en maillot. En regardant bien, on pouvait reconnaître Giuseppe.

— Un beau brin de fille... observa Balduino.

Elle vendait ce portrait aux spectateurs et tous l'achetaient. C'était le printemps, pas ? et elle était jolie comme les fleurs du printemps. Elle était une fleur du printemps et tous les Romains voulaient garder un souvenir de cette saison qui passait... Sur cet autre portrait on la voyait sur un cheval qui levait la jambe. Jupiter qu'il s'appelait le cheval, et il valait un argent fou. Il était resté chez un créancier au Danemark, une des fois que le Cirque était allé par là. Cet autre portrait de Risoleta en écuyère avait été tiré juste quelques jours avant sa chute. Elle était si jolie, si jeune, ce printemps-là, que personne ne pouvait s'attendre à cette chose idiote. C'est pourtant comme ça. Il y avait tant de monde au Cirque, cette nuit-là, qu'on aurait dit la mer. C'était le clou de la saison. On ne parlait que des *Diavoli*, leur nom de guerre. Quand Risoleta passait dans la rue, les femmes s'arrêtaient pour la voir. Même qu'elles imitaient ses toilettes, car elle savait être élégante ; elle n'était pas jolie seulement au Cirque, sur le trapèze. Les hommes étaient fous d'elle. C'était le grand succès de la saison, du printemps fleuri de Rome. Sur ce portrait on la voyait en toilette de ville...

Giuseppe y jette un regard. Puis il fait quelques pas vers le lit, en rapporte une bouteille d'eau-de-vie.

— Goutte de Santo Amaro, hein ? rigole Balduino.

Quand même Giuseppe boit de trop. Sans détacher les yeux de cette image de femme. Balduino lui-même voit bien qu'elle avait une figure triste de prisonnière. Giuseppe le savait, qu'elle n'aimait pas cette vie de cirque... Mais qui aurait pensé qu'elle allait tomber cette nuit-là ? On n'avait pas cassé de miroir... Ils étaient entrés en piste, sous un tonnerre d'applaudissements. D'abord tout alla bien. Mais au moment du saut mortel... le trapèze n'alla pas assez loin. Elle n'atteignit pas les jambes de Giuseppe... Par terre, il n'y avait plus qu'un paquet de viande. Quand le lion Rex avait pris John, le dompteur anglais, ça n'avait pas été si laid. La Risoleta était devenue un paquet de viande, sans figure, sans bras, sans rien. Comment il avait eu la force de descendre, comment il n'était pas tombé lui aussi, c'est ce qu'il se demandait. Plus tard le paillasse avait dit que Giuseppe avait fait exprès, sachant qu'elle avait un amant. On fit une enquête, qui n'aboutit à rien... De ce jour-là date la décadence du Grand Cirque International.

— Tu le crois, toi, qu'elle avait un amant ?... Ils l'ont dit, ils m'ont montré une lettre qui était au milieu de ses affaires... Mais c'était des mensonges, n'est-ce pas ? Dans les cirques y a de mauvaises gens... Il faut te méfier des gens de cirque. C'est des envieux. Ils étaient jaloux de son succès... Ce qui me rend furieux c'est de penser que tout de même elle pouvait avoir un amant. J'ai vu les lettres. Mais elle était si gentille... Qu'elle aimait cette vie-là, je ne dis pas. Mais ce n'était pas une femme à avoir un amant. Il y avait bien les lettres. Elles parlaient de rendez-vous... Ah ! je voudrais qu'elle soit en vie pour me dire que c'était des mensonges, que tout cela c'était de l'envie. Tu ne crois pas que c'était de l'envie ?...

Est-ce qu'il va pleurer maintenant ?

Il a mis la tête dans ses mains, en fermant les yeux. Pour le coup c'est Antonio Balduino qui empoigne la bouteille de rhum blanc ; il se verse une énorme rasade. Dehors c'est une nuit de printemps, une fois de plus...

Le paillasse Bouboule est monté à l'envers sur un âne. Le cirque domine, au fond de la ville, tout pavoisé, avec un écriteau de chaque côté de la grande porte. C'est là que cette nuit on viendra entendre la musique, tandis que les négresses vendront de la confiture de coco. En ville on ne parle que du Cirque, de la négresse qui danse presque nue, et surtout du nègre Baldo qui a lancé un défi à tous les hommes de Foire Sainte-Anne. Sur le grand marché les hommes font des commentaires. Luigi a attendu pour débuter ce lundi, parce que c'est précisément le jour de la foire au bétail. Le paillasse est en train de traverser la place du Marché :

— Il y a séance aujourd'hui ?

— Oui, Monsieur, oui...

Les gamins qui sont venus des fermes pour apporter la cassonade et le lait caillé regardent avec envie ceux de la ville qui suivent le paillasse et qui entreront gratis.

D'autres tiraient des plans pour entrer pardessous les toiles. Le paillasse continuait sa ronde glorieuse parmi les paysans. Les employés des maisons de commerce regardaient sur le pas des portes. Au milieu de la foire le paillasse arrêta sa monture et réclama le silence :

— Honorable public, Baldo, le champion mondial de lutte libre, boxe anglaise et savate, qui est venu spécialement (il appuyait sur : spécialement) de Rio de Janeiro pour travailler au Grand Cirque International, aux appointements de trois *contos* par mois, sans compter logement, nourriture et blanchissage...

— Ben vrai !... fit un paysan.

— ... lance un défi à tout homme de cette héroïque cité pour une lutte sur la piste du cirque, cette nuit, et pour toutes les représentations suivantes. S'il se trouve quelqu'un qui arrive à battre Baldo la direction du Cirque donnera à ce héros une gratification de cinq *contos* de reis. Cinq *contos* de reis, qu'on se le dise... Et Baldo ajoute un *conto* de sa

240

poche. Profitez-en ! J'avertis l'honorable public qu'il y a déjà deux hommes qui se sont présentés aux bureaux du Cirque, pour défier le grand champion Baldo, et qu'il a relevé les défis. Qui veut risquer sa chance n'a qu'à se présenter au Grand Cirque International cette nuit. Les luttes ne s'achèveront qu'avec la mort d'un des deux lutteurs...

Infatigablement il continua sa tournée à travers la ville, monté à l'envers sur l'âne qui de temps en temps renâclait ; alors il faisait mine de tomber, se rattrapait à la queue de la bête, et toute la ville se pâmait de rire.

Toute la ville commentait cette lutte à mort qui allait avoir lieu... On savait déjà qu'un chauffeur, un employé de commerce et un paysan gigantesque étaient disposés à relever le défi de Baldo, le géant noir, et à disputer les cinq *contos*. Le soir trouva la ville nerveuse.

Quand le paysan entra, un gars qui faisait le malin au poulailler cria :

— Hé, José ! Voilà le mâle de ton couple de *guaribas* ! et il montra le paysan.

Tout le monde rigola. Le paysan pensa un instant se fâcher, mais il finit par rire lui aussi. Un géant, ce paysan, avec ses espadrilles et son nerf-de-bœuf. Il riait en pensant aux cinq *contos* qu'il allait gagner en luttant avec le dénommé Baldo. Au pays il abattait les arbres en quelques coups de hache et il charriait des troncs énormes. Quand il s'assit il avait un sourire de vainqueur, bien qu'il fût modeste et timide.

Des nègres apportaient des chaises pour les

familles qui avaient loué des loges. Le cirque ne possédait pas de chaises. Les spectateurs les fournissaient eux-mêmes.

— C'est pour cela que je vais toujours au poulailler. C'est moins cher, et on n'a rien à apporter. Rien que sa peau...

— Tiens, voilà le domestique du juge...

Le nègre entra, disposa les chaises dans la loge, puis alla se tasser avec les autres sur les gradins. Un type était en train de se faire huer :

— De quoi ? Chico Peicheiro, qui va faire le fier dans une loge...

Dehors c'était vraiment joli, ces couleurs, ces lumières. Des négresses en jupon, parées de colliers, vendaient des *pipocas*, des *acarajés*, du *mingau* et du *mungunsá*. Toute la place était illuminée par le cirque. Des gamins essayaient de se faufiler sous les toiles. Un homme vendait du jus de canne, et le nègre glacier n'attendait que le moment où sa sorbetière serait vide pour s'installer au poulailler, lui aussi. Et il avait de grands éclats de rire, en pensant au paillasse, qui était vraiment un rigolo pas ordinaire. On s'écrasait aux guichets populaires ; Luigi se frottait les mains de plaisir. Et les vieilles s'effaraient de tant de mouvement dans la petite ville paisible qui s'endormait d'habitude à neuf heures. C'était bien en effet une espèce de révolution. Le cirque, c'est la nouveauté, le voyage, les foires des autres pays, l'aventure. Les nègres inventaient des tas d'histoires sur les artistes.

Voilà maintenant la musique. Elle débouche de la rue Droite et déjà on reconnaît le son de la marche carnavalesque. A l'intérieur du Cirque tout le monde se lève comme un seul homme. Ceux qui

occupent les plus hauts gradins regardent par-
dessus la toile. Les gamins qui attendent à la porte
se précipitent pour aller faire escorte à l' « Euterpe
7 Septembre », qui arrive d'un pas martial, en
uniformes bleus et verts. M. Rodrigue, le pharma-
cien, n'en craint pas à la clarinette. Le piston lâche
des sons qui continuent à vibrer dans l'air et qui
s'en viennent battre sur la tête d'Antonio Balduino.
Celui-ci quitte sa tente et va regarder la musique.
Quel joli orphéon! Ils ont des habits magnifiques.
Celui-là qui marche à reculons, c'est le chef.
Balduino changerait bien sa place pour celle du
gringalet qui dirige l' « Euterpe 7 Septembre »! Ce
qu'il est bien nippé. Comme toutes les femmes le
regardent. C'est bien un héros de la ville, une gloire
de la Foire Sainte-Anne. C'est comme le clarinet-
tiste. Toute la ville les connaît, les salue. Le juge
lève son chapeau quand ils passent. Mais Giuseppe
arrache Baldo à sa contemplation. Le nègre
retourne sous sa tente emportant au cœur l'ambi-
tion de diriger un jour une « Euterpe ». L'orphéon
arrive sur la place. Il marche, d'un air important,
conscient de son prestige. A la porte du Grand
Cirque International le maestro donne un ordre et
tous les musiciens s'arrêtent. Au poulailler, sur les
gradins, dans les loges, et aussi sous les tentes des
artistes, tout le monde écoute. Et tout le monde
pense que c'est divin et que la Foire Sainte-Anne
peut se vanter d'avoir le meilleur orphéon de tout
l'Etat. Le paso doble achevé, ils entrent et vont
s'installer au-dessus de la porte dans la tribune qui
leur est réservée. Et maintenant les spectateurs
réclament le commencement du spectacle.

La marmaille pousse des cris, les hommes s'en

mettent, et le juge, qui a tiré sa montre, dit gravement à son épouse :

— Il est neuf heures cinq. L'exactitude est une grande vertu.

Mais l'épouse n'attache plus aucune importance aux aphorismes de son conjoint. Dans la loge voisine, des employés de commerce qui ont fait une cagnotte commentent la lutte prochaine.

— C'est-y que ça sera une lutte à mort ?

— La police ne permettrait pas...

— On dit que ce Baldo est un gaillard. Agripino l'a vu se battre avec un Allemand à Bahia. Un taureau...

On bat des pieds sur les gradins. Ces gens manquent d'éducation, pensent les employés de commerce. Depuis quand est-ce qu'on a vu un spectacle commencer à l'heure ? Mais les employés de commerce n'y connaissent rien. Cela n'a rien à voir avec l'éducation. On bat des pieds, on pousse des cris, on réclame, parce qu'on s'amuse mieux ainsi. Un cirque sans plaisanteries au poulailler, sans réclamations, sans cris, ce n'est pas un cirque. Le meilleur du cirque, c'est cela : s'égosiller à n'avoir plus de voix, battre les gradins à s'en faire mal aux pieds. Une négresse proteste :

— Va donc pincer les cuisses à ta putain de mère...

Il y a un commencement de bagarre à gauche. Voilà ce qui arrive quand on lutine une femme mariée. Un homme tombe du poulailler. Mais il s'est relevé tout de suite et a regagné sa place sous les huées. Luigi entre en piste, sous l'uniforme de Giuseppe qui a pris une cuite effrayante. Le silence s'abat sur le cirque.

— Honorable public. Le Grand Cirque International vous remercie de votre présence à son premier spectacle, et il espère que ses magnifiques artistes mériteront vos bienveillants applaudissements.

Luigi forçait son accent italien. Ça faisait mieux. Les valets entrèrent, étendirent un vieux tapis troué qui traversait diamétralement la piste. Alors eut lieu la présentation de la compagnie au milieu d'un véritable délire. Luigi entra d'abord, conduisant par la main le cheval Ouragan, dont le harnais jetait des feux. Vint ensuite Fifi et les applaudissements redoublèrent. Elle avait un casaquin de soie verte, et montrait ses cuisses. Elle salua en relevant encore un pan de sa petite jupe. Les gradins faillirent alors s'écrouler sous les applaudissements. Puis Bouboule entra en faisant des pirouettes :

— Bonsoir à tout le monde...

Eclats de rire. Le clown est vêtu de bleu, avec des étoiles jaunes, et une lune rouge sur les fesses. Qu'il est amusant, ce paillasse ! Et l'Homme-Serpent ! On dirait vraiment un serpent avec ce maillot collant, plein de choses qui brillent. Le maillot dessine un corps asexué ; l'Homme-Serpent a l'air d'un gamin, d'une gamine et les hommes font des plaisanteries. L'Homme-qui-mange-le-feu a des cheveux rouges. Robert, l'équilibriste, avec son frac lustré, fait pâmer les femmes. Il est français comme son nom l'indique, et ses cheveux sont cosmétiqués, avec une raie au milieu. Il envoie des baisers que recueillent pieusement les donzelles. Une vieille fille soupire : « Joli garçon ». Quant à Joujou, elle passe presque inaperçue, parce que tous les yeux sont fixés sur le singe, sur l'ours. Le lion est dans une cage au fond, et pousse un rugissement lugubre. Lugubre et féroce. Joujou est plutôt vieille, elle a des rides que le maquillage couvre mal, mais de corps elle est encore passable. Et maintenant, vêtue en bahianaise, voici Rosenda Roseda.

— Bonsoir, les amis.

Elle fait un tour de cirque en courant, avec sa jupe qui tourbillonne. Alors les hommes oublient Joujou, Fifi, Robert l'équilibriste, l'ours, le lion, et même le paillasse, pour ne plus voir que la danseuse noire, Rosenda Roseda, en robe de bahianaise, qui fait rouler ses hanches. Les yeux se remplissent de luxure. Les employés de commerce s'appuient sur le rebord de la loge pour mieux voir. Le juge met ses lunettes. Sa femme dit que c'est immoral. Les nègres des gradins n'ont plus de voix. Rosenda a conquis son public.

Le seul qu'on n'a pas encore vu, c'est Baldo, le géant nègre. Il a toutes les peines du monde, à l'intérieur, pour empêcher Giuseppe, complètement gris, de venir saluer le public. On réclame la présence du nègre. Luigi fait comprendre que Baldo, le géant nègre, champion mondial de boxe, lutte libre et savate, procède aux derniers exercices de son entraînement, et qu'il apparaîtra seulement au moment de la lutte. Puis la compagnie se retire, et le spectacle commence avec Joujou et son cheval. Le cheval Ouragan galope sur le sable. Joujou a maintenant un fouet à la main. Elle porte une culotte et une casaque sangle ses grosses mamelles. Elle saute sur le cheval. Puis elle se tient debout sur le dos de la bête. Elle y a l'air aussi à l'aise qu'en automobile. Elle saute. On applaudit. Quelques pirouettes encore, puis elle se retire sous les bravos.

— J'ai vu mieux, dit un homme qu'on respecte parce qu'il a voyagé. Il raconte qu'il est allé à Bahia, à Rio. Ceux qui ont envie d'applaudir hésitent. Puis ils retrouvent leur assurance et applaudissent de plus belle. Car l'orchestre vient de jouer un *samba* et c'est maintenant au tour du paillasse, qui arrive en faisant des culbutes. Il se dispute avec Luigi, attrape une valise ouverte (d'où sort un pan de caleçon), prend une canne et fait mine de partir. Après quelques tours de passe-passe, Luigi l'interroge :

— Tu as été à l'école, Bouboule ?

— Moi ? j'ai passé dix ans à apprendre la grand'mère et l'ariquemétique...

Le public meurt de rire.

— Alors dis-moi donc en combien de jours Dieu a fait le monde.

— Je sais.

— Alors dis-le...

— Vous croyez que je ne le sais pas ? il levait sa canne.

— Dis-le...

— Je le sais, mais je le dis pas, na, parce que je veux pas le dire...

Et c'est ainsi, avec des plaisanteries de ce genre, que le paillasse fit le bonheur de tout le monde, cette nuit-là. Les employés de commerce riaient, le juge riait, les nègres des gradins s'étranglaient. Seul ne riait pas l'homme qui avait voyagé. Il trouvait tout cela du dernier moche, et il regrettait ses vingt sous. C'est qu'il avait perdu son innocence autrefois dans les grandes villes où il avait été étudiant, avant de revenir prendre la succession de son père aux établissements Abdula.

Le singe dansa. L'ours but une bouteille de bière. L'Homme-Serpent qui n'avait pas de sexe se tortillait dans tous les sens. Cela faisait mal à voir. Il travaillait bien mais irritait les hommes qui ne savaient pas au juste s'ils devaient penser à lui comme à une femme, ou bien s'ils devaient l'applaudir comme on applaudit un vrai mâle. Cependant les yeux de l'homme qui avait voyagé brillaient d'une lueur suspecte. L'Homme-Serpent remercia avec une expression angélique, lança des baisers comme Robert, l'équilibriste, et salua comme Fifi, la trapéziste. Les femmes s'attribuèrent les baisers, les hommes les saluts. Seul l'homme qui avait voyagé quitta sa place, parce que le spectacle était terminé pour lui. Il emportait sa misère dans son cœur et dans ses yeux et ne dormit pas cette nuit-là.

Le grand équilibriste Robert ne s'exhibe pas encore cette fois. Les femmes se désolent. Mais par contre voici

L'INCOMPARABLE
ROSENDA ROSEDA

Reine pathétique des multitudes
A l'apogée de sa carrière théâtrale.

Elle danse d'abord une matchiche. Ne dirait-on pas que sous l'ample jupe de la bahianaise elle est nue ? Ma foi, jusqu'au milieu des cuisses on ne voit aucun sous-vêtement. Sur les seins elle porte des colliers de perles multicolores. Elle fait avec les jambes de grands X. La femme du juge estime que décidément c'est là une chose immorale, que la police devrait interdire. Le juge n'est pas de cet avis : il cite la constitution et le code, dit que les femmes n'y entendent rien et que cela ne vaut d'ailleurs pas la peine de discuter. Ce qui vaut la peine ça oui ce sont les cuisses de l'Incomparable. Mais maintenant il y a mieux à regarder. Elle roule des hanches. Tout a disparu ; il n'y a plus que ces hanches, ces fesses, qui emplissent le cirque, depuis la piste jusqu'au toit. Rosenda Roseda danse. Danse de *macumba,* mystique comme une danse religieuse, sauvage comme la forêt vierge. Elle montre tout son corps, et pourtant son corps reste un secret, parce qu'il n'a pas plus tôt paru que déjà la jupe le dérobe. Les hommes s'irritent, écarquillent les yeux, en vain. La danse est trop rapide et ils sont dominés par la danse. Les blancs continuent à ne voir que les cuisses, les fesses de Rosenda Roseda. Mais les nègres, eux, suivent les mouvements, le rythme de cette danse de *macumba,* et pensent que cette femme est possédée par un saint. Elle atteint « l'apogée de sa carrière » quand, assise sur les talons, elle reçoit l'ovation délirante du public qui l'acclame debout, sans entendre le paso doble que l'orchestre vient d'attaquer. Puis elle recommence à danser sa « tragédie émotionnelle », matchiche émouvante, danse religieuse des nègres, *macumba.* Sa jupe tourbillonne, ses colliers et ses seins bondissent sous les yeux du juge. Les nègres dansent des jambes et du derrière sur les gradins qui menacent de s'écrouler. Elle a vraiment atteint « l'apogée de sa carrière théâtrale ». Le juge s'est levé pour applaudir. Comme le roi applaudissant Giuseppe. Rosenda tire de sous sa jupe des fleurs, des pétales de rose qu'on lui voit lancer sur la tête

chauve du juge. Une idée de Luigi. Moment
d'émotion. Elle a vraiment atteint « l'apogée de sa
carrière théâtrale ». Et quand le spectacle sera
terminé, un nègre en espadrilles viendra pieusement ramasser un de ces pétales qui conserve le
parfum du sexe de Rosenda Roseda, et l'emportera
sur son cœur dans les plantations de tabac.

Mais revoici le paillasse : les hommes rient et se
calment. Puis c'est Luigi qui vient annoncer :

— Honorable public. Baldo, le géant noir, que
vous connaissez tous de nom, lance un défi à tout
homme de cette ville pour une lutte à mort. La
direction donnera un prix de cinq *contos* au vainqueur et Baldo ajoute un *conto* de sa poche.

Un frémissement parcourt l'assistance. Luigi sort
et revient avec Antonio Balduino qui porte sur son
corps musclé une peau de tigre trop petite pour lui,
qui gêne ses mouvements. Il se croise les bras sur la
poitrine et promène sur le public un regard de défi.
Il sait que Rosenda regarde et il désire qu'un
homme se montre afin de lutter pour de vrai.
Rosenda a vendu des portraits puis elle est allée
sous sa tente pour compter les sous. Mais elle a dit
au nègre qu'elle assisterait au combat. Malheureu-
sement il n'y a plus personne qui paraisse disposé à
lutter. Luigi rappelle à l'honorable public que deux
hommes se sont inscrits au bureau de la direction.
Si personne ne se décide Baldo luttera avec l'ours.
Mais à peine a-t-il fini de parler, le paysan qui
ressemblait à un *guariba* se lève et marche avec
embarras vers la piste :

— C'est vrai, cette histoire des cinq *contos* ?

— C'est la vérité même, répond Luigi esto-
maqué.

250

Alors le paysan enlève ses savates, sa chemise, et ne garde que son pantalon. Luigi louche vers Balduino. Le nègre sourit pour indiquer que ça va bien. On a apporté un matelas au milieu de la piste. Antonio Balduino a jeté sa peau de tigre et ne porte plus qu'un slip. Sa balafre au visage brille sous les lumières. Les hommes applaudissent le paysan. Luigi s'adresse encore au public et demande un homme qui connaisse quelque chose à la lutte, pour faire l'arbitre en second.

Un des employés de commerce se présente. Il discute un moment avec Luigi. L'italien explique au public :

— La lutte ne se terminera qu'avec la mort ou le désistement d'un des combattants.

Puis il fait les présentations :

— Baldo, le géant noir, champion mondial de boxe, lutte libre et savate. Son adversaire...

Il interrogea le paysan à voix basse :

— Toto de la Rosette, qui a relevé le défi.

Antonio Balduino vient serrer la main de son adversaire. Mais celui-ci, pensant que c'est la lutte qui commence, se précipite sur le nègre. Luigi intervient, donne des explications, et tout rentre dans l'ordre. Tous deux sont maintenant sur le matelas, et se mesurent du regard.

Rosenda Roseda était là derrière, les yeux fixés sur Balduino. Il n'y avait pas cinq *contos* de prix, il n'y avait pas même de salaire, mais il y avait au bout du combat le corps chaleureux de Rosenda l'Incomparable. Et Balduino se sentit heureux. S'il parvenait un jour à devenir chef de l' « Euterpe », il n'envierait plus rien à personne. L'employé de commerce compta :

— Un... deux... trois...

Le paysan se rua sur Balduino qui courut autour du matelas. La foule hua le nègre. Rosenda fit une grimace à tout le monde. Mais tout à coup Baldo se retourna et lâcha un coup droit dans la figure de Toto. Le paysan parut insensible. Il continua sa poursuite et de nouveau il encaissa. « A nous la savate », pensa Balduino. Il culbuta le paysan et lui martela le visage. Mais Toto prit son adversaire entre les jambes et le retourna ; il avait maintenant le dessus. Alors Balduino compris à qui il avait affaire. Toto ne savait pas cogner ; il n'avait pour lui que la force brute. Quand ils se relevèrent le nègre lâcha plusieurs coups précis, que le paysan ne sut pas esquiver. Ils firent ainsi le tour du matelas jusqu'au moment où Toto prit le nègre par la ceinture, l'éleva dans ses bras et le jeta par terre de toutes ses forces. Antonio Balduino s'étala. Puis il se releva furieux. Jusqu'alors il luttait pour rire, mais maintenant il était furieux. Il terrassa le paysan d'un coup de savate, lui saisit le bras et le lui tordit. La foule applaudissait. Le paysan poussa un hurlement, abandonna la lutte et les cinq *contos*. Il sortit sous les sifflets, en se tenant le bras qui paraissait cassé. Antonio Balduino salua et se retira sous une tempête d'applaudissements.

Dans les coulisses il demanda à Rosenda :

— Ç'a t'a plus ?

Elle avait les yeux humides d'enthousiasme.

Un valet arriva avec un écriteau sur lequel on lisait :

ENTRACTE

Les hommes sortirent et s'en allèrent boire du jus de canne. L'orchestre exécuta un intermède musical.

Robert était habillé en sergent, ainsi qu'Antonio Balduino. Le grand équilibriste était tout ce qu'il y a d'élégant dans sa tenue de sergent français. Mais Antonio Balduino était à l'étroit dans la sienne, faite à la mesure de l'avaleur de sabres qui travaillait au cirque autrefois. Le nègre se sentait mal à l'aise, avec un sabre ridiculement petit. Encore s'il n'y avait eu que cela ! Le pire c'est que Fifi voulait recevoir l'arriéré de sa paye avant le commencement de la deuxième partie, où l'on devait représenter la célèbre pantomime des « Trois Sergents ». Luigi n'avait pas encore vérifié les comptes et ne voulait payer que le lendemain. Mais Fifi ne l'entendait pas de cette oreille :

— Payez maintenant, ou je n'entrerai pas en scène...

Elle jouait le rôle du troisième sergent ; l'habit d'homme lui allait d'ailleurs bien. Rouge de fureur, elle pointait un doigt menaçant, elle criait, hurlait, au point que Luigi finit par dire en rigolant :

— Ma parole, avec cette tenue, vous croyez que c'est arrivé... Vous vous prenez pour un vrai sergent.

— C'est pas le moment de plaisanter, compris ?...

Là-dessus Giuseppe ivre mort vint parler d'art, d'applaudissements, versa une larme. Luigi supplia Fifi, affirma qu'il ferait les comptes et la payerait cette nuit même. Mais il fallait continuer le spectacle. On entendait déjà le public qui battait des pieds. Luigi s'arrachait de désespoir les rares cheveux qui lui restaient. Rosenda Roseda intervint :

— Toi, ne viens pas troubler la fête. Tout a si bien marché aujourd'hui...

D'accord, Fifi était d'accord. Elle n'avait aucune envie de troubler la fête. Oui, tout avait bien marché, il y avait eu beaucoup d'applaudissements, et il y avait beaucoup de monde ? Tous s'en réjouissaient, elle la première. Mais dans son corsage il y avait la lettre de la directrice du collège. Et Fifi devait être forte, elle devait insister, crier. Cela faisait deux mois qu'elle ne payait pas le collège de sa petiote. Et si elle ne payait pas dans un délai de dix jours, la directrice la renverrait. Or, elle ne voulait pas voir sa fille au Cirque. Tout excepté ça. Il fallait savoir être forte. Tout cela était dit sans regarder les yeux suppliants de Luigi. Luigi avait toujours été bon pour elle, l'avait même aidée. Mais si elle n'exigeait pas, après la fin du spectacle on remettrait la chose au jour suivant, le jour suivant ce serait les dépenses forcées et la petite viendrait s'échouer ici. Alors adieu tous ses plans, adieu tous les rêves caressés pendant les quatre longues années qu'elle s'était saignée pour payer le collège d'Elvire ! Quand sa fille était née, elle venait de lire *Elvire, vierge et martyre*. A présent elle n'avait même plus de quoi acheter des romans. Elle envoyait tout à la directrice du collège, et c'était juste. Heureusement, il n'y en avait plus pour longtemps. Mais si elle ne savait pas être forte, exiger son dû, c'était la fin de tous ses espoirs...

... Une petite ville, encore plus petite que la Foire Sainte-Anne. Une place d'institutrice de

254

classe enfantine, c'est difficile à obtenir. Mais dans ces endroits une maison ne coûte pas grand-chose. Elle aurait un petit jardin sur le devant, où elle ferait pousser des fleurs, des œillets, où elle aurait un banc pour lire ses chers romans à couverture jaune. L'école fonctionnerait dans la maison même. Elvire ferait la classe aux enfants, et elle, elle aiderait sa fille dans les travaux de la maison, elle ferait la cuisine, les chambres, elle mettrait des fleurs, des œillets rouges, sur la table de l'institutrice. Elle connaîtrait tous les gens de la ville. Personne ne saurait ce qu'elle a été, artiste de cirque, chanteuse de beuglants, et pis que ça dans les mauvais jours. Les cheveux blancs lui donneraient un air respectable de bonne vieille dame. Ce serait une heureuse vieillesse. Elle ferait des dentelles — saurait-elle encore ? — pour les trousseaux des plus jeunes. Enfin, quand elle serait tout à fait vieille, Elvire la porterait et lui caresserait les cheveux, comme elle faisait elle-même à sa petite. Mais pour tout cela il fallait être forte, passer pour une méchante femme, une trouble-fête...

Et en rougissant elle montra la lettre de la directrice, révéla son secret. Luigi, ému, lui posa la main sur l'épaule et promit :

— Je te jure, Fifi, qu'après la représentation tu seras payée. Quand je devrais me passer d'argent pour la nourriture du lion.

Le public trépignait. Enfin la pantomime commença. Il y avait une heure qu'Antonio Balduino attendait le moment d'embrasser Rosenda Roseda. Le nègre savait mal son rôle, il n'avait jamais eu beaucoup de mémoire, mais le moment du baiser il se le rappelait parfaitement. Il souriait, clignait de l'œil à Rosenda, qui feignait de ne pas s'en apercevoir. Mais quand vint le fameux moment, il plaqua un énorme baiser sur les joues de la danseuse et lui murmura à l'oreille :

— C'est sur la bouche, que c'est bon...

La pantomime eut un gros succès.

FIN DU CIRQUE

Giuseppe doit être sous sa tente en train de revoir son album de photographies. Robert est allé au cabaret local pour se payer une femme à l'œil, comptant sur l'effet de son cosmétique. Fifi écrit à la directrice du collège pour s'excuser du retard, en envoyant l'argent des deux mensualités. A la lueur d'une bougie qu'on voyait luire au loin sous la tente, Luigi faisait ses comptes.

Pourquoi Rosenda met-elle tant de temps à se déshabiller ? Antonio Balduino l'attend, adossé à la porte du cirque, juste sous l'écriteau dont les lampes sont maintenant éteintes. Le lion rugit. Ça doit être de faim. Il est maigre le lion, il n'a plus que les os. L'ours encore il est heureux, car il boit toutes les nuits de travail sa bouteille de bière. Luigi a bien pensé à remplacer la bière par de l'eau. Il en avait rempli la bouteille... Les spectateurs n'y ont rien vu, mais l'ours ne s'y est pas trompé. Il a refusé de boire et le numéro fut raté. Baldo a bien ri quand Rosenda lui a raconté cette histoire. Elle en met un temps à se changer. Rosenda Roseda, drôle de nom. Son vrai nom c'est bien Rosenda. Roseda est une invention de Luigi.

Une dessalée celle-là, bien capable de tourner la tête au plus affranchi. Elle causait bien, elle racontait des choses de Rio, du morne de la Favela, du morne de Salgueiro, décrivait les bals des « clubes » de là-bas : le « Jasmin aimable », les « Capricieuses de l'Étoupe », le « Lys d'amour ». Elle avait une manière élégante de rouler les hanches en marchant, comme une vraie carioque. Antonio Balduino doit s'avouer qu'il aime cette négresse. Elle est pleine de chichis, de coquetteries, elle se dérobe toujours au moment où on croit le mieux la tenir dans ses mains, mais franchement il en pince pour elle. Serait-ce qu'elle a fini de s'habiller ? Elle vient d'éteindre la lumière, et elle tire la portière. La voici sous le clair de lune.

— Je vous attendais.

— Moi ? Vrai, ce qu'il faut s'entendre dire...

Ils se promenèrent. Balduino raconte ses aventures pendant qu'elle écoute attentive. Il s'échauffe en racontant sa fuite dans le maquis, comment il a fait la trouée. Elle s'appuie sur lui. Ses seins touchent le bras du nègre. Il dit :

— Jolie nuit...

— Ce qu'il y a d'étoiles...

— Un nègre brave, quand il meurt, il devient une étoile au ciel...

— Moi je voudrais danser dans un grand théâtre, un vrai, comme ceux de Rio...

— Pourquoi ça ?

— J'aime danser. Quand j'étais petite, je collectionnais les portraits d'artistes de théâtre. Papa était portugais ; il avait une épicerie.

Les cheveux de Rosenda Roseda sont lissés au

fer. Comme les cheveux d'une blanche. Et même davantage.

— Holà, négresse, tu m'en contes, pense Antonio Balduino.

Mais comme il sent le contour de ses seins il lui dit que lorsqu'elle danse, c'est à se mettre à genoux.

— J'aurais voulu faire du théâtre... Il y avait un homme près de chez nous qui connaissait un portier des « Folies ». Mais papa n'a pas voulu. Il voulait me marier avec un caissier qu'il avait, un dégoûtant.

— Et vous n'avez pas marché ?

— Je suis pas folle, non ? Il me plaisait pas, alors ? Un sale portugais... Alors Emmanuel est venu. Papa disait que c'était un propre à rien, un feignant. C'était la vérité. Il n'avait pas de métier. Comme toi, vaurien... Il s'est toqué de moi, on a dansé ensemble à l'« Aimable », après ça c'est le chiendent qui a commencé. Quand le vieux est venu me chercher, c'était trop tard. Le vieux a râlé à cause de l'autre portugais qui en pinçait vraiment pour moi. Il a dit que j'étais une maudite et il m'a fichue sur le pavé.

— Et qu'est-ce que vous avez fait ?

— D'abord on est resté sur le morne, nous deux Emmanuel. Mais quand il avait un verre dans le nez il aimait battre les femmes. Moi j'ai pas hésité, j'ai fait mon paquet et j'ai mis les voiles. J'ai mangé de la vache enragée. J'ai travaillé comme cuisinière, comme femme de chambre, comme nourrice sèche. C'est un clown à Rio qui m'a fait entrer dans le métier. Il me faisait la cour, on s'est mis ensemble. Un jour qu'il manquait une artiste, une espagnole qui dansait avec des castagnettes, je l'ai remplacée. Si vous aviez vu ce succès... Mais je me suis

259

dégoûtée du clown et j'ai cherché un autre cirque. Et je suis venue dans celui-là. Voilà...

Antonio Balduino ne savait quoi dire :

— C'est la vie...

— Mais un de ces jours je m'engage dans un vrai théâtre. Je suis négresse ? bon, et après ? En Europe y a bien une négresse que tous les blancs lui courent après. C'est une de mes patronnes qui l'a dit.

Antonio sourit :

— Vous ressemblez à la lune.

— Pourquoi ça, grands dieux ?

— Vous semblez tout près, mais vous êtes si loin...

— Je suis pourtant tout près de toi...

Le nègre serre la taille de Rosenda. Mais elle s'enfuit sous sa tente.

Il est maintenant dans le cabaret de la ville. L'endroit n'est pas gai. Aujourd'hui il y a du monde, à cause du cirque. En temps ordinaire on va se coucher quand neuf heures sonnent à l'église. Robert est à une table, tiré à quatre épingles, et fait de l'œil à une femme qui danse. Antonio Balduino s'assied à côté de lui. Robert l'interroge :

— Toi aussi tu es venu faire une femme ?

— Non, je suis venu boire un coup.

Il y a peu de femmes, et la plupart sont vieilles. Même celle que Robert suit des yeux est une vieille archi-peinte. Les autres sont disséminées dans la salle et sourient aux hommes.

— Pourquoi tu ne l'invites pas à s'asseoir ?

— Je suis net.

Mais là, dans le coin, il y a la vierge. Pourquoi diable cette idée-là est-elle venue se fourrer dans sa tête? Antonio Balduino a déjà bu cette nuit, mais, pour autant qu'il se souvienne, il n'est pas homme à se saouler avec deux verres de rhum blanc. Mais alors qu'est-ce qui lui fait penser que cette femme aux cheveux plats, au visage pâle, est vierge? De son coin elle semble ne rien voir, elle ne regarde personne. Si le Gros était là, Antonio Balduino lui demanderait d'inventer une histoire sur cette femme, une histoire d'enfant abandonnée, sans ange gardien, sans personne au monde. Et si c'était Jubiaba, il demanderait au Père de Saint de faire un sortilège contre l'homme qui est en train d'exploiter cette vierge, qui l'oblige à venir au cabaret et à boire ces liqueurs. Antonio Balduino regarde Robert qui fait de l'œil à la vieille... Après tout qui dit qu'elle est vierge? Mais ça se voit tout de suite qu'un homme l'exploite. Elle est au cabaret, enfoncée dans un coin, avec des yeux qui ne regardent rien. Elle pense à ses petits frères abandonnés. Le père est mort. La mère est malade.

Elle est venue se vendre cette nuit, pour acheter des remèdes. Car sa mère est à la mort, sans docteur, sans un flacon de pharmacie. Antonio Balduino voudrait lui parler, lui offrir de l'argent. Il est vrai qu'il n'a pas le sou, mais il volera ceux de Luigi. Un employé de commerce l'invite à danser. C'est un tango. Elle va se vendre au plus offrant. Mais est-ce qu'elle saura faire? Elle ne va pas savoir, et sa mère mourra, ses petits frères mourront eux aussi; d'ailleurs on voit bien, ils ont des ventres énormes, et des figures toutes pâles. Un homme viendra, il l'exploitera, il vendra son corps intact à la Foire. Il la vendra aux paysans, aux chauffeurs, et elle mourra de la tuberculose comme sa mère. Et elle n'aura même pas une fille à prostituer pour lui procurer des remèdes. Mais dirait-on pas qu'elle va sortir avec l'employé de commerce ? Ça, Antonio Balduino ne le permettra pas. Il ira voler l'argent de Luigi, l'argent que l'on garde pour la nourriture du lion, mais il ne la laissera pas vendre sa virginité. Il se jette devant le couple, arrête le jeune homme à l'épaule :

— Lâche-la.

— De quoi je me mêle ?...

La femme regarde toujours ailleurs.

— Elle est pucelle, tu vois donc pas ? Elle est en train de tâcher moyen de sauver sa mère qui va mourir...

Le jeune homme repousse le nègre d'un coup de main. Antonio Balduino est tellement saoul qu'il va s'effondrer sur une table. Il pleure comme un enfant. Le jeune homme emmène la femme qui dit en sortant :

— Qu'est-ce qu'il tient celui-là pour me croire pucelle !...

Dans le cabaret Antonio Balduino, de plus en plus ivre, chante, fort applaudi, et prend la vieille de Robert, l'équilibriste. Il y a un commencement de bagarre avec le patron parce qu'ils n'ont ni l'un ni l'autre de quoi payer les consommations. De retour au cirque il entre sous la tente de Rosenda. Ce n'est pas pour autre chose qu'il a tant bu.

Luigi ne sort plus de ses comptes. Si le lion rugit, ce n'est pas de férocité, car il est aussi peu sanguinaire que le cheval Ouragan. Il rugit parce qu'il a faim, parce que le cirque n'a plus d'argent même pour son manger.

Ces comptes de Luigi, ça n'avance à rien. Voilà deux jours que Giuseppe ne boit plus, parce qu'il n'a même pas de quoi se payer la goutte, et que personne ne lui fait plus crédit. Et Dieu sait que pour Giuseppe la vie est triste sans la goutte ! Jamais le cirque n'a retrouvé l'affluence du premier jour. Ces quinze jours à la Foire Sainte-Anne n'ont rien valu. En deux spectacles le cirque a épuisé tous ses numéros, et toute la population les a vus. C'est seulement le lundi suivant qu'on a revu du monde : des paysans qui venaient pour la foire. Pas beaucoup d'ailleurs, car il n'y avait pas de lutte. Antonio Balduino n'avait pas trouvé d'adversaire. La Direction avait eu beau porter à dix *contos* la prime au vainqueur, et Baldo en « ajouter » deux de sa poche, rien n'y fit. La renommée du nègre s'était répandue dans le voisinage et personne ne s'y risquait plus. Et maintenant, devant les salles aux trois quarts vides, Antonio Balduino dansait sur la corde, luttait avec l'ours qui n'opposait pas la moindre résistance, et finit pas accompagner Rosenda Roseda avec sa guitare. Pour lui il n'importait guère qu'il y eût ou non de l'argent.

Il y avait Rosenda. Cela seul importait. Les nuits qu'il passait avec elle compensaient bien les cuites de Giuseppe, les silences de Robert, les plaintes de Bouboule.

Pour permettre au cirque de voyager jusqu'à Santo Amaro, on vendit le cheval Ouragan et une partie des planches. Personne ne voulait acheter le lion et le lion consommait beaucoup. Une nuit Robert disparut sans laisser d'adresse. Luigi pensait qu'il avait barboté le peu d'argent qui lui restait en caisse pour les dépenses du lendemain. Mais Robert n'avait rien volé. Il avait dû prendre un bateau qui partait cette nuit-là pour Bahia. Un homme se présenta pour lutter avec Balduino, se fit écraser au premier round, et c'est à cette lutte que le Cirque dut de pouvoir se transporter à Cachoeira, au moyen de deux camions. Quand ils avaient débarqué à Sainte-Anne ils en occupaient sept, et encore grâce à Luigi qui avait tout empilé pour économiser les voitures. Maintenant deux camions, c'était largement suffisant. Giuseppe évoquait le temps où, pour aller en France, ils avaient une véritable flotte : deux bateaux, et sur terre : trente-quatre camions monumentaux. Giuseppe a bu et tout le long du chemin il se rappelle les grands jours du Grand Cirque International. Luigi joue sa dernière carte sur Cachoeira et Saint-Félix. Ces deux villes sont voisines et Saint-Félix possède deux fabriques de cigares.

Bouboule raconte pour la centième fois sa carrière à l'Homme-Serpent. Celui-ci reste indifférent. Dans le camion qui suit, Antonio Balduino et Rosenda Roseda font de grands éclats de rire ; Antonio Balduino attrape sa guitare et chante un *samba* qui commence ainsi :

> *La vi...e*
> *n'a jamais été aussi belle...*

Fifi n'est pas de cet avis, Bouboule non plus, Giuseppe pleure. Luigi s'énerve. Seul l'Homme-Serpent reste indifférent.

On monta le cirque à Saint-Félix. Le cirque est le théâtre du pauvre et Saint-Félix est une ville d'ouvriers. Un homme se présenta pour lutter contre Balduino. C'était un nègre, un ancien marin. La lutte fut annoncée à son de trompe. Déjà Luigi se frottait les mains et ne s'irritait plus des *sambas* d'Antonio Balduino. Le paillasse parcourut la ville, les hommes commentèrent, les femmes rirent. La nuit de la Première, le Cirque était illuminé quand l'orchestre s'amena au milieu des gosses. Les négresses vendaient du *mungunza* à la porte. Les personnes importantes apportèrent des chaises et beaucoup de monde était venu de Cachoeira. Comme la compagnie était très réduite, sans Robert et sans le cheval Ouragan, Luigi se dispensa de la présentation. Le premier numéro fut celui de Fifi, qui marcha sur la corde raide. Puis le paillasse dérida le public. Après quoi Rosenda dansa. Cette fois Antonio Balduino ne l'accompagna pas à la guitare parce qu'il était redevenu Baldo, le géant noir. Joujou fit travailler le singe et l'ours. Là-haut on avait laissé les trapèzes, car Fifi devait faire un second numéro afin d'étoffer le spectacle. Les trapèzes se balançaient en l'air. Fifi apparut en jupe verte, elle salua et grimpa. Elle tâtait du pied le trapèze quand soudain traversa la piste une ombre en costume fripé, titubante. C'était Giuseppe. Luigi le poursuivit, mais comme la foule applaudissait pensant que c'était un gugusse, il le laissa faire. Giuseppe cria :

— Elle va tomber, elle va tomber.

Le public se tordait. Et ce fut du délire quand il déclara :

— Je vais sauver la pauvre petite.

Il était trop tard pour le retenir. Il monta à la corde avec une agilité dont nul ne l'aurait cru capable, et il décrocha le second trapèze. Fifi regardait de l'autre côté, affolée, ne sachant quoi faire. Le public ne se rendait compte de rien. Luigi et deux valets montaient à leur tour vers le trapèze. Giuseppe les laissa s'approcher et quand il les sentit tout près, il décrocha le trapèze, se jeta dans le vide, fit le plus beau saut mortel de toute sa carrière, tandis que ses pauvres vieilles mains cherchaient à saisir l'autre trapèze. Gisant sur la piste, ses mains angoissées cherchaient encore l'autre trapèze et semblaient faire adieu. Des femmes s'évanouissaient, des gens se ruaient vers la porte, d'autres s'attroupaient autour du corps. Les vieilles mains semblaient faire adieu.

HIVER

L'hiver a tout lavé. Il a lavé jusqu'aux taches de sang qui étaient restées sur l'emplacement de la piste. Luigi a vendu les planches des gradins, le rideau, le singe à un Allemand des usines, il a distribué l'argent à ses employés et il a annoncé la liquidation du cirque.

Dans le partage des choses que Luigi n'avait pas réussi à vendre, l'ours revint à Antonio Balduino et à Rosenda. Celle-ci ne se rendit même pas compte qu'il y avait eu au préalable un arrangement entre Luigi et Baldo. Le nègre lui dit :

— Y a pas moyen de le partager. Et quant à le vendre, personne n'en donnerait vingt ronds.

— Alors qu'est-ce qu'on fait ?

— On va l'emmener à Bahia. J'ai comme une idée qu'il y a moyen de faire du pèze avec lui à la foire d'Agua-des-Meninos.

— Ou au théâtre, risqua Rosenda.

— Aussi, approuva le nègre qui ne tenait pas à discuter.

Ils apprirent sur le port que le caboteur de Maître Manoel arriverait deux jours plus tard. Ils attendirent le *Voyageur sans port*. Mais l'hiver régnait sur le fleuve. De fortes pluies assombrissaient la face des eaux. Le fleuve en crue charriait des troncs d'arbres arrachés dans les plantations, des cadavres d'animaux, et on vit même passer une porte que le courant avait enlevée à une maison. Les têtes des écueils avaient disparu et les hommes ne se mettaient plus à l'eau pour aller pêcher le poisson de leur déjeuner. Le fleuve était traître et grondait comme une bête. Des groupes s'attardaient à le regarder du haut du pont, et il passait dessous comme un serpent. D'en haut venait l'odeur douceâtre du tabac. Le fleuve avait déjà englouti deux caboteurs cet hiver. Il y avait une ouvrière en deuil dans une des fabriques.

De grosses averses tombent pendant la nuit. Rosenda Roseda n'a donc aucune espèce de raison pour sortir cette nuit de la pension de Dona Raimunda et pour inventer cette histoire de promenade. Elle a sûrement dû aller à Cachoeira. Ce qu'elle voulait, c'était le planter là comme un idiot sous prétexte de garder l'ours, énervé par la pluie qui ruisselle sur le toit, par le bruit du fleuve, par l'odeur de tabac. C'est vrai qu'on ne peut pas le laisser tout seul. Mais pourquoi cette balade nocturne ? Antonio Balduino tape du poing sur la table. Si elle croit qu'il est assez gourde pour ne pas comprendre, elle se trompe. Elle s'imagine qu'il n'a pas remarqué cet Allemand qui les suit partout depuis le soir où Giuseppe est mort. Il ne les a plus lâchés, il cherche tout le temps à entamer la conversation. Deux fois Antonio Balduino a failli l'interroger, lui demander ce qu'il voulait.

Une femme sait vous empêcher d'y voir clair quand elle le veut. Mais il n'est plus aveugle, maintenant, il comprend le manège. Elle était sortie pour aller retrouver ce blanc. Ils doivent être ensemble, quelque part, et elle en train de lui ouvrir ses cuisses. Salope ! Bien sûr, elle est excitante, mais lui n'est pas un homme à se laisser tromper comme ça. Il s'est toujours vanté de laisser tomber ses maîtresses, et voilà que Rosenda veut se payer sa tête. Où est-ce qu'ils peuvent bien être ? Est-ce que par hasard ils seraient allés à l'hôtel ? C'est possible, car le *gringo* est au pèze. Il les pincerait et leur donnerait une leçon. La pluie tombe sur le toit. Est-ce que ça vaut le coup de sortir pour se mettre à leur recherche ? Il vaut peut-être mieux rester dedans et boucler la porte de la chambre. Qu'elle aille dormir dans la rue. Seulement, à peine a-t-il eu cette idée qu'il sent combien lui manque le corps svelte et chaud de Rosenda. Et puis, quand elle fait l'amour, on dirait qu'elle danse. Elle sait rudement y faire ! Antonio Balduino sourit. La nuit est froide, la pluie tombe avec violence. Un chat en quête de chaleur se blottit contre ses jambes. Le lit est vieux, mais doux tout de même. Le matelas est bon. On n'en trouve pas un pareil dans bien des pensions chères. Et Rosenda, dans quel lit est-elle avec son type ? Le matelas est peut-être dur. Elle mérite une raclée, c'est tout. Il ne va pas tuer l'autre pour une traînée comme Rosenda. Il a donné un coup de couteau à Zéquigna, mais Arminda était une petite de douze ans qui ne connaissait rien à la vie. Ce nègre qui a été condamné il y a quelques jours à dix-huit ans de prison, il a tué un *gringo,* mais Mariette était sa fiancée, et pucelle. Ce qu'il faut faire, c'est donner une raclée à l'Allemand et plaquer Rosenda. Mais comme il fait froid ! Il met le chat à son cou.

L'animal est enchanté et se frotte la tête contre lui. Du coup, il ne sortira pas pour se mettre à leur recherche. L'ours est nerveux. Peut-être qu'il a peur de la pluie, peut-être qu'il regrette quelqu'un. Voyons, est-ce qu'un ours a des regrets?... Le pauvre! Il y a combien de temps qu'il n'a pas vu une femelle? Antonio Balduino lui ne peut pas passer une semaine sans femme (il a un rire satisfait). Il est peut-être châtré. Il faut voir ça. L'ours furieux se recule. Il n'est ni châtré ni mâle... C'est une femelle, voilà l'histoire. Qu'est-ce qu'il va faire avec à Bahia? Une idée : le lâcher sur le morne de Châtre-Nègre. Les gens le prendraient pour un loup-garou. La pluie diminue. Il se lève. Il va aller chercher Rosenda. Il envoie promener le chat au loin. Mais voici Rosenda Roseda qui entre, tout épanouie d'un rire qui découvre ses dents blanches.

Elle remarque tout de suite l'air furieux d'Antonio Balduino. Elle s'approche de lui en riant :

— T'es fâché, mon chéri? C'est l'ours?

— Fais pas la bête. Alors tu crois que je ne sais pas que t'as été retrouver le *gringo?*

— Quel *gringo,* mon Dieu?

Est-ce que la surprise qu'elle affiche sur le visage est sincère? Balduino pense que la femme est un animal traître et menteur. Chaque fois qu'il pense à cela, il se rappelle Amélie, la domestique de chez le Commandeur. Amélie mentait cyniquement, en faisant la même tête que si elle avait été en train de dire la plus grande vérité du monde. Avec cet air innocent, Rosenda est bien capable de lui raconter des histoires.

— Alors, où que t'étais?

— On ne peut même plus aller bavarder chez une voisine ?

— Une voisine...

L'ours s'impatiente de plus en plus. Antonio Balduino ne se sent plus guère en humeur de discuter. Il est prêt à accepter toutes les explications. Ce qu'il veut, c'est s'étendre sur le matelas moelleux, à côté du corps tiède de Rosenda. La pluie recommence à tomber de plus belle et ruisselle sur les tuiles. Il y a au milieu de la pièce une gouttière qui creuse un trou dans le sol de terre battue. L'ours tourne autour de sa chaîne. Rosenda l'empoigne et lui passe la main sur le poil, sans parvenir à le calmer. Ses caresses ne servent à rien. Antonio Balduino étendu sur le lit cherche un moyen de se raccommoder avec elle. Il ne peut pas se raccommoder comme ça tout d'un coup. Elle est en colère et elle fait des mamours à l'ours. Il se demande comment s'y prendre. Il ferme les yeux, mais elle ne s'approche pas du lit. Pourtant, la pluie tombe au-dehors, le vent passe en sifflant dans la rue, il entre par la fente de la porte. C'est une invitation : comment ne le sent-elle pas ? Elle est tout à fait fâchée... Elle n'a peut-être pas tort. Et si elle était bien chez la voisine ? Elle enlève sa robe. La robe n'est pas mouillée. Si elle était allée loin, si elle était allée avec le type, elle serait sûrement toute trempée. A force de rester seul, il commence à avoir le cafard. Le chat se met en boule contre ses pieds et fait une chaleur agréable. Mais le reste du corps est abandonné au froid. La pluie tombe sur le toit. Il se rappelle des vers que le Gros connaît, des vers qui parlent de la musique de la pluie sur le toit et d'une femme qui arrive à l'aube. Il ne se rappelle plus au juste si elle arrive à pied ou à cheval. La combinaison de Rosenda Roseda vient de tomber, et maintenant les seins de la négresse emplissent la pièce. Les yeux d'Antonio Balduino ne voient plus autre chose. Il jette sa cigarette. Il fait un effort énorme pour dire :

— Tu sais que l'ours est une ourse ?

— Quoi ?

— Oui, c'est une femelle.

Les seins viennent rouler sur sa poitrine. Et dans le décor de la pluie et du froid, du vent qui hurle dans la rue, Rosenda danse pour lui tout seul. Il repousse du pied le chat qui sort en miaulant.

Le *Voyageur sans port* est entré sous l'averse. Maria Clara leur prépare le café. Ils partiront dès la nuit tombée, une fois le chargement fini. L'ours est attaché dans la cale. Maître Manoel donne des nouvelles du Gros qui s'est remis à vendre des journaux et qui a enterré sa grand'mère. Jubiaba, toujours vivant, continue à pratiquer la sorcellerie et à présider des *macumbas*. On voit tous les jours Joachim à la « Lanterne des Noyés » en compagnie de Zé-la-Crevette. Antonio Balduino demande des nouvelles de toutes les connaissances, et aussi de la ville, du port, des navires qui arrivent et qui partent. Il retourne au mystère de la mer. Quand il s'est sauvé après la raclée terrible qu'il avait reçue du péruvien Miguez, il avait désappris de rire. Il avait la tête farcie des histoires de Jubiaba, de la honte d'avoir été battu, de la fin de sa carrière de boxeur, des fiançailles de Lindinalva. Maintenant, il a rappris à rire, et il va sûrement prendre plaisir aux histoires tragiques de Jubiaba. C'est qu'il a vu bien des misères pendant ses deux années d'absence. Son rire a maintenant une nuance cruelle, et il y a une balafre sur son visage, celle que lui ont faite les épines, la nuit où il fut cerné dans la brousse. Maître Manoel veut savoir l'histoire de cette balafre. Maria Clara l'épie de la cale. Antonio Balduino raconte, tout en pensant à la mer, aux grues des quais, aux noirs vaisseaux qui partent la nuit.

C'est par une nuit de tempête toute semblable à celle-ci que Viriato est entré dans la mer. Les petits crabes ont envahi son corps, ils bruissaient dedans comme des sonnailles. Le vieux Salustiano aussi avait cherché dans la mer le chemin de la maison. Et la femme qui s'était jetée à l'eau avec une pierre au cou ? Le caboteur se balance sur l'eau. A l'aller, Antonio Balduino avait eu la tentation de le jeter sur les écueils. Mais aujourd'hui personne ne les voit affleurer, les écueils. Les eaux ont tout recouvert et Maître Manoel ne céderait la barre à personne.

Ce serait vite fait. Le caboteur irait heurter une roche, Maria Clara et Rosenda Roseda cesseraient de bavarder entre elles. Les cheveux en désordre de Maria Clara flottent au vent et elle exhale une odeur de mer. Peut-être n'a-t-elle jamais habité une maison, peut-être est-elle fille de la mer. La pipe de Manoel s'éteindrait. Les eaux du fleuve engloutiraient tout. Le fleuve a des vagues comme la mer. Le vent secoue les arbres sur les deux rives. Très loin brille la lanterne d'un autre caboteur. Le vent entraîne la barque qui vole sur les eaux. En ce moment, dans cette tempête, ils sont bien près de la mort. Un faux coup de barre, et ils seraient jetés sur les récifs invisibles. C'est à quoi songe Antonio Balduino, le ventre en l'air. Pas une étoile au ciel, rien que des nuages sombres et lourds que le vent pousse devant lui. Maria Clara répand une odeur de marée. La mer est proche. On est déjà à l'entrée de la barre. Les rives du fleuve s'éloignent peu à peu à l'arrière, les villages dorment sans lumière. Antonio Balduino se dit qu'en fin de compte la vie n'est pas drôle, que ça ne vaut pas le coup. Viriato-le-Nain le savait bien. Et la route de la mer est large. Aujourd'hui, large et tourmentée. L'échine verte de la mer s'agite. Encore une invitation de plus. Lui, le nègre courageux et décidé, il rêve depuis son enfance d'avoir un A B C qui raconte aux autres nègres son histoire remplie de prouesses. Mais si, maintenant, les eaux engloutissaient son corps, il ne laisserait pas d'histoire. Un nègre courageux ne se tue pas, sauf pour se soustraire à la police. Un homme de vingt ans a encore beaucoup à vivre, beaucoup à lutter pour mériter un A B C. Mais la mer est une invite : le voilà, le Chemin de la Maison. Maria Clara parle de la mer, elle raconte des aventures arrivées à des patrons de caboteurs, des histoires de naufrages et de morts. Elle parle de son père qui était pêcheur et qui a disparu sur une *jangada* un jour de tempête. C'est d'elle que vient l'odeur de la mer. En elle la mer est toujours présente, amie et hostile, en elle la mer s'est incarnée. Antonio Balduino, lui, n'incarne rien. Il a fait de tout, il n'est rien. Il sait qu'il lutte et qu'il lui faudra lutter plus encore. Mais il voit tout cela comme dans un brouillard. La bataille qu'il livre est perdue d'avance. Il sent ses nerfs qui fléchissent,

274

comme s'il donnait des coups de poing dans le vide. Et maintenant la mer l'appelle, comme à l'aller l'appelaient les lèvres de Maria Clara. Maître Manoel fait un geste. Au loin apparaissent les lumières de Bahia. Le vent vole alentour de leurs têtes. Il apporte tout le parfum de la mer qui est dans le corps de Maria Clara. Les lumières de Bahia scintillent.

Rosenda Roseda s'est installée dans la maison du Gros. Jubiaba est venu la nuit et ils lui ont baisé la main. Le vieux nègre s'accroupit dans un coin. La lumière du quinquet donne en plein sur son visage ridé. Tout le monde écoute les histoires d'Antonio Balduino. L'ours dort dans un coin. Ils décident d'aller tous le lendemain à la foire d'Agua dos Meninos, pour tâcher de gagner quelque argent en faisant travailler l'ours. Ils descendent à la « Lanterne des Noyés » où ils se saoulent. Ensuite, Antonio Balduino emmène Rosenda sur le sable. Elle se plaint que le sable lui écorche la peau et lui entre dans ses cheveux défrisés au fer. Baldo rit de bon cœur. Sur le quai, les grues profilent leur ombre.

La foire d'Agua dos Meninos commence le samedi soir et dure jusqu'au dimanche à midi. Le samedi soir est le meilleur moment. Les barques accostent au Port-du-Bois, les caboteurs sont amarrés dans le petit port, des hommes arrivent conduisant des animaux chargés, les négresses viennent vendre du *mingau* et du riz au lait. Des tramways bondés passent tout près. Tout le monde y va, à la foire d'Agua dos Meninos ; les uns pour faire leurs provisions de la semaine, les autres, pour se promener, pour manger du *sarapatel*, pour jouer de la guitare, pour lever une poule. C'est une vraie fête de nègre, c'est-à-dire une fête où il y a de la musique, des crincrins, des rires et de la bagarre. Les baraques se succèdent en file, mais ce n'est pas dans les baraques qu'on trouve le plus de choses, c'est dehors, dans de grandes corbeilles, dans les *caçuas,* dans des caisses. Des gens de la campagne sont assis à côté, coiffés de larges chapeaux de paille, et tiennent avec leurs clients des conversations fort animées. Il y a de tout à cette foire : des racines de *macacheira* et d'igname, des monceaux d'ananas, d'oranges et de pastèques, toutes les variétés de bananes. Un diseur de bonne aventure flanqué d'une perruche fait payer quatre sous pour prédire l'avenir. Rosenda Roseda tire un papier. On y lit ceci :

DESTINÉE

Ne mets pas de confiance en ceux qui te flattent, car tout est fausseté. Tu es encore assez naïve pour juger les autres d'après toi-même. Tu as bon cœur et tu ne veux pas voir la méchanceté d'autrui. Tout cela n'est pas dangereux, car tu es née sous une bonne étoile. Ta jeunesse sera une suite d'amours ininterrompue qui te vaudront bien des complications. Tu finiras par te marier avec un jeune homme auquel tu n'attacheras d'abord aucune importance et qui, ayant fini par conquérir ton cœur, sera le seul être que tu aimeras toute ta vie d'une affection véritable. Tu mettras au monde trois beaux bébés, que tu élèveras avec le plus grand soin et qui donneront à ton cœur la paix véritable.

Tu vivras 80 ans. Tu gagneras à la Loterie avec le nº 04554. S. U. O.

Rosenda riait. Antonio Balduino lui fit remarquer : « Tu va accoucher trois fois. »

— Une gitane m'a déjà raconté que j'aurais huit enfants et que je ferais un grand voyage. Là elle ne s'est pas trompée : je l'ai fait, le voyage, puisque je suis venue de Rio à Bahia.

Antonio Balduino, lui, pense au passage sur « la suite ininterrompue » des amours et les « complications » qu'elle entraîne. Décidément, il a le béguin pour cette femme. On dirait qu'elle s'est entendue avec père Jubiaba pour l'ensorceler. Jubiaba n'est pas encore arrivé, il est trop tôt pour lui. Le samedi est un jour où beaucoup de gens viennent le consulter. Le dimanche, au réveil, les rues grouillent de *mandinga*. Père Jubiaba protège les amours, met fin aux amours, ôte une femme de l'idée d'un homme. Il connaît les secrets des gros bonnets aussi bien que la vie des pauvres, qu'est-ce qu'il n'entend pas raconter dans sa masure du morne de Châtre-Nègre ? Il viendra plus tard, agrippé à son bourdon. Il en a soigné, des gens, arrangé, des affaires ! Le Gros, lui, est déjà arrivé avec l'ours. Antonio Balduino a le chic pour lui compliquer l'existence. Il était bien tranquile, il vendait ses journaux ; bon, Balduino arrive et l'embarque dans une autre histoire. Alors, il lâche ses journaux et il suit son ami. Puis, subitement, c'est fini, et le Gros se remet à crier les journaux de sa voix triste et sonore. Pour le moment il accompagne l'ours par monts et par vaux. Au début, il en avait peur. Puis, il s'y est habitué et, maintenant que sa grand'mère est morte, il reporte toute son affection sur l'ours qui a toujours de quoi manger en abondance, même si le

Gros doit se mettre la ceinture. L'ours est attaché par le museau, prêt à gagner sa vie. Des campagnards se rassemblent autour du Gros qui invente une histoire sur l'ours. Il n'y a qu'une petite difficulté : un ours peut-il avoir un ange gardien ? Il n'en a jamais entendu parler de ça. Mais les histoires où il n'y a pas d'anges n'ont plus de charme, et le Gros se décide à donner un ange à l'ours. Mais voilà que Balduino arrive, et qu'il se met à répéter le boniment que Luigi débitait au sujet du lion :

— Respectable public, le monstre que vous voyez ici a été capturé dans les forêts d'Afrique. Trois fois meurtrier, il a déjà tué trois dompteurs renommés (il se rappelle mot pour mot le boniment que Luigi reservait chaque soir). C'est un assassin. Eh bien, il va travailler tout de même et tout le monde pourra l'observer, à condition de prendre des précautions. N'oubliez pas qu'il a déjà tué trois hommes.

Le Gros regarde le museau de l'ours et découvre qu'il a des yeux aussi doux que ceux d'un enfant et qu'il est incapable de tuer qui que ce soit. Ce n'est pas juste, que Balduino le traite d'assassin. Mais l'ours se promène tête basse et le rassemblement grossit autour de lui. Rosenda lit dans la main des hommes. Ils aiment ça, car elle leur fait une drôle de chatouille qui leur donne le petit frisson. Elle sait y faire pour gagner de l'argent. A un mulâtre qui fait du chiqué elle dit :

— Y a une petite qui est folle de vous.

Le mulâtre sourit à Rosenda. C'est peut-être elle-même, après tout. Elle met de côté les pièces de monnaie qui s'accumulent. Le Gros fait la quête pour l'ours avec son chapeau de paille. Alentour l'animation va croissant.

BAL NÈGRE

Le club « Liberté de Bahia » est situé rue de Cabeça, à un second étage auquel on accède par un étroit escalier. C'est une vaste salle où s'alignent le long des murs des chaises pour les dames, avec une estrade réservée à l'orchestre. A côté, un patio en ciment avec des tables ; c'est là qu'on sert à boire, car il est rigoureusement interdit de consommer dans la salle de bal. La petite pièce où les dames arrangent leurs cheveux est minuscule, mais il y a une grande glace et un banc pour s'asseoir, plus un peigne et un flacon de brillantine. Les jours de grand bal, à l'approche du carnaval ou des fêtes de Bonfin, la salle est ornée de fleurs et de guirlandes en papier de toutes les couleurs.

Mais aujourd'hui, on est à la veille de la Saint-Jean ; aussi ce sont d'innombrables ballons et des vessies gonflées d'air qui pendent du plafond. La Saint-Jean va être fêtée avec éclat. Le « Liberté de Bahia » a des traditions à maintenir, et son bal de Juin est sûr d'attirer toute la domesticité des plus riches maisons, toutes les mulâtresses qui vendent des gâteaux dans la rue, les soldats du 19e, et tous les nègres éparpillés à travers la ville. C'est le bal nègre le plus célèbre. Il n'y en a pas beaucoup à Bahia. Les nègres préfèrent aller danser aux *macumbas* la danse religieuse des saints et ils ne vont dans les bals que les jours de grande fête. Le club « Liberté de Bahia » a réussi à s'assurer l'appui de Jubiaba qui en est le président d'honneur ; du coup, il a prospéré. En outre, il possède un fameux orchestre, qui s'est constitué sur place, mais qui maintenant gagne de l'argent en jouant dans les fêtes. Pas de fêtes chez les riches sans le « Jazz des Sept Canaris ». Les musiciens portent même le smoking, maintenant. Mais c'est au « Liberté de Bahia » qu'ils donnent leur maximum. Il n'irait jouer ailleurs ni pour or ni pour argent les soirs où le Club donne un bal. Là ils dansent eux-mêmes, ils mettent n'importe quelle tenue, ils sont entre amis ; il y a même des discours. Le « Liberté de Bahia » se doit de préparer sérieusement le bal de la Saint-Jean, car il est en plein éclat, et il a des traditions à garder.

Chaque fois qu'Antonio Balduino voyait le Jazz des Sept Canaris, il rêvait de diriger lui aussi une fanfare ou un jazz.

Il y avait longtemps qu'il ne faisait plus de *sambas*. Dans les plantations de tabac, il faut dire qu'il n'avait guère le temps. Mais à peine revenu à Bahia, il en avait fait deux qui avaient même été chantés à la radio ; mieux que cela, il avait composé l'A B C de Zumbi des Palmiers, où il racontait la vie de ce dernier telle qu'il l'imaginait. Selon son A B C, Zumbi était né en Afrique, s'était battu contre les lions, avait tué des tigres, puis, un jour, trompé par les blancs, il était monté sur un navire qui l'avait amené en esclavage vers les plantations de tabac. Mais comme il n'aimait pas être battu, il s'était sauvé et, allié à d'autres nègres, il avait tué beaucoup de soldats ; enfin, pour ne pas être fait prisonnier, il s'était jeté du haut d'une montagne :

> *Afrique où j'ai vu la lumière*
> *Je me rappelle bien de toi*
> *Je vivais libre de ma chasse*
> *Mangeant des fruits et du couscous.*

> *Palmeraies où j'ai bataillé*
> *J'ai lutté contre l'esclavage*
> *Mille policiers sont venus*
> *Y en a pas un qui soit r'tourné.*

> *Zumbi des Palmiers, à ces mots,*
> *Se laissa choir du haut du morne*
> *Disant : « Mon peuple, adieu ! je meurs*
> *Car je ne veux pas être esclave... »*

Le Gros avait aussitôt appris l'A B C par cœur et il le récitait dans les fêtes en s'accompagnant à la guitare.

Antonio Balduino chercha le poète qui lui avait acheté ses *sambas* pour voir s'il voulait aussi l'A B C. Le poète n'en voulut pas, disant qu'il ne valait rien, que les vers étaient faux, et des tas d'autres choses auxquelles Balduino ne comprenait rien. Le nègre se fâcha, car il trouvait son A B C très réussi, et après avoir reçu trente milreis pour les deux *sambas,* il dit quelques aménités bien senties au poète qui se garda de réagir. L'âme sereine, Antonio Balduino s'en fut et chanta son A B C à Rosenda et à Jubiaba qui le trouvèrent admirable. Jubiaba s'arrangea avec Jérôme, le bouquiniste du marché, pour le faire paraître dans la *Bibliothèque du Peuple* (Anthologie des meilleures poésies du Sertâo, couplets populaires, histoires, chansons, récitations, prières, recettes utiles, anecdotes etc. Prix : vingt centimes). Il fut publié dans le même numéro que l'*Histoire du Bœuf mystérieux* et le *Caboclo et le nouveau-né* et bientôt le surent par cœur les débardeurs des quais, les patrons de caboteurs, qui l'apprirent aux aveugles des villes du « Reconcavo », les mauvais garçons de la capitale, tous les nègres enfin. Antonio Balduino n'avait plus maintenant qu'une idée en tête : c'était d'entrer au « Jazz des Sept Canaris ».

Il était membre du « Liberté de Bahia », mais on ne l'y voyait pas souvent. Il ne manquait pas de fêtes où aller, et puis au club, on ne donnait pas à manger et la boisson était payante. Il fallait une femme pour qu'il se laissât entraîner au Club. Jouvencio le secrétaire ne manquait jamais de lui dire :

— Alors, Balduino, vous vous êtes tout de même décidé à faire cet honneur au club ! On dirait que vous nous méprisez.

En fait, il ne méprisait personne. Mais au « Liberté de Bahia », il était défendu de danser en se tenant de près, on n'avait pas le droit de rester à bavarder avec sa cavalière au milieu de la salle, les gens pris de boisson n'étaient pas admis. Tout cela ne pouvait pas lui aller. Il se rappelait bien la première fois où il était entré au Club, il y avait longtemps de ça. A peine arrivé, il s'était disputé avec Jouvencio. Le jazz délirait d'enthousiasme, et l'air qu'on jouait, c'était par hasard un de ses *sambas,* un des premiers qu'il avait vendus au poète. Il avait invité à danser Isolina, une négresse qu'il courtisait alors. Ils se mirent à danser, et Baldo commença à serrer la femme contre lui. Ce fut suffisant pour amener Jouvencio à intervenir, car il était très strict sur l'étiquette.

— Ça n'est pas permis.

— Qu'est-ce qui n'est pas permis ?

Balduino flanqua sa main sur la figure du secrétaire. Une dispute s'éleva et Jubiaba dut s'entremettre pour les séparer. Jouvencio expliqua qu'il avait le devoir de défendre la moralité du club. S'il permettait de chahuter, les familles ne viendraient plus, et que diraient les parents des jeunes filles sérieuses qu'on leur confiait ? Que les gens se plaisent, ça lui était égal. Il ne se mêlait pas de la vie d'autrui. Mais à l'intérieur du Club, il voulait de la décence. Ce n'était pas une boîte de femmes, c'était une société récréative et dansante. Parfaitement. Antonio Balduino trouva qu'il avait raison, se réconcilia avec lui, continua à danser et à boire. Le Gros était par hasard venu lui aussi, et ils s'amusèrent ferme. Mais voilà que vers une heure du matin un sous-officier de l'armée se mit à faire une exhibition scandaleuse avec une femme blanche. Jouvencio fit une première protestation, l'autre n'y fit même pas attention. Il réitéra une seconde fois, puis à la troisième il déclara au sous-officier qu'il ne pouvait plus continuer à danser. Le sous-officier bouscula Jouvencio. Antonio Balduino s'en mêla, prit parti pour Jouvencio et envoya par terre son adversaire qui sortit désemparé, en proférant des menaces. Baldo alla ensuite prendre une bière avec le secrétaire. A ce moment le sous-off reparut avec une bande de soldats. Il y eut une vilaine bagarre, de sales coups furent échangés. Des gens allèrent jusqu'à s'enfermer dans les cabinets, et les soldats tirèrent même des coups de feu. La fête se termina par quelques têtes cassées et des arrestations. Antonio Balduino réussit à s'échapper. Depuis lors il était célèbre au « Liberté de Bahia », et quand Jouvencio le voyait arriver, il lui faisait fête, commandait de la bière en son honneur. Mais la vérité, c'est que Baldo préférait aux bals du Club les fêtes du morne de Châtre-Nègre, celle des rues d'Itapagipe et de la Rivière Rouge. Il faisait exception pour le Carnaval, parce qu'alors il s'amenait au Club déguisé en Indien avec des plumes vertes et rouges, en chantant des airs de *macumba*. Au carnaval, ça valait le coup. Mais pour la Saint-Jean, il préférait aller à la fête que Jean-François donnait chez lui à la Rivière Rouge, et où il y avait un grand feu à la porte, des tas de ballons, des pétards, de la *cangica* et de la liqueur de *genipapo* en abondance. Cette année, malgré tout, il était obligé d'aller au « Liberté de Bahia » parce que Rosenda Roseda s'était fait une robe de bal et qu'elle voulait l'y étrenner. Ce qu'elle était vaniteuse, cette mulâtresse ! Il aurait bien préféré, lui, aller à la fête de Jean-François.

Antonio Balduino commençait à trouver que Rosenda Roseda devenait insupportable. Elle voulait le régenter. Un jour il lui enverrait un coup de pied quelque part et la ficherait à la porte. Elle avait toujours envie de quelque chose, elle lui avait fait vendre l'ours pour s'acheter une robe de bal qu'elle aurait très bien pu tout aussi bien payer à tempérament chez un Syrien. Pas plus tard qu'aujourd'hui elle venait encore de lui demander un collier qu'elle avait vu dans une boutique de la rue du Chili et qui coûtait douze milreis. Il était sorti pour l'acheter, mais il avait rencontré Vincent et il lui avait donné dix milreis pour l'enterrement de Clarimond, qui venait de mourir écrasé par une grue sur les quais. Le syndicat se chargeait de l'enterrement, mais les dockers voulaient réunir un peu d'argent pour la veuve et ils faisaient une collecte. Ils voulaient aussi offrir une couronne. Le pauvre diable avait reçu la benne de la grue sur la tête (comme il était chargé, il ne pouvait pas regarder en l'air) et il laissait une femme avec quatre petits enfants. Antonio Balduino donna les dix milreis et s'engagea à parler à Jubiaba pour que le Père de Saint tâche de faire avoir quelque chose de plus à la veuve. Balduino connaissait beaucoup le nègre Clarimond, toujours de bonne humeur et chantant, ainsi que sa femme, une métisse au teint clair. C'était un bon camarade qui venait en aide aux amis quand il avait de l'argent. Maintenant qu'il était mort, sa femme allait bien être obligée de vivre de la charité des autres. Bien la peine de travailler, de charger des navires, de plier sous le faix toute sa vie ! Antonio Balduino n'aime pas penser à ça. Ce qu'il aime, c'est rire, jouer de la guitare, écouter les belles histoires du Gros, les histoires héroïques de Zé-la-Crevette. Mais aujourd'hui, il est de mauvaise humeur parce qu'il va manquer la fête de Jean-François et qu'il lui faut aller avec Rosenda au bal du « Liberté de Bahia ». Il passera avant chez Clarimond, c'est à mi-chemin. Il ira voir ce mort qui a été son ami. Ce qui serait mieux, ce serait de n'aller à aucune fête, de rester à veiller le mort. En tout cas, il parlera à Jubiaba pour qu'il aille bénir le cadavre. Jubiaba est bien capable d'être chez lui en ce moment, en train de causer avec le Gros. La maison du Gros est proche du morne de Châtre-Nègre et de temps en temps, Jubiaba descend pour bavarder avec lui. Jubiaba ne vieillit pas. Quel âge peut-il avoir? Il doit avoir dépassé cent ans. C'est vrai qu'il sait tellement de choses! Jubiaba ajoute à l'angoisse qui étreint parfois Antonio Balduino. Il a certains propos qui hantent le nègre, qui le font penser à la mer où Viriato s'est jeté, où le vieux Sallustiano est allé oublier que ses enfants avaient faim. Antonio Balduino se rend compte que lui-même a changé, qu'il n'est plus aussi gai qu'autrefois. Il se met à avoir des idées tristes, maintenant. Du coup il éclate de rire en pleine rue, tout haut, joyeusement. Les passants se retournent, effarés. Il continue à rire, mais il se rend compte que s'il rit, c'est plutôt pour mettre les autres en colère que parce qu'il en a envie. Il presse le pas, on dirait qu'il court. Cependant il est déjà calmé en arrivant chez lui, il ne songe plus qu'au costume blanc qu'il va mettre pour la fête ce soir.

Rosenda Roseda lui saute dessus :

— Et mon collier, mon petit chéri ?

Antonio Balduino la regarde d'un air navré : c'est vrai qu'il n'y pensait plus, au collier de Rosenda ! Il a donné dix milreis à Vincent pour la femme de Clarimond, et il a dans la poche la pièce de deux milreis qui reste. Rosenda commence à se méfier :

— Tu ne m'as pas apporté mon collier ?

— Tu sais qui est-ce qui est mort ?

Ça n'avance à rien, car Rosenda ne connaissait pas Clarimond.

— J'en avais pourtant bien envie... Après ça tu diras que tu m'aimes. C'est bon, tu vas voir...

C'est la veille de la Saint-Jean, toute la rue est en joie. Antonio Balduino lui aussi aurait envie d'être content. Les hommes passent à côté de lui l'air hilare, et les marchands d'artifices regorgent de clientèle. Tout le monde se prépare à passer une joyeuse nuit. On va lâcher des pétards et des fusées. Les nègres ne parlent que de la fête de Jean-François et du bal du « Liberté de Bahia ». Pourtant Antonio Balduino n'arrive pas à être gai ce soir. Clarimond est mort et il ne pense qu'à lui. Rosenda lui en veut, elle fait la tête. Il ne répond pas à ses questions, et elle se met à pleurer. Il va à la porte. Chez Oswald, ils sont en train de construire un feu qui va être énorme. Au rez-de-chaussée d'en face, les jeunes filles cherchent à entrevoir le portrait de leur fiancé dans une cuvette pleine d'eau. Tout le monde est gai aujourd'hui. Il n'y a que lui qui soit triste et qui ait des idées noires. La femme de Clarimond aussi doit pleurer à l'heure qu'il est ; mais elle a une raison, elle : elle a perdu son mari. Lui n'en a aucune, à part la mauvaise humeur de Rosenda, et ça, ça n'est pas sérieux. Il n'a qu'à lui flanquer son pied quelque part et aller à la fête de Jean-François. Elle commence à lui courir. Antonio Balduino sort sur le pas de la porte. Rosenda pleure derrière lui, dit qu'elle n'ira pas au bal. Le nègre prend son chapeau et va chez Jubiaba pour l'avertir de la mort de Clarimond.

Au retour, après avoir parlé à Jubiaba et au Gros, lequel est aussi parti pour aller veiller le mort, il trouve Rosenda qui continue à faire la tête, mais qui s'habille tout de même pour le bal.

— Dis-donc, Rosenda, il va falloir qu'on passe une minute chez Clarimond.

— Qui c'est, Clarimond ? demande-t-elle d'un air grognon.

— Un docker qui est mort aujourd'hui. C'est pour son enterrement que j'ai donné l'argent du collier.

— Et qu'est-ce qu'on va y faire ?

— Voir sa femme, la pauvre.

— Comme ça, habillés pour un bal ?

— Et puis après ?

Rosenda est furieuse de l'histoire du collier et elle grogne que ça ne se fait pas, d'aller voir un mort en robe de bal. Malgré tout elle continue à se préparer. Antonio Balduino prend son café. Il entend Rosenda qui de la chambre répète :

— Aller voir un mort... A-t-on jamais vu ça ?

Elle mériterait une bonne raclée. Ce qu'elle est vaniteuse ! Elle voulait son collier pour aller à la fête, pour s'y montrer le cou paré de grains bleus. Mais sur les douze milreis, dix sont allés à la veuve de Clarimond et les deux derniers sont dans sa poche : de quoi prendre une bière. Un collier au cou de Rosenda ferait bien. Mais le rouge irait mieux que le bleu. La couleur préférée d'Antonio Balduino, c'est le rouge.

Antonio Balduino met son costume blanc, mais comme il doit passer chez Clarimond, il ne met pas sa cravate rouge. Ils s'en vont tous les deux de mauvaise humeur. Ils marchent écartés l'un de l'autre comme s'ils ne se connaissaient pas. Des ballons montent dans le ciel. On allume le feu de Saint-Jean à la porte de chez Oswald. Des pétards et des serpenteaux éclatent.

Clarimond ne les verra plus, les ballons de la Saint-Jean ! Jamais à pareille date il ne manquait d'allumer un grand feu à sa porte et de faire partir des fusées. Les amis venaient boire chez lui du vin de *genipapo* et du rhum blanc. Antonio Balduino est venu bien des fois. Ils lâchaient des serpenteaux qui couraient après les passants. Une fois, ils avaient lancé un énorme ballon de six mètres, en forme de zeppelin, avec trois ouvertures : une merveille. Le journal avait publié la photo le lendemain. La salle était pleine de monde, ces jours-là. Aujourd'hui aussi, mais il n'y a pas de feu à la porte. Clarimond est étendu dans son cercueil, les yeux clos. Les ballons passent dans le ciel, mais Clarimond ne les voit pas, pas plus qu'il ne voit le feu à la porte d'Oswald. Les autres années, ils pariaient entre eux à qui ferait le plus grand feu. Cette année, c'est celui d'Oswald qui est le plus grand, car chez Clarimond, en fait de feu, il n'y a que la bougie qui brûle à côté du défunt. Le visage est méconnaissable. La benne de la grue a écrasé la tête du docker, fait éclater ses os, mis la figure en bouillie. On vient de lâcher un ballon en forme de zeppelin, comme l'autre. Les gens courent aux fenêtres pour le voir. Il passe sur le bleu du ciel, rutilant de lumières. Clarimond est le seul à ne pas le voir, parce que la grue l'a tué pendant qu'il travaillait au port. Les autres dockers sont là. C'est le syndicat qui va faire l'enterrement. La plupart des gens qui sont venus iront ensuite au bal du « Liberté de Bahia ». Jubiaba, lui, n'ira pas : il est en train de dire les prières des trépassés. Il tient à la main des feuilles qui s'agitent. Le Gros non plus n'ira sûrement pas. Le Gros va rester à veiller Clarimond, il servira d'acolyte à Jubiaba. Des ballons passent dans la nuit. Clarimond, mon vieux Clarimond, il n'y a pas de feu ce soir à ta porte. Antonio Balduino va prendre une cuite à cause de ta mort, et désormais il regardera les grues comme des ennemies personnelles.

La voix de la veuve est résignée, comme soulagée d'une appréhension :

— Ça devait arriver. Toutes les fois qu'il partait au travail, je pensais qu'on me le ramènerait mort un jour, tué par les grues.

La fille aînée, qui a dix ans, pleure adossée à la table. Le plus petit, qui en a trois, guette les ballons qui passent dans le ciel. Jubiaba prie pour le mort. Antonio Balduino prendra une cuite cette nuit. Un air de *samba* venu d'une maison voisine envahit la maison mortuaire.

Le « Liberté de Bahia » est plein. L'air vibre d'éclats de rire. Toute la salle sent la sueur, mais personne ne s'en aperçoit. Le « Jazz des Sept Canaris » est déchaîné. Les couples peuvent à peine se remuer. Jouvencio abandonne la surveillance de la salle pour venir dire à Antonio Balduino : « Alors, vous vous êtes tout de même décidé à faire cet honneur au Club... » Jouvencio est habillé en bleu. Balduino lui présente Rosenda qui a mis une robe de bal verte. Ils restent à l'entrée jusqu'à la fin de la danse. Les couples se séparent, et ils pénètrent dans la salle. Les femmes ont repéré Rosenda Roseda. La robe verte a du succès. Tous les nègres la regardent. Elle dit à Balduino : « On dirait qu'ils n'ont jamais rien vu. » Mais au fond elle est flattée, elle sourit de toutes ses dents. Ce serait encore bien mieux si elle était venue avec le collier. Antonio Balduino est très fier de l'effet produit. Tout le monde les regarde et chuchote. Rosenda balance les fesses en marchant comme si elle dansait.

Ils s'arrêtent au milieu de la salle, en plein sous les lumières. Rosenda va jusqu'à la toilette des dames arranger ses cheveux lissés au fer. Des gens viennent parler à Antonio Balduino. Joachim est déjà à moitié saoul.

— Ça marche, tu sais, vieux frère. J'ai déjà bu un bon coup.

— Je croyais que t'allais à la fête de Jean-François ?

— Bien sûr. Mais je suis venu d'abord faire un tour ici pour voir comment c'était... Ta poule est rudement bien, tu sais...

— Rosenda ? Tu la veux ?

— Merci. J'aime pas les restes.

Les autres rient. Quelqu'un demande à Antonio Balduino où il a attrapé sa balafre. Le nègre invente une histoire de rixe avec six hommes. Zéfa, qui est là, n'a d'yeux que pour lui. Il s'approche d'elle et elle se plaint qu'on dirait qu'il ne reconnaît plus les gens. Rosenda revient de la toilette et sourit de toutes ses dents blanches. Zéfa la regarde avec envie :

— Voilà ta femme.

Rosenda s'assied à côté d'elle à la place d'Antonio Balduino qui est allé prendre un verre dans l'autre salle avec Joachim et Jouvencio. L'intervalle se prolonge parce que les musiciens sont en train de boire une bière. Tout à coup éclate dans la salle la musique d'une marche de carnaval. De sa table Antonio Balduino regarde. Il y a trop de couples, ça ne vaut pas la peine de danser celle-ci. Il jette un coup d'œil sur ses souliers rouges tout neufs. On lui marcherait dessus s'il dansait maintenant. Joachim les trouve très jolis.

Antonio Balduino déclare qu'il va chercher Rosenda pour boire une bière avec eux. Mais au moment où il se lève, il la voit qui danse avec un blanc.

Il se tourne vers Joachim :

— Qui c'est ce type ?

— Lequel ?

— Celui qui danse avec Rosenda.

— C'est Charles, un chauffeur. Un fameux lascar.

A-t-on jamais vu une dame qui est venue au bal accompagnée danser avec un inconnu sans en parler d'abord à son cavalier ? Ça ne se fait pas. Rosenda se moque de lui. Elle enrage à cause de l'histoire du collier, et elle veut le faire mettre en colère. Zéfa n'est pas allée danser. Elle vient à leur table et accepte une bière :

— Elle est joliment bien ta femme, Baldo. Regarde comme elle rit avec le blanc. C'est un type, ce Charles...

Joachim fait danser Zéfa, qui n'arrête pas de rire, de rire d'Antonio Balduino. Tout le monde croit qu'il est fou de Rosenda, qu'elle lui a jeté un sort. Il demande de l'eau-de-vie au garçon, qui a une jambe de bois. A la table voisine, il y a un individu qui veut se disputer avec tout le monde.

Le jazz n'en peut plus d'enthousiasme. Rosenda danse et Charles lui parle à l'oreille. C'est interdit, pourquoi est-ce que Jouvencio ne lui fait pas d'observation? Antonio Balduino se demande si elle n'est pas en train de lui planter des cornes. Comme elle est gentille, cette petite mulâtresse assise à côté d'une grosse vieille et qui ne danse pas, avec son charmant minois et ses petits seins qui pointent! Rosenda passe au pied de la fenêtre et rit. Pourquoi Antonio Balduino ne peut-il pas penser à la petite mulâtresse? Il redemande de l'eau-de-vie. Et tout ça à cause de ce sacré collier. Mais voyons, est-ce qu'il pouvait ne pas donner l'argent à Vincent pour la femme de Clarimond? Clarimond a été écrasé par la grue. Le collier était bleu. Encore, s'il avait été rouge! Rosenda repasse, riant toujours. Baldo finit par dévisager le chauffeur. Ah! on veut se moquer de lui! Pas possible, on ne le connaît pas. Il tâte sous l'étoffe son couteau qui est attaché à la ceinture de son pantalon. Ça laisse une belle trace sur une gueule, cet instrument-là. Du reste le collier bleu ne ferait pas bien sur la robe verte. Autre verre d'eau-de-vie. Si c'était un collier rouge... Demain la femme de Clarimond se mettra à laver du linge; un sale métier: maigre comme elle est, elle finira tuberculeuse. Rosenda mérite une raclée. Jamais aucune femme ne l'a traité de cette façon. La salle est bondée. Les négresses en robe de bal dansent comme des femmes élégantes. Il y en a peu qui sachent s'habiller comme Jeanne. Mais aujourd'hui la plus jolie c'est Rosenda. Le chauffeur est enchanté, il se montre avec sa cavalière.

L'argent du collier, il l'a donné à Clarimond. Le jazz s'arrête, mais les applaudissements l'obligent à bisser la danse. A la table à côté un individu cherche à se disputer avec quelqu'un, n'importe qui. Balduino se tourne vers lui :

— Je marche avec toi, camarade...

— Merci, compère... Tu vois, personne ne veut me tenir tête...

Et il réclame contre le garçon, il proteste auprès de son compagnon de table : « Je finirai par faire un malheur ici, aujourd'hui. »

Bien sûr, Antonio Balduino pourrait demander à Jubiaba de jeter un sort à Rosenda pour qu'elle ait le béguin pour lui. Justement un nègre du jazz chante : *Tu m'as méprisé, ma belle*. Mais lui n'aime pas à s'attacher une femme par ces moyens-là. Il se moque pas mal que Rosenda s'en aille. Ce qu'il n'admet pas, c'est un procédé pareil. Une odeur de sueur se répand. Un homme cherche à décider une mulâtresse à sortir avec lui. Le chauffeur est naturellement en train de poser la même question à Rosenda, et elle rit. Balduino se lève. Il s'approche du chauffeur, prend le bras de Rosenda. « Viens danser avec moi. » Le chauffeur est vexé :

— Mais elle est avec moi !

— Oui, mais c'est moi qui l'ai amenée. La robe qu'elle a sur le dos c'est moi qui lui ai donnée. Elle voulait un collier, mais j'ai donné l'argent à la femme de Clarimond qui a été tué par une grue. »

Il entraîne Rosenda qui ne sait que faire, qui a peur. Elle sait bien qu'Antonio Balduino aime à se battre. De son côté, le chauffeur n'est pas disposé à lâcher sa partenaire. La musique s'est arrêtée et ils restent à discuter au milieu de la pièce. Jouvencio vient leur dire que c'est interdit. Le chauffeur l'envoie promener. Joachim s'approche :

— Qu'est-ce qu'il y a ?

Rosenda lui prend le bras : « C'est Baldo qui veut se battre rien que parce que je dansais avec ce jeune homme. Retenez-le, dites, Joachim. »

Maintenant tout le monde les regarde. L'ivrogne qui voulait se battre tout à l'heure met ses services à la disposition d'Antonio Balduino.

— Besoin de moi, compère ?

Jouvencio dit que ce n'est pas grave et fait signe à l'orchestre de jouer. Les musiciens attaquent un fox. Antonio Balduino s'empare de Rosenda. Le chauffeur dit : « C'est bon. On se retrouvera. » Rosenda se met à miauler. Maintenant que Balduino l'a reconquise, elle se fait tendre et se serre contre lui. Le nègre pense que si elle avait un collier rouge, elle serait encore plus jolie. Le type qui voulait se battre a fini par faire naître une dispute dans le fond. Le chauffeur est à la porte, et il épie. On sépare les combattants. La danse continue. Jouvencio bat des mains dans la salle. Ce fox est si triste qu'on dirait une marche funèbre. Clarimond est mort, et il ne verra plus les ballons de la Saint-Jean. Quand ils ont fini de danser, Antonio Balduino s'approche du chauffeur :

— Ecoute, j'ai voulu te montrer qu'on ne me soulevait pas ma femme comme ça. Maintenant tu peux la garder ; j'en veux plus de cette vieille peau, qu'elle aille se faire enfiler ailleurs.

La danse contorsionne tous les corps de l'assistance. Le chef d'orchestre étant saoul à rouler, c'est Baldo qui dirige le « Jazz des Sept Canaris » pendant le reste de la nuit. Le chauffeur a disparu avec Rosenda. Le bal sent la sueur, les nègres rient, et ils se contorsionnent à qui mieux mieux au rythme de la matchiche.

« ROMANCE
DE LA NEF CATHERINETTE »[1]

Lindinalva se mettait au balcon pour lire des vers
d'amour, des romans bien romanesques. Elle
aimait l'histoire de la Nef Catherinette :

> *Voici la Nef Catherinette,*
> *Que de choses elle peut conter !*

Peut-être — sait-on jamais ? — qu'un jour elle lui
apporterait un fiancé. Un petit mendiant lui avait
dit une fois que son fiancé viendrait sur un navire
qui traverserait les mers. Elle l'attend toujours, et
pour tromper l'attente, elle lit sur le balcon des
romans bien romanesques et des vers d'amour.

Après le mariage de la jeune fille de la maison
d'en face, le passage Zumbi des Palmiers avait
perdu le peu de poésie qui lui restait. Plus jamais le
galant ne traversa la rue ni ne jeta d'œillets sur le
balcon. Les nouveaux mariés s'en furent habiter
une rue plus animée. Les fenêtres se fermèrent
définitivement et dérobèrent aux regards le portrait

---

1. C'est le titre d'une des poésies les plus populaires du fol-
klore portugais (*N. d. T.*).

du jeune officier dont la mort avait tué toute la joie
de la famille. Leur mariage attrista Lindinalva. De
son jardin, elle épiait leurs rendez-vous, et il lui
semblait qu'elle avait part à l'œillet que le jeune
homme lançait à sa fiancée. C'était le motif romantique de la rue. Après leur mariage, Lindinalva qui
n'avait jamais parlé à la voisine se sentit encore
plus isolée, plus solitaire. Amélie vieillissait à la
cuisine. Un an après la fuite d'Antonio Balduino,
Lindinalva pleura la mort de sa mère. Devenu veuf,
le Commandeur partagea son temps entre les
affaires et les amours faciles. Il s'était mis à boire
— pour noyer des chagrins disaient les voisins — et
Lindinalva vivait abandonnée à elle-même dans la
grande maison où les joies étaient mortes et où les
fleurs se fanaient. Elle lisait l'histoire de la « Nef
Catherinette » et elle effeuillait des roses. Un jour,
son fiancé viendrait sûrement par un navire. Elle y
rêva tant et si bien qu'elle ne fut pas surprise le
moins du monde, lorsqu'elle apprit que Gustave (le
docteur Gustave Barreras, avocat, d'une des meilleures familles de la ville) venait d'arriver de Rio
nanti de son diplôme et d'une volonté bien arrêtée
de faire fortune. Il fut l'avocat du Commandeur
dans une affaire, et c'est ainsi qu'il connut Lindinalva. Les taches qui ponctuaient son visage l'empêchaient d'être jolie, mais lui donnaient un air
original, et son corps maigre aux seins hauts et
pointus tentait les regards de l'avocat. Le temps des
fiançailles fut heureux, et le passage Zumbi des
Palmiers connut une vie nouvelle. Ils se promenaient bras dessus bras dessous, lui tenait des
propos romantiques. Dans la grande maison d'en
face les coquelicots se penchaient sur le mur pour

voir passer les amoureux, des coquelicots rouges et charnus comme des lèvres.

Le vent balançait les coquelicots. Lindinalva était si heureuse qu'elle en avait oublié le nègre Antonio Balduino, dont elle rêvait parfois les nuits de cauchemar. Maintenant elle rêvait de son fiancé, d'une petite maison, d'un jardin avec des coquelicots, beaucoup de coquelicots rouges comme des péchés...

Le Commandeur fit faillite ; « ce sont les femmes qui ont tout mangé », disaient les commerçants. Le fiancé fut d'un rare dévouement. Il eut beau travailler d'arrache-pied, il n'aboutit à aucun résultat. Le Commandeur passait ses journées chez les prostituées du plus bas étage et le fiancé venait voir Lindinalva tous les soirs. Un jour, il fallut déménager, abandonner la maison aux créanciers. Ils allèrent habiter très loin, et c'était le fiancé qui faisait vivre la famille. Un jour d'orage, il resta pour passer la nuit. Le Commandeur courait les bordels. La porte de la chambre de Lindinalva n'était pas fermée ; poussée, seulement. Gustave entra. Elle se cacha sous les draps ; mais elle souriait.

Elle n'aurait tout de même pas cru que les choses changeraient si vite d'allure. Ils couchèrent souvent ensemble, et au début, tout allait à merveille, pendant ces nuits d'amour où les baisers meurtrissaient ses lèvres et où les mains de son amant lui chiffonnaient les seins comme des coquelicots. Mais peu à peu il devint plus distant, se mit à se plaindre que les affaires étaient difficiles ; et la date du mariage fut reportée à trois reprises. Là-dessus le Commandeur mourut dans une maison de tolérance. Les journaux publièrent la nouvelle. Gustave prit la chose comme une offense personnelle, déclara que sa carrière était irrémédiablement compromise et ne parut pas à l'enterrement. Quelques jours après, il envoya deux billets de cent milreis. Lindinalva lui fit dire qu'elle voulait le voir. Il laissa passer une semaine avant de venir. Il avait l'air si sombre et si pressé de s'en aller qu'elle ne pleura même pas, et qu'elle ne lui dit pas qu'elle était enceinte.

C'est Amélie qui apprit à Antonio Balduino que Lindinalva faisait la vie. Amélie s'était fait tendre et maternelle depuis le moment où le malheur s'était abattu sur la maison du Commandeur. Elle avait tenu lieu à Lindinalva de père et de mère. Pourtant, quand il fallut déménager, Lindinalva lui interdit de la suivre et l'obligea à chercher une autre place. Amélie serait bien allée avec elle, mais Lindinalva ne l'avait pas laissée faire, elle s'était même fâchée. Amélie fut engagée par Manoel das Almas, un riche Portugais qui possédait une pâtisserie en ville. Ceci se passait à l'époque où Antonio Balduino travaillait dans les plantations de tabac. Lors de l'accouchement, ce fut encore Amélie qui vint en aide à Lindinalva. Elle quitta sa place pour venir habiter avec « la petite », comme elle l'appelait. Elle fournit l'argent nécessaire, fut une infirmière si bonne et si dévouée que Lindinalva ne se sentit même pas humiliée. Gustave, qui avait épousé la fille d'un député, envoya cent milreis pour l'enfant et implora le silence. Lindinalva lui fit répondre qu'il pouvait être tranquille, qu'elle ne révélerait jamais rien. Puis elle obligea de nouveau Amélie à chercher une

place, et elle accepta les offres de Loulou, propriétaire de la « Pension Monte-Carlo », la « Maison »
la plus chère de la ville. Antonio Balduino écoutait
ce récit tête basse, caressant de la main sa balafre
au visage. Dehors, il faisait une nuit pluvieuse.

Amélie emmena l'enfant, un petit gars fort
comme son père et triste comme sa mère. Ce soir-là,
Lindinalva fit ses débuts à la pension Monte-Carlo
vêtue d'une robe de bal très décolletée. Loulou lui
avait donné des instructions : demander beaucoup
à boire, et des boissons chères, rechercher de
préférence les gros « Colonels » venus des plantations de tabac, de cacao et de canne à sucre — elle
avait un type mince de vierge qui devait plaire aux
vieux — et en tirer le plus qu'elle pourrait. C'était
ça, le métier...

On jouait une valse lente lorsqu'elle fit son entrée
dans la salle. Elle avait dans son corsage la clé de la
chambre qu'elle devait remettre à celui qui l'invite-
rait à sa table. Lindinalva n'avait pas envie de
pleurer, c'était la musique qui était triste. Des
couples traînaient dans la salle. Il était encore tôt, il
n'y avait pas grand monde. Parmi les femmes, deux
seulement étaient attablées avec des jeunes gens qui
buvaient de la bière.

Lindinalva rejoint un groupe de femmes. Une
blonde explique : « C'est la nouvelle. » Les autres
la regardent avec indifférence. Seule la mulâtresse
qui boit un petit verre d'eau-de-vie lui demande :
« Qu'est-ce que t'es venue faire ici ? » La musique
est traînante et triste. Lindinalva répond d'une voix
qui tremble : « Je n'ai pas trouvé de travail. » Une
Française offre des cigarettes : « Pourvu que le

303

colonel Pedro vienne aujourd'hui... J'ai besoin d'argent. »

La mulâtresse contemple son verre et tout d'un coup éclate de rire. Les autres n'y font pas attention, elles sont habituées aux excentricités d'Eunice, mais Lindinalva, elle, prend peur. Pourquoi la musique est-elle si triste ? Ils pourraient bien jouer quelque chose de gai, un *samba*. Un bruit confus de trams et de voix monte de la rue : un bruit de vie. La pension a l'air d'un cimetière où il y aurait de la musique. C'est ce qu'Eunice est en train de dire : « On ne s'en rend pas compte, mais on est mortes, nous autres. Finie la vie pour nous. Faire la putain c'est quasi être morte. »

La Française attend le colonel Pedro. Elle a besoin d'argent. Elle a reçu une lettre de ses parents qui habitent en France, quelque part en province. Son petit frère est mourant. Alors, puisque sa maison de couture au Brésil marche si bien, on lui demande d'envoyer encore un peu d'argent. Elle tambourine des doigts sur la table : « Maison de couture... Tu te rends compte. » Eunice avale son verre : « Toutes mortes, toutes... Un vrai cimetière. »

« Parle pour toi. Moi, je suis bien vivante », lui réplique une petite brune. « Cette Eunice vous a de ces idées... » Et elle sourit. Lindinalva la regarde. C'est presque une enfant, une enfant brune et gaie. La blonde, elle, est vieille, elle a des rides et l'air absent de qui vit ailleurs, très loin. La valse s'arrête. Deux types entrent et commandent des mélanges compliqués. La petite brune les rejoint. Ils lui prennent les cuisses, ils commandent d'autres boissons, ils lui chuchotent à l'oreille. Lindinalva éprouve une immense tristesse, et une immense envie de caresser la petite brune. Eunice demande une cigarette. Est-ce qu'elle aurait, elle aussi, pitié de la petite brune ? Elle croit que Lindinalva sourit. « Tout le monde vous crache dessus quand on est putain », dit-elle.

Maintenant c'est un tango que l'orchestre joue, un tango qui parle d'amour, d'abandon, de suicide. Des richards bien connus entrent. Voici un commerçant que Lindinalva a déjà vu. Quand les affaires du Commandeur étaient prospères, il est venu une fois déjeuner chez eux. Le Commandeur a fini dans des maisons comme celle-ci, il est mort dans la chambre d'une femme. Combien de femmes d'ici ont connu le Commandeur ? Combien ont dû se moquer de lui ? Combien l'ont attendu pour lui demander de l'argent ? Maintenant, c'est au tour de Lindinalva d'attendre un Commandeur qui lui apporte de l'argent, qui paye à boire, qui consomme, pour que Loulou soit satisfaite et ne la mette pas à la porte. Le tango parle d'abandon. Lindinalva ne veut pas se souvenir de son fils tant qu'elle est dans la pension. En ce moment, il doit tendre ses petits bras à Amélie et quand il dira « Maman » ce sera à Amélie, quand il sourira Lindinalva ne sera pas là. Les deux jeunes gens continuent à chuchoter des choses à la petite brune. Qu'est-ce qu'ils peuvent bien lui proposer ? Elle refuse. Mais comme la journée est mauvaise, qu'il n'y a pas grand monde, et qu'ils insistent, elle finit par monter avec eux. Eunice crache, prise de colère ; Lindinalva a envie de pleurer. Loulou sourit et la montre aux commerçants, en leur parlant à voix basse. Eunice avertit l'intéressée : « C'est ton tour. »

Lindinalva le connaît, celui-là. Il a mangé à la même table que son père et sa mère. Elle ne veut pas marcher avec lui, elle préfère n'importe quel autre, elle préférerait même le nègre Antonio Balduino. Mais l'homme lui fait signe de son gros doigt et Loulou de la main l'invite à se presser. La petite brune est bien montée avec deux types. Lindinalva se lève. Eunice lève son verre : « Bonne chance pour tes débuts. » La Française fait un geste de la main. Qu'est-ce que ça fait ? Elles sont mortes, toutes, le tango, après Eunice, le répète. Elle n'est plus Lindinalva, la pâle Lindinalva qui courait dans le parc de Nazareth. Elle est morte, et son fils est avec Amélie. Lorsqu'elle passe à côté de Loulou, la patronne lui dit de commander du champagne. La petite brune revient l'air effaré, les larmes aux yeux. Les deux jeunes gens rient et échangent leurs impressions. Lindinalva commande du champagne. Plus tard, dans la chambre, le commerçant, qui avait mangé chez ses parents, lui demande ce qu'elle sait faire comme fantaisie. Ça n'a pas d'importance, elles sont toutes mortes, toutes mortes déjà. Eunice continue à boire de l'eau-de-vie, le tango sanglote. Telle fut la réception de Lindinalva.

Très vite elle fut trop vieille pour les pensions chères. Les hommes riches ne voulaient plus d'elle. Maintenant elle a toujours dans la bouche un relent de gnôle. Eunice est déjà partie pour la rue Basse où les femmes font la passe à cent sous. Aujourd'hui c'est le tour de Lindinalva. Elle a loué une chambre dans la même maison qu'Eunice. Pendant la journée elle est allée voir son fils dans la petite chambre où habite Amélie. Le petit Gustave est un bel enfant aux grands yeux vifs, à la bouche charnue comme la fleur rouge dont parlait son père, et dont Lindinalva ne se rappelle même plus le nom (en revanche, elle a appris des mots orduriers en français et tout l'argot des prostituées). Quand le petit dit : « Maman, maman », elle se sent devenir pure comme une vierge. Elle lui raconte des histoires, des histoires qu'Amélie lui contait à elle-même, jadis, quand elle était Lindinalva. La patronne de la maison où elle va s'installer maintenant lui a dit que désormais elle s'appellerait Linda. En attendant, elle raconte à son fils l'histoire de Cendrillon, et elle est heureuse, très heureuse. (Comme ce serait bon si tout finissait maintenant, si tout le monde mourait subitement !)

Les femmes se tiennent dans la salle derrière les fenêtres entrouvertes. Elles appellent les hommes qui passent dans la rue. Certains entrent, d'autres répondent par des blagues, d'autres encore se hâtent et portent des paquets. Eunice, qui est saoule, affirme qu'elles sont toutes mortes, toutes en enfer. La vieille Polonaise se plaint de sa déveine. Hier, elle n'a pas pu faire un homme, aujourd'hui non plus. Elle sera peut-être obligée d'aller à la Rampe de la Grosse Poutre, où les femmes font payer trente sous, se prêtent à tout, et meurent ensuite. Lindinalva est loin, elle est avec son fils dans la pauvre chambre d'Amélie. La patronne met un phonographe dans la salle à manger. Les seins flasques d'Eunice apparaissent sous sa combinaison. De la fenêtre elle appelle les hommes. Quand il sera grand, il passera peut-être aussi par ces rues, le petit Gustave. Mais à ce moment-là Lindinalva sera déjà morte, et il ne risquera pas de la trouver derrière une fenêtre, en train d'appeler les hommes. Il se souviendra d'elle comme d'une jeune femme simple et jolie qui lui racontait l'histoire de Cendrillon.

Eunice s'obstine à répéter qu'elles sont toutes mortes. La Polonaise emprunte quarante sous. Un jeune homme qui porte perruque se laisse raccrocher par Lindinalva. Eunice dit : « Bonne chance, Linda » et fait semblant de lever un verre. Dans la chambre le jeune homme lui demande comme elle s'appelle, il veut connaître toute sa vie, il lui raconte qu'il est poète, lui récite des vers, lui parle de la maladie de sa mère qui habite l'intérieur, lui dit qu'elle est belle comme les acacias, compare sa chevelure aux blés mouvants, promet de lui consacrer un sonnet. Le phonographe gémit un *samba* dans la salle à manger, mais ce qui lui plairait à ce garçon, c'est un tango bien romantique. Il demande à Linda son opinion sur la politique. « Hein que c'est une dégoûtation ? »

Telle fut la réception de Linda.

Lindinalva dégringole davantage. Elle échoue tout près de la ville basse, à la Rampe de la Grosse Poutre. De la Rampe de la Grosse Poutre, les femmes ne sortent que pour aller à l'hôpital ou à la morgue. De toute façon elles partent en voiture : ou celle de l'Assistance, ou la voiture rouge des morts.

A la Rampe de la Grosse Poutre on voit des serviettes à toutes les fenêtres et des visages de nègres aux portes.

Lindinalva est allée voir le petit Gustave qui vient d'avoir la rougeole. Il lui tend les bras et lui sourit, tout heureux de revoir sa mère : « Maman, Maman. » Puis il prend un air sérieux pour lui demander : « Quand est-ce que tu viendras habiter avec nous, maman ?

— Un de ces jours, mon petit garçon.

— Ça me fera bien plaisir, tu sais, maman.

Lindinalva passe au pied du vieil élévateur qui relie la ville haute à la ville basse. Elle répond par un sourire au sourire du conducteur du tram, et gagne le numéro trente-deux où elle a loué une chambre. (Le petit Gustave a besoin d'engraisser. Il a bien maigri depuis sa rougeole.) Elle pousse la lourde porte coloniale ornée d'un gros marteau. D'en haut une voix crie : « Qui est là ? »

Lindinalva monte l'escalier sale. Ses yeux sont presque fermés, sa poitrine halète. Elle a passé la nuit à penser. D'abord elle avait essayé de dormir mais avec le sommeil sont venus d'horribles cauchemars qui lui ont fait voir des femmes syphilitiques aux doigts énormes, rassemblées à la porte d'un hôpital minuscule, et tirant une voiture de l'Assistance. Mais non, ce n'est pas une voiture de l'Assistance, c'est le corps du Commandeur qui est mort dans la chambre d'une prostituée. Après c'est le corps du petit Gustave, mort de la rougeole. Puis subitement tout disparaît pour faire place au nègre Antonio Balduino qui rit aux éclats de plaisir, et qui tient à la main un billet de cinq milreis et de la petite monnaie. Là-dessus elle s'est réveillée toute en sueur et s'est levée pour boire de l'eau.

La nuit la plus affreuse de toute sa vie... Mais maintenant elle ne pense plus à rien. Après tout, c'est la destinée. C'est comme ça la destinée; le plaisir pour les unes, la misère pour les autres. On naît avec elle, ce n'est pas la Nef Catherinette qui l'apporte. La sienne est mauvaise, qu'est-ce qu'elle y peut ? Elle monte l'escalier comme une condamnée. La veille, la mulâtresse qui loue les chambres du cinquième a été franche avec elle. « Après ça, ma belle, il n'y a plus que l'Assistance ou la fosse commune. » Puis elle a ajouté en regardant le ciel par la fenêtre : « J'en ai tant vu passer... »

Lindinalva monte l'escalier, le regard lointain. Où est passée la Lindinalva qui riait et jouait dans le parc de Nazareth ? Elle avance courbée, et les larmes glissent sur son visage maigre. Oui, Lindinalva pleure. Des larmes tombent de ses yeux et viennent laver la crasse de l'escalier. Elle marche courbée, cachant dans son bras son visage blême et taché de son. Elle a un fils et elle voudrait vivre pour lui. Mais les femmes ne quittent la Rampe de la Grosse Poutre que pour aller au cimetière.

Au cinquième étage, une des femmes dit : « C'est la Rouquine qui vient d'arriver. Lui causez pas, elle pleure... » Il y a dans cette voix une ardente pitié.

Telle fut la réception de la Rouquine.

RAMPE DE LA GROSSE POUTRE

Ils iront du côté de la « Lanterne des Noyés »,
vers les quais où la nuit est jolie. Ils quittent la rue
Basse des Savetiers, descendent la Rampe de la
Grosse Poutre. Le Gros finit par découvrir une
étoile qu'il n'avait encore jamais vue :

— Regarde... une étoile nouvelle... Elle est à
moi.

Le Gros est satisfait, il vient de gagner une étoile.
Aujourd'hui il a dû mourir un héros, un de ceux qui
méritent un A B C, puisque le Gros a découvert une
étoile neuve. Joachim en cherche une en vain.
Antonio Balduino se demande qui a bien pu mourir
cette nuit. Il y a des héros partout. Lui aussi quand
il sera mort, il brillera au ciel. C'est le Gros qui le
découvrira, à moins que ce ne soit un enfant, un
gamin de la rue qui demande la charité, avec un
poignard caché dans sa ceinture. Ils aiment se
promener ainsi dans les rues désertes quand la
pleine lune éclaire la ville de sa lumière jaune. Il n'y
a pas un passant, les fenêtres sont fermées, tout
dort. Ils sont redevenus les maîtres de la ville,
comme au temps où ils mendiaient. Ils sont les seuls
hommes libres de la ville, les mauvais garçons : ils

vivent au bonheur de la chance, ils chantent dans les fêtes, dorment sur la grève du port, aiment les bonniches, et ne connaissent pas de règle pour dormir et se réveiller. Zé-la-Crevette n'a jamais travaillé. Déjà il commence à vieillir et il a toujours été chapardeur, chahuteur, joueur de savate, racleur de guitare. Antonio Balduino a été son meilleur élève. Il a même dépassé son maître. Il a tout fait : il a été employé dans les plantations de tabac, champion de boxe, artiste de cirque. Mais sa vraie vie c'est de faire un *samba* de temps à autre et d'aller le chanter dans les bals nègres de la ville. Quant à Joachim, il travaille trois ou quatre jours par mois, quand il en a envie. Il charge des colis pour aider les porteurs quand ils ne suffisent pas à la besogne. Le Gros vend des journaux quand Baldo n'est pas à Bahia. Mais quand il revient, c'est fini. Il accompagne son ami dans cette bonne vie qui passe à ne rien faire, à baguenauder dans la ville endormie. Antonio Balduino questionne :

— Alors les gars, on ancre à la « Lanterne » ?
— Pourquoi pas ?...

La Rampe de la Grosse Poutre est silencieuse à cette heure de nuit. Le vieil ascenseur a terminé son service et la tour penche sur la ville. Les plus hautes fenêtres sont éclairées. Ce sont les prostituées qui remontent de la rue et liquident leurs derniers clients.

Joachim siffle un *samba*. Ils se taisent. Antonio Balduino pense à ce qu'Amélie lui a raconté, à l'histoire de Lindinalva. Elle a dû en rabattre maintenant que n'importe qui la possède. Elle n'est plus sa patronne, la riche fille du Commandeur, elle est une fille au rabais sur la Rampe de la Grosse

Poutre ; elle se vend aux hommes pour une thune. Comme tout change ! Quand il voudra il n'aura qu'à monter l'escalier jusqu'à l'étage où elle habite, et il la tiendra dans ses bras. Il suffit de glisser la pièce. Il évoque sa fuite du Passage Zumbi des Palmiers. Si Amélie n'avait pas inventé ces menteries il serait encore chez le Commandeur, il regarderait encore Lindinalva comme une sainte, il travaillerait à la maison de commerce. Qui sait ? Il aurait peut-être empêché la faillite de son patron. Mais il aurait été esclave. Amélie a bien fait en croyant faire le mal. Il était libre maintenant, et même il pouvait s'offrir Lindinalva dès que ça lui chanterait. Elle avait des taches de son, une expression de sainte. Il ne l'avait jamais regardée avec des yeux charnels. Mais dès l'instant qu'Amélie eut inventé qu'il l'épiait au bain, il n'a jamais eu d'autre femme. Quelque femme qu'il possédât, c'était toujours Lindinalva. Même la Rosenda Roseda. Il avait donné Rosenda au chauffeur. Elle dansait à présent dans un cabaret de fauchés, elle faisait la vie elle aussi, et déjà elle avait cherché à le taper. Rosenda était une mulâtresse vaniteuse : elle payait maintenant. Lindinalva n'était pas vaniteuse mais elle l'avait haï. Elle payait elle aussi. Elle faisait le trottoir sur la Rampe de la Grosse Poutre, où vivent les femmes les plus viles et les plus décrépites de Bahia. Antonio Balduino pourrait l'avoir dès qu'il voudrait.

Mais alors, que n'est-il heureux ? pourquoi se sent-il triste au contraire, pourquoi se désintéresse-t-il du spectacle de la pleine lune ? Qu'attend-il pour monter au cinquième étage du n° 32 et frapper à la porte de Lindinalva ? Voilà justement la

maison. Ils vont passer devant. Un vent froid vient
de la mer et fait frissonner Antonio. Tout à coup
une femme sort du 32, les cheveux en désordre. Elle
ne s'est pas plutôt montrée sur le seuil de la porte
que Balduino a reconnu Lindinalva. Mais ce n'est
plus qu'une loque humaine, une forme qui a perdu
son nom sur la Rampe. Son visage de rousse est
creusé, ses mains fines tremblent maintenant, ses
yeux brillent à fleur de tête. Le vent agite ses
cheveux. Elle s'arrête devant les hommes, gesticule,
tord des bras suppliants :

— Deux milreis pour boire une bière... Deux
milreis pour l'amour de votre mère...

Les hommes sont muets de stupeur. Elle pense
qu'ils ne vont rien donner :

— Alors une cigarette... Une cigarette... Voilà
deux jours que je n'ai pas fumé.

Joachim tend une cigarette. Lindinalva la serre
dans ses doigts maigres et rit.

Oui, c'est bien Lindinalva. C'est pour cela
qu'Antonio Balduino tremble comme s'il avait la
fièvre. Un vent froid vient de la mer. La présence de
cette femme l'a rempli d'une terreur profonde. Il
tremble, il a peur, il veut courir, s'enfuir au bout du
monde. Mais il reste cloué au sol et regarde la figure
décharnée de Lindinalva. Elle ne le reconnaît pas,
elle ne le voit même pas. Elle fume la cigarette et
demande d'une voix douce, qui rappelle l'autre
Lindinalva, celle qui courait dans le parc de
Nazareth et jouait avec le négrillon Baldo :

— Et ma bière ? Vous me paierez pas une petite
bière ?

Antonio Balduino parvient à tirer deux milreis de
sa poche. Il les donne à la femme qui rit et sanglote

à la fois. Tremblant d'épouvante, il se met à monter la rampe en courant et il n'a de repos que chez Jubiaba, et il pleure, et le Père de Saint le caresse comme le jour où Louise est devenue folle.

Quand la peur fut passée (elle dura bien plusieurs jours), il retourna chez Lindinalva. Dans la chambre, dont le lit à deux places occupe la plus grande partie, Lindinalva se meurt. Amélie étouffe ses larmes. Il entre doucement, comme le lui a recommandé une fille qui sanglote à la porte. Amélie n'est pas surprise de le voir. Elle met un doigt sur la bouche pour lui ordonner le silence. Et elle vient à lui ; il demande :

— Malade ?... Il désigne du doigt Lindinalva.

— Mourante...

Au seuil de la mort on retrouve l'ancienne Lindinalva de l'Impasse Zumbi des Palmiers. Sa figure est belle et sereine. Elle a repris son expression de sainte. Et ses mains, on retrouve ses mains qui jouaient du piano et saccageaient des roses. Il ne reste rien de la Lindinalva de la Pension Monte-Carlo, de la Linda de la Rue Basse, de la Rouquine de la Rue Montante. Elle est redevenue la fille du Commandeur qui habitait Passage Zumbi des Palmiers, en attendant le fiancé qui devait venir sur la Nef Catherinette. Mais elle fait un mouvement et voici qu'apparaît une autre Lindinalva. Celle-là, Antonio Balduino ne l'a pas connue. C'est la fiancée, c'est la maîtresse de Gustave, c'est la mère du petit Gustave. Un visage souriant de jeune femme. Elle murmure des mots indistincts. Amélie s'approche d'elle et lui prend la main. Elle dit qu'elle veut son fils, qu'on le lui amène avant qu'elle ne soit morte. Amélie se retourne en pleurs. Antonio Balduino demande :

— Et le docteur ?...

— Il ne peut plus rien... Il dit que maintenant il n'y a plus qu'à attendre...

Mais Antonio Balduino ne se résigne pas. Il a une inspiration :

— Je vais chercher Père Jubiaba...

— Passe chez moi et amène l'enfant, dit Amélie.

Et lui qui était venu là pour se venger, pour la posséder, et jeter ensuite une pièce de quarante sous sur le lit ; venu pour l'insulter, pour lui dire, à cette blanche, ce qu'il pensait de ses pareilles, et qu'un nègre en fait ce qu'il veut ; à présent c'est lui qui appelle au secours Père Jubiaba. Si elle guérit, lui, Balduino, disparaîtra. Mais si elle meurt, que lui restera-t-il dans la vie ? Il ne lui restera plus que le Chemin de la Mer, le même chemin qu'a pris Viriato-le-Nain, qui n'avait plus personne au monde. Alors seulement Antonio Balduino réalise que si cette femme vient à mourir il restera seul, sans aucune raison de vivre.

Il revient avec le petit. Jubiaba n'était pas là. Personne n'a su où il était allé et Balduino l'a cherché en vain. Il a maudit le vieux sorcier. Il a emmené l'enfant par la main, et le petit s'est laissé faire. Il a le nez de Lindinalva, les mêmes taches de rousseur sur le visage. Il pose cent questions, il voudrait tout savoir. Antonio Balduino lui répond et s'étonne de sa propre patience.

Il porte l'enfant pour monter l'escalier. Amélie étouffe des sanglots :

— Entre... C'est la fin...

Antonio Balduino dépose l'enfant près du lit. Lindinalva ouvre les yeux :

— Mon petit...

Elle a voulu sourire, et n'a pu produire qu'une grimace. Le petit a peur, il se met à pleurer. Amélie l'éloigne, après que Lindinalva l'a baisé au front. Elle voudrait aussi lui baiser les lèvres, ces lèvres charnues qui sont celles de l'autre Gustave. Mais elle ne peut pas...

Maintenant elle pleure, elle ne veut pas mourir. Elle qui a imploré la mort tant de fois ! Elle sent vaguement qu'il y a un nouveau venu dans la pièce. Elle demande à Amélie :

— Qui est là ?

Amélie est confuse et ne sait pas si elle doit répondre. Mais Antonio s'avance, les yeux baissés. Si un de ses amis le voyait maintenant, il ne comprendrait pas pour quelle raison il pleure. Quand elle le reconnaît, Lindinalva essaie de sourire :

— Baldo, j'ai été méchante avec toi...

— C'est rien...

— Pardonne-moi...

— Faut pas dire ça... Faut pas pleurer pour moi...

Elle passe la main sur la tête crépue du nègre, et elle meurt en disant :

— Tu aideras Amélie à élever mon fils, Baldo. Protège-le...

Antonio Balduino se jette au pied du lit, comme un nègre esclave.

Il veut que le cercueil soit blanc, comme un cercueil de vierge. Mais personne ne comprend, pas même Jubiaba, qui sait tant de choses. Le Gros approuve, parce qu'il est très bon, mais au fond il est ahuri car il n'a jamais vu un cercueil blanc pour une fille de joie. Seule Amélie paraît comprendre :

— Tu l'aimais bien, n'est-ce pas ? Je vous ai fait des misères... C'est que j'étais jalouse, que les patrons t'aimaient tant... Ça faisait vingt ans que j'étais avec eux. J'avais élevé la petite. Elle méritait un meilleur sort... Pauvre mignonne...

Mais Antonio n'en démord pas. Il étend les mains, et de cette voix grave qu'il a quelquefois, il explique :

— Elle était vierge, vous entendez ?... Je jure qu'elle l'était... Elle n'a été à personne... Elle vivait de cela, mais elle ne se donnait pas... C'est à moi qu'elle a été, à moi seul... Quand j'allais avec une autre, je n'avais qu'elle dans la tête... Je veux pour elle un cercueil blanc...

Oui, personne ne l'a possédée, parce qu'ils l'ont tous achetée. Seul le nègre Antonio Balduino qui n'a jamais dormi avec elle l'a possédée sous mille formes, dans le corps vierge de la Dos Reis, dans la croupe ondulante de la Rosenda Roseda. Lui seul l'a possédée dans le corps de toutes les femmes avec lesquelles il a couché. Dans la merveilleuse aventure du noir Balduino et de la blanche Lindinalva, celle-ci a été tour à tour blanche, noire et mulâtresse. Elle a même été cette petite chinoise du carrefour Marie de la Paix ; elle a été grasse et maigre ; elle a eu une voix masculine une certaine nuit sur la plage ; elle a menti aussi par la bouche de la négresse Jeanne... Mais elle ne peut pas être enterrée comme une vierge, Antonio !... Amélie entreprend de lui expliquer que Lindinalva a aimé Gustave et que Gustave l'a eue bel et bien sans

318

l'acheter. Mais Antonio Balduino ne veut rien entendre : il pense que c'est encore une intrigue d'Amélie pour l'écarter de Lindinalva.

Pour aider le fils de Lindinalva, le nègre Antonio Balduino s'est fait embaucher aux treuils, en remplacement de Clarimond qui avait été tué par une grue. Il va avoir un métier, devenir esclave de l'heure, des contremaîtres, des grues, des navires. Mais s'il ne s'y résignait pas il n'y aurait plus pour lui qu'à prendre le Chemin de la Mer.

Les ombres géantes des grues se profilent sur l'eau. La mer verte et huileuse appelle le nègre Balduino. Les grues font des esclaves, elles tuent les hommes, elles sont ennemies des nègres et alliées des riches. La mer fait les hommes libres. Il n'aurait qu'un plongeon à faire, le temps d'un éclat de rire. Mais Lindinalva a caressé sa tête, et lui a demandé de prendre soin de son enfant.

PREMIER JOUR DE GRÈVE

Antonio Balduino avait passé la nuit à décharger
un navire suédois qui apportait du matériel de
chemin de fer et qu'on devait charger de cacao les
nuits suivantes. Il trimbalait un pesant fardeau
quand il croisa Séverino, un mulâtre efflanqué, qui
lui dit :

— La grève des tramways éclate aujourd'hui.

Il y avait longtemps qu'on attendait cette grève.
A plusieurs reprises le personnel de la compagnie
qui fournissait à la fois la lumière, le téléphone et les
transports en commun de la ville, avait tenté de se
soulever pour obtenir une augmentation de salaire.
Ils avaient bien fait une première grève, mais ils
s'étaient laissé prendre à des promesses qui
n'avaient pas été tenues. Et cela faisait huit jours
maintenant que la ville était prête à se réveiller
privée de tramway et de téléphone. Mais la grève,
remise de jour en jour, n'éclatait toujours pas. Aussi
Antonio Balduino n'attacha-t-il pas beaucoup
d'importance à l'avertissement de Séverino. Mais
aussitôt après il entendit un grand nègre dire :

— On devrait se mettre avec eux...

Les grues déposaient d'énormes rouleaux de fer

sur le quai. Semblables à des tortues monstrueuses, les nègres les transportaient à dos dans les hangars, sans interrompre leur conversation. Le sifflet du contremaître distribuait des ordres. Un blanc s'essuyait la figure avec l'avant-bras, et secouait au loin sa sueur :

— C'est-y qu'ils obtiendront quelque chose ?

Ils revenaient au pas de course vers les rouleaux de fer. Séverino murmura tout en hissant sa charge :

— Leur syndicat a assez d'argent pour tenir le coup...

Puis il emporta son fardeau. Antonio Balduino soulevait des morceaux de rails.

— Chaque mois on envoie de l'argent au syndicat. Le syndicat doit tenir...

Le sifflet du contremaître annonça la relève. L'équipe de jour attendait, et releva aussitôt l'équipe sortante. Le matériel de chemin de fer continua à s'acheminer vers les docks. Les grues geignaient.

Ils sortent par petits groupes et devant la porte Antonio Balduino se rappelle qu'à ce même endroit un homme qui faisait un discours a été emmené au poste. Il n'était alors qu'un gamin ; mais il se rappelle parfaitement. Il avait crié et tout le groupe avait protesté contre l'arrestation. Il avait crié pour le plaisir de crier, parce qu'il aimait fronder les agents, la police. Aujourd'hui il faudra de nouveau crier, comme au temps où il était lâché dans la rue, sans voir les grues ennemies, toujours prêtes à vous écrabouiller la tête.

Antonio Balduino marche seul. Il a pris un verre

de *mingau de puba* sur la Place. Près de la négresse qui vendait, des hommes discutaient la grève.

Antonio Balduino s'en va en chantant des chansons de Lampion [1] :

> *Veux-tu me donner, ma mère,*
> *pour m'acheter un ceinturon,*
> *avec une cartouchière*
> *je veux m'battre pour Lampion.*

Un copain l'interpelle :
— Hé Baldo !
Le nègre fait un geste de la main et continue à chanter :

> *Il paraît que sa bourgeoise*
> *a maintenant des douleurs,*
> *elle a qu'à se faire une robe*
> *avec la fumée d'un vapeur.*

Puis il ajoute entre ses dents, en sourdine :

> *C'est Lampe, Lampe, Lampe,*
> *C'est Lampe, Lampe, c'est Lampion.*

La grève des tramways a paralysé le travail : on se croirait dimanche. Il règne une animation insolite. Des hommes en groupes discutent. Les petits employés de magasin vont à pied, et rient en pensant à la tête du patron qui ne pourra pas leur reprocher d'arriver en retard. Une jeune fille traverse la rue précipitamment, paraissant craindre quelque chose. La ville est pleine d'employés de la Compagnie qui commentent avec chaleur les événe-

1. V. n. p. 24.

ments. Antonio Balduino les envie, parce qu'ils font quelque chose, eux, de ces choses qu'il aimerait faire, tandis que lui il ne sait quoi faire par ce beau matin de soleil. Des groupes le dépassent. Ils vont tous au syndicat, qui est dans une rue là derrière. Balduino continue à marcher seul dans la rue déserte. Il entend des bruits de voix dans l'autre rue. On dirait que quelqu'un est en train de faire un discours au syndicat. Antonio Balduino lui aussi est du syndicat des dockers. Même qu'on a parlé de lui pour la direction. On doit savoir qu'il n'a pas froid aux yeux. Mais voici qu'un homme blond qui a tué le ver, tout en mâchant sa cigarette l'interpelle :

— Toi aussi, nègre, tu vas faire la grève ? Tout ça c'est la faute de la princesse Isabelle [1]. T'as déjà vu ça, toi, des nègres qui font la grève et qui laissent les tramways en panne ? On devrait mener tout ça à coups de fouet, ça n'est bon qu'à faire des esclaves... Allons, va faire ta grève, sale nègre. Est-ce qu'on n'a pas été assez bête pour délivrer cette canaille ? Fous le camp, ne me force pas à te cracher dessus, fils de chien...

L'homme crache par terre. Il est ivre, mais Balduino ne résiste pas au plaisir de l'envoyer valser sur le bitume. Après quoi il s'essuie les mains, et se prend à chercher pourquoi il y a des hommes qui insultent ainsi les nègres. La grève s'étend à tous les conducteurs de tramways, aux ouvriers de la force et de la lumière électriques, au personnel du téléphone. Il y a beaucoup d'Espagnols parmi eux, beaucoup de blancs, plus blancs

1. La princesse Isabelle, fille de l'empereur Pedro II, signa en 1888, étant régente, l'Acte d'émancipation des Noirs *(N.d.T.)*.

encore que ce type-là. Mais, comme explique Jubiaba, maintenant tout ce qui est pauvre est devenu nègre.

De la place arrive une rumeur de tumulte. Ce sont les employés de boulangerie qui ont adhéré à la grève. Les garçons livreurs renversent les paniers dans la rue. Et les gamins se précipitent dessus et même les bonnes de maisons riches viennent ramasser le pain gratis.

Quand ils vinrent le chercher, il était dans la chambre d'Amélie, à quatre pattes, en train de jouer avec le petit Gustave :

— Tu vois, je suis le loup-garou...

Il se relève d'un bond, Séverino lui met la main à l'épaule et déclare :

— On a besoin de toi, Balduino.

— De quoi ?... demande Balduino, qui pense déjà à se battre.

— Le Syndicat va se réunir...

Le nègre Henri s'éponge le visage :

— Ça n'a pas été commode de te trouver...

Ils regardent le petit blanc qui est assis par terre. Antonio Balduino explique avec embarras :

— C'est mon fils...

— On veut se mettre de la grève. On a besoin que tu votes.

Alors il laisse le petit Gustave à la garde du Gros, et sort tout joyeux de penser qu'il va, lui aussi, faire la grève. Au Syndicat c'est une affreuse pagaille. Tout le monde parle à la fois et l'on n'entend personne. Le bureau s'installe et réclame le silence. Un gringalet dit à Balduino :

— Y a des flics...

Mais Balduino ne voit pas d'uniforme. Le gringa-let explique :

— En bourgeois...

Séverino fait un discours. Ce ne sont pas seule-ment les employés de la Circulaire qui crèvent la faim. Il y a aussi ceux des Docks. D'ailleurs c'est un devoir de solidarité que d'appuyer les camarades de la Circulaire. Tous sont frères. Les harangues se succèdent. Un des contremaîtres (un petit rouge qui aux heures de repos jouait aux dés avec eux à la « Lanterne des Noyés ») débite un discours où il dit que tout ça, c'est de la bêtise, qu'il n'y a pas de raison pour se mettre en grève, que tout va pour le mieux. Mais on le conspue, on le sort. Le nègre Henri donne un coup de poing sur la table et affirme :

— Je suis un imbécile de nègre et je sais pas tourner des jolies phrases. Mais je sais qu'il y a ici des hommes qui ont des femmes et des gosses qui ont faim. Ces *galegos* qui conduisent les trams ont faim eux aussi. On est noir, ils sont blancs, mais à l'heure qu'il est on est tous des gens qui ont faim.

L'adhésion à la grève fut votée. La décision tint au vote d'Antonio Balduino. On découvrit seule-ment après coup qu'avaient voté *contre* des person-nes étrangères au Syndicat, et qui n'étaient même pas des Docks.

On rédigea un manifeste. On envoya une com-mission chargée d'appeler d'autres ouvriers à faire corps avec les dockers. Antonio Balduino faisait partie de cette commission, et il était heureux à la pensée de cogner, de crier, de faire du baroude, choses qu'il aimait par-dessus tout.

CAMARADES DE LA CIRCULAIRE

Les dockers réunis dans leur Syndicat ont décidé d'adhérer au mouvement gréviste de leurs camarades de la Circulaire. Ils viennent apporter leur appui inconditionnel aux grévistes dans la lutte pour leurs justes revendications. Camarades de la Circulaire, vous pouvez compter sur nous. Pour l'augmentation des salaires ! Pour la journée de huit heures ! Pour l'abolition des amendes.

Signé : *la Direction.*

Antonio Balduino lut le manifeste au milieu de l'enthousiasme général. Les conducteurs de tramways s'embrassaient. Déjà la boulangerie était avec eux. Et maintenant les Docks s'en mettaient. Il n'y avait plus de doute : la grève serait victorieuse.

Tous les services du téléphone et des transports électriques étaient arrêtés. Le soir on n'allait pas avoir de lumière. Les ouvriers avaient envoyé à la direction de la Compagnie un mémorandum exposant leurs revendications. La direction répondit qu'elle n'était pas d'accord et qu'elle en appellerait au Gouvernement. Faute d'énergie électrique il n'y eut pas de journaux. Les rues étaient pleines de monde. A tous les carrefours des groupes d'ouvriers discutaient. Des patrouilles à cheval passèrent. Le bruit courait qu'à la Circulaire on engageait des chômeurs à prix d'or, pour briser la grève. Un avocat, le Docteur Gustave Barreras, président d'une association ouvrière, eut sur la question un long entretien avec le Gouverneur. Après quoi il annonça au Syndicat que le Gouvernement trouvait leurs réclamations bien fondées et qu'il allait entrer en pourparlers avec la Compagnie. Il fut applaudi à tout rompre. Le jeune avocat tendait les mains, comme s'il cueillait déjà les suffrages qui devaient l'élire député. Séverino dit à haute voix :

— Chiqué.

Antonio Balduino était abasourdi par tant de discours. Mais content. C'était une chose nouvelle pour lui : faire la grève... Il n'y avait jamais pensé. Il avait l'impression qu'en ce moment ses amis et lui étaient les maîtres de la ville. Les vrais maîtres. Il leur suffisait de vouloir pour qu'il n'y eût plus de lumière, plus de trams, plus de téléphone pour les amoureux. Plus question de décharger le navire suédois des rails de chemin de fer, ni de charger les sacs de cacao empilés dans le hangar n° 3. Les grues étaient paralysées, vaincues par ceux-là mêmes qu'elles tuaient. Et ceux qui possédaient tout cela, qui commandaient à tout cela, se cachaient, n'avaient pas le courage d'apparaître. Antonio Balduino avait toujours eu un souverain mépris pour ceux qui travaillent. Il aurait préféré prendre le Chemin de la Mer, se jeter la nuit dans un bassin plutôt que de travailler, si Lindinalva ne lui avait pas confié son enfant. Mais à présent il avait pour les travailleurs du respect. Ils cesseraient d'être des esclaves, puisqu'on ne pouvait rien sans eux. Ces hommes maigres qui venaient d'Espagne, qui passaient leur vie sur des marchepieds de tramways à encaisser le prix des places, ces nègres herculéens qui charriaient des fardeaux sur le port, ou qui manipulaient des appareils à la Centrale, tous étaient forts et résolus et tenaient la ville dans leurs mains. Pour le moment ils passent en riant, mal vêtus, beaucoup les pieds nus, et ils entendent les injures de ceux qui s'estiment lésés par la grève. Mais ils rient parce que maintenant ils savent qu'ils sont une force. Antonio Balduino vient aussi de le découvrir, et pour lui c'est comme une deuxième naissance.

L'homme au pardessus s'est levé au milieu du bar. Il interpelle un ouvrier :

— Pourquoi faites-vous la grève ?

— Pour améliorer les salaires.

— Mais de quoi avez-vous besoin ?

— Ben, d'argent...

— Vous voulez donc être riches, vous aussi ?

L'ouvrier ne sait que répondre. A vrai dire il n'a jamais pensé être riche. Ce qu'il voudrait c'est un peu plus d'argent pour que sa femme ne réclame plus tant, pour payer le médecin, pour acheter un autre habit que celui qu'il porte et qui est usé jusqu'à la corde.

— Vous voulez trop de choses. Où a-t-on vu des ouvriers avoir tant de besoins ?

L'ouvrier demeure quinaud. Antonio Balduino s'approche des interlocuteurs. L'homme au pardessus continue :

— Un conseil : lâchez cette grève. Ces gens-là sont des perturbateurs de l'ordre. Ils vous en font croire... Vous ferez tant et si bien que vous allez perdre votre place. Qui exige tout, finit par tout perdre.

L'ouvrier baisse la tête. Antonio Balduino intervient :

— Combien qu'ils t'ont payé pour raconter ces balivernes ?

— Ah! Voilà un des meneurs, pas vrai?

— Voilà un qui n'hésitera pas à te mettre sa main sur la figure...

— Savez-vous à qui vous parlez?

— Pas envie de le savoir...

A quoi bon, en effet, puisqu'ils sont maîtres de la ville? Aujourd'hui on peut dire tout ce qui vous passe par la tête.

— Eh bien je vais te le dire, moi, je suis le Docteur Malagueta.

— Ah! le médecin de la Circulaire?...

Ces derniers mots furent prononcés par Séverino. Il arrivait avec une bande d'ouvriers. Le nègre Henri était gigantesque. L'homme au pardessus prit la tangente. L'ouvrier qui parlait avec lui se joignit au groupe. Séverino expliqua:

— Mon gars, la grève c'est comme ces colliers que tu vois dans les vitrines. Si une perle s'en va, toutes les autres se débinent. Faut qu'on se tienne tous, t'as compris?

L'employé qui s'appelait Mariano fit oui avec la tête.

Antonio Balduino s'en alla avec eux au syndicat de la Circulaire pour attendre la solution de la conférence entre le Gouvernement et la direction de la Compagnie.

Au bureau du Syndicat un nègre terminait un discours:

— Mon père a été esclave, moi aussi j'ai été esclave, mais je ne veux pas que mes fils soient esclaves.

Beaucoup d'hommes sont debout, car il n'y a pas assez de places assises.

330

Une délégation des garçons boulangers est venue apporter leur appui aux grévistes dans un manifeste qui appelle tout le prolétariat à la grève. On crie : « grève générale ». Près de la porte il y a un indicateur de police qui fume. Et il n'est pas seul. Mais on n'y fait pas attention. Maintenant c'est un jeune homme à lunettes qui parle. Il dit que les travailleurs sont l'immense majorité dans le monde, et les riches l'infime minorité. Alors pourquoi leur permettait-on de s'engraisser de la sueur des pauvres ?

Antonio Balduino applaudit. Tout ça c'est du nouveau pour lui et pourtant il l'avait pressenti. Les A B C disaient bien la même chose, mais pas aussi clairement, sans explications. Comme autrefois, la nuit, sur le Morne de Châtre-Nègre, il apprend en écoutant. Le jeune homme descend de la chaise sur laquelle il s'était juché pour parler. Le nègre qui l'avait précédé se trouve près d'Antonio Balduino ; celui-ci lui donne l'accolade :

— Bien dit, vieux. Moi aussi je ne veux pas que mon fils soit esclave.

Le nègre sourit. Maintenant c'est un représentant des étudiants qui a la parole. Le syndicat des étudiants en droit se déclare pour les grévistes. L'orateur déclare que tous les ouvriers, les étudiants, les intellectuels pauvres, les paysans et les soldats doivent s'unir dans la lutte contre le Capital. Antonio Balduino n'a pas très bien compris. Mais le nègre, son voisin, lui explique que Capital et riches c'est kif-kif. Alors il opine avec force. Soudain il se sent gagné par l'envie de monter sur une chaise et de faire un discours, lui aussi. Il s'avance en jouant des coudes et se hisse sur une chaise. Un ouvrier demande :

— Qui c'est ?

— Un docker... Un qui a fait de la boxe...

Antonio Balduino parle. Il ne veut pas faire un discours, les gars. Il raconte seulement ce qu'il a vu dans sa vie d'aventures. Il raconte la vie des paysans sur les plantations de tabac, le travail des hommes privés de femmes, le travail des femmes dans les fabriques de cigares. Il prend le Gros à témoin que ce qu'il dit est vrai. Il raconte ce qu'il a vu. Il raconte qu'il n'aimait pas ceux qui travaillaient, autrefois. Mais il s'est mis au travail, lui aussi, à cause de son fils. Et maintenant il comprend que les travailleurs, s'ils veulent, cesseront d'être esclaves. Si ceux qui plantent le tabac savaient cela, ils feraient la grève, eux aussi...

Il est presque porté en triomphe. Il n'a pas encore bien réalisé son succès. Pourquoi l'applaudit-on ainsi ? Il n'a pourtant rien dit d'extraordinaire, il n'a battu personne, il n'a pas fait acte de courage. Il a seulement raconté ce qu'il avait vu. Pourtant on l'applaudit, on lui donne l'accolade. Un indicateur le fixe des yeux, se promettant bien de ne pas oublier cette figure. Antonio Balduino est de plus en plus enthousiasmé par la grève.

Le jeune homme à lunettes se retire, filé par un indicateur. Du palais du Gouvernement on téléphone au Syndicat. C'est le Docteur Barreras qui prévient que la conférence va se prolonger dans la nuit, jusqu'à ce qu'on aboutisse à une solution.

— Favorable ? interroge le secrétaire du Syndicat.

— Honorable et satisfaisante, répond le Docteur à l'autre bout du fil.

Six heures sonnent au clocher. La ville est dans l'obscurité.

PREMIÈRE NUIT DE GRÈVE

La nuit est belle, le ciel sans nuages est bleu et plein d'étoiles. On dirait une nuit d'été. Et pourtant on reste chez soi, on ne va pas se promener, cette nuit. Car la ville est dans l'obscurité, sans un réverbère allumé. Tout est éteint, jusqu'à la « Lanterne des Noyés ».

Le port n'a jamais été aussi silencieux. Les grues sommeillent car les dockers ne travailleront pas cette nuit. Les matelots du bateau suédois se sont répandus dans le quartier des bordels. Mais le centre de la ville est animé. Les hommes ont peur sans lumière. Dans les maisons la lumière rouge des lampes à pétrole agrandit les ombres. Cela fait penser aux veillées mortuaires. Antonio Balduino se souvient des plantations de tabac, en parcourant les rues. Un homme rase les murs. Il a la main sur son portefeuille. Il a l'air de tenir son cœur. On entend des sons de *batouque,* qui viennent de la *macumba* de Jubiaba. Aujourd'hui c'est un chant de guerre, un chant de libération. Zumbi des Palmiers brille dans le ciel clair. Un jour un étudiant s'est moqué d'Antonio Balduino et a prétendu que cette étoile c'était la planète Vénus. Mais il se moque de l'étudiant parce qu'il sait que cette étoile c'est Zumbi des Palmiers, le nègre qui n'avait pas peur, qui est mort pour ne pas être esclave, et qui maintenant regarde Balduino lutter pour que le petit Gustave ne soit pas esclave. Ce jour de grève a été un des plus beaux de sa vie. Aussi beau que celui de la fuite dans les bois. Aussi beau que le jour où il a gagné le championnat de boxe contre Vincent. Plus beau même. Parce que maintenant il sait pourquoi il lutte. Et maintenant il va porter la nouvelle à tous les nègres qui assistent à la *macumba* du père Jubiaba : au Gros, à Joachim, à Zé-la-Crevette, à Jubiaba lui-même. Il n'arrive pas à comprendre pourquoi Jubiaba, lui qui sait tout, ne lui a pas parlé de la grève. Du ciel Zumbi des Palmiers — Vénus qu'ils disent — lui fait de l'œil.

Dirait-on pas qu'Echou, Echou le diable, fait des siennes ? Dirait-on pas qu'on a oublié de l'exorciser, de l'envoyer au loin, de l'autre côté de la mer, sur la côte d'Afrique ? dans les cotonneries de la Virginie ? Echou s'obstine à troubler la fête. Echou veut qu'on chante et qu'on danse en son honneur. Echou veut des hommages, il veut que Jubiaba s'incline devant lui et lui dise :

— *Edurô dêmim lonan ô yê.*

et que l'assistance reprenne en chœur :

— *A umbó k'ó wá jô.*

Echou ne s'en va pas. C'est la première fois que pareille chose se produit dans une *macumba* de

Jubiaba. Les sons de *batouque* glissent le long de la rampe et s'en vont mourir là en bas, dans les carrefours de la ville gréviste. Les initiées continuent à danser. Les *ôgans* se regardent stupéfaits. Antonio Balduino se glisse en douce dans la cérémonie. Il est *ôgan* et va prendre sa place au milieu des initiées qui dansent. Il n'est pas plus tôt là qu'Echou s'en va. Le Gros annonce maintenant Ochossi. Mais avant que le dieu de la chasse vienne danser dans le corps d'une des initiées, Antonio Balduino prend la parole et dit :

— Les amis, vous ne savez rien... Je suis en train de penser dans ma tête que vous ne savez rien. Faut que vous alliez à la Grève. A quoi que ça vous sert de prier, de chanter pour Ochossi ? Les riches font fermer la fête d'Ochossi. Vous rappelez pas quand les flics ont fermé la fête d'Ochala, quand c'était le vieux Ocholoufan ? Et Père Jubiaba, il est allé avec eux, en prison. Qu'est-ce qu'il a le droit de faire, le nègre ? Il a le droit de rien faire, le nègre, pas même de danser pour les saints... Eh bien, vous êtes des ballots. Le nègre peut tout, le nègre peut faire ce qui lui plaît. Le nègre fait la grève, plus de grues, plus de trams, plus de lumière. Où qu'elle est la lumière ? Les étoiles, un point c'est tout. Le nègre fait la lumière, les trams. Le nègre et le blanc pauvre, c'est la même chose, ils ont tout dans la main. Pour pas être esclave, y a qu'à vouloir. Faut aller à la grève, les amis parce que la grève c'est comme un collier. Quand toutes les perles sont ensemble c'est joli comme tout. Mais quand il y en a une qui tombe, toutes les autres se débinent. Allons, les copains, on va à la grève, pour plus crever de faim. On va rejoindre les autres.

337

Et Antonio Balduino sort sans regarder ceux qui l'accompagnent. Le Gros est avec lui, ainsi que Joachim et Zé-la-Crevette. Jubiaba étend les mains et dit :

— Echou les a pris.

Au Syndicat on n'a encore aucun résultat de la conférence au Palais. Séverino répète à qui veut l'entendre :

— Chiqué, que je vous dis. Tu vois donc pas que ce docteur est un faux frère ?

Les autres protestent. C'est un avocat, il est instruit. A l'heure qu'il est il se bat pour défendre les droits des ouvriers qu'on exploite. Un inspecteur des tramways fait un panégyrique du docteur Gustave. Il y a des mouvements divers.

Dans la grande salle du palais on est en conférence. Mais on n'aboutit à aucune conclusion. Gustave fait de belles tirades réclamant que satisfaction soit donnée aux revendications ouvrières :

— Je ne demande pas, j'exige... Il parle d'humanité, d'hommes qui meurent de faim, qui travaillent dix-huit heures par jour, que décime la tuberculose. Il fait allusion au danger de la révolution sociale si cet état de choses persiste.

Les représentants de la Compagnie — un jeune américain et un vieux monsieur qui est avocat de la Société et qui a été parlementaire en d'autres temps — opposent une vive résistance. Le plus qu'ils puissent faire, disent-ils, c'est d'accorder aux ouvriers 50 % de leurs revendications. Et encore cela par amour du peuple, pour que la ville ne reste pas privée de transports, de lumière, et de téléphone. Mais leur céder sur toute la ligne, non. Pourquoi ne pas leur donner l'entreprise tout de suite ? Et les actionnaires ? Les employés ne pensent qu'à eux-mêmes ; peu leur importe que les étrangers aient eu confiance dans leur pays et qu'ils aient investi leur argent dans des entreprises brésiliennes. Que vont dire les étrangers ? Ils diront qu'ils ont été volés par les brésiliens, et ce sera l'opprobre jeté sur le bon renom du pays (l'Américain opine du bonnet et fait : yes). L'orateur se refuse à croire que le docteur Gustave Barreras, qui est un homme de solide intelligence et de vaste culture (Gustave s'incline), puisse manquer à ce point de patriotisme qu'il accepte de voir le nom de son pays piétiné par les étrangers. Que les ouvriers ne réfléchissent pas à ces conséquences, c'est tout naturel. Ce sont des ignorants ; ils ont déjà plus que leur dû et ne songeraient pas à se plaindre s'ils n'étaient pas menés par des agitateurs étrangers à leur milieu. Certes il ne vise nullement par là — il y insiste — le docteur Gustave Barreras, dont chacun reconnaît le talent et la probité (Gustave s'incline de nouveau et murmure : « Bien entendu ; mon désintéressement est au-dessus de tout soupçon »). En conclusion la Compagnie, pour ne pas priver le peuple des nécessités essentielles, veut bien consentir 50 % de l'augmentation réclamée par les ouvriers. C'est son dernier mot.

L'heure du dîner est venue, sans qu'on ait abouti à une solution. Le gouverneur se retire. L'Américain offre à Gustave une place dans son automobile. L'avocat de la compagnie propose :

— Allons dîner : l'estomac plein, nous discuterons mieux.

Bien confortable ce Hudson, pense Gustave en se carrant dans l'automobile entre l'avocat et l'Américain. Celui-ci offre des cigares. On roule quelque temps en silence. La voiture glisse mollement, conduite par un chauffeur en livrée. Les roues collent aux rails du tramway. Soudain l'avocat demande à l'Américain :

— Et cette idée que vous avez eue, Mr Thomas ?...

— Ah yes...

L'avocat explique à Gustave :

— Ce que c'est tout de même que les coïncidences... Figurez-vous, docteur, que nous parlions de vous, l'autre jour...

— Yes, yes, appuie l'Américain dans une bouffée de cigare.

— Je suis fatigué, je vieillis...

Gustave proteste :

— Vous plaisantez.

— Je ne veux pas dire que je renonce à plaider, non. Mais le service de la Compagnie est trop chargé pour moi. Nous avons pensé, Mr Thomas et moi, offrir à quelqu'un la place de deuxième avocat de la Compagnie. Il y a place pour deux, n'est-ce pas ? Et nous avons tout de suite pensé à vous... Ne nous remerciez pas... (Gustave suspend le geste par lequel il allait protester que sa conscience ne lui permettait aucun compromis et il affirme que pas un instant l'idée même ne lui viendrait que le docteur Guedes cherchât à l'acheter). La Compagnie a pensé à vous, ou, pour mieux dire, Mr Thomas et moi (Gustave remercie) avons pensé à vous à cause de vos contacts avec les syndicats des ouvriers de la Compagnie. Vous êtes leur avocat. Vous représenteriez à la Compagnie le point de vue des humbles. Vous seriez comme le trait d'union entre les ouvriers et la Compagnie... Vous êtes jeune, vous avez devant vous une belle carrière. Le Parlement vous attend. Le pays surtout attend beaucoup de vos talents. Remarquez que dans cette affaire les motifs de la Compagnie sont les plus nobles qui puissent être. Beaucoup pensent que la Compagnie ne s'intéresse pas au sort des ouvriers. Erreur. En voici la preuve : nous invitons leur paladin à être l'avocat de la maison. De cette manière ils auront à la direction même un défenseur. Et quel défenseur !... Cela vous montre assez clairement la bonne foi de la Compagnie...

L'auto roule doucement. La femme de Gustave, Zuleica, ne cesse pas de réclamer une voiture. La Compagnie est l'antichambre du Parlement. Pratique, l'Américain déclare :

— Traitement : dix *contos* par mois.

Mais Gustave proteste que la question d'argent ne l'intéresse pas. Ce qui l'intéresse c'est de défendre les revendications ouvrières. Elles peuvent être exagérées, il ne dit pas le contraire, mais il y a du vrai. S'il accepte la proposition c'est uniquement pour être la sentinelle avancée des ouvriers de la Compagnie. Bien évidemment il ne défendra pas les excès...

A la fin du repas le docteur Guedes dit :

— Et maintenant vous pouvez porter aux ouvriers la bonne nouvelle. Dites à ces enfants (oui, ce sont des enfants, affirme Gustave ; il en faut peu pour les contenter) qu'ils retournent demain au travail. Ils auront 50 % d'augmentation et ils le doivent à la sympathie que vous avez su inspirer...

Barreras sorti, l'Américain crache par terre :

— J'ai déjà vu des salopards...

Le vieux Guedes se tord de rire et commande du champagne pour fêter la fin de la grève.

Une voiture pour Zuleica, la députation, une maison à Copacabana et vraisemblablement une fazenda de cacao. 50 % d'augmentation c'était déjà bien. 100 % c'était trop demander. D'ailleurs on demande 100 pour obtenir 10. C'était une victoire, parfaitement. Et avec ça il empêchait que le nom de la patrie fût sali par les étrangers.

Au Syndicat le nègre Antonio Balduino en est à son troisième discours. Et pourquoi ? Pour que le fils du docteur Gustave Barreras ne soit pas esclave, comme lui, comme tous les débardeurs blancs et noirs, comme les garçons boulangers, comme les employés de la Compagnie Force, Lumière et Téléphone.

Le nègre Henri se cure les dents avec une arête de poisson. Il prend son fils sur ses genoux et lui demande :

— Tu sais ta leçon pour demain, fiston ?

Le négrillon rit, le doigt enfoui dans son nez plat, et affirme qu'il la sait par cœur. Ercidia vient de la cuisine et prévient :

— Demain y aura encore de la raie...

— Tant qu'il y aura de la raie, tout va bien, négresse.

Le nègre rit avec le négrillon. Il sait ses leçons, le petit gars, il sait calculer.

— C'est un as, pas vrai, Ercidia ?

La négresse sourit. Le petit demande à son père qu'il lui raconte une histoire. Le nègre Henri dit alors :

— Y a un nègre épatant qui a fait un discours au Syndicat. Il a dit que nos fils, ils seraient plus esclaves... Fiston, tu seras plus esclave.

— Ça marche, la grève ?

— Si ça marche ! Qu'est-ce qu'ils peuvent faire sans nous ? Comment ça marche, tu vas voir. Ça rupine. Y a un nègre Balduino qui parle que c'est une merveille...

Il raconte à sa femme les événements de la journée. Ses muscles de géant se gonflent sous la chemise rayée. Puis il prend son fils sous les bras, le met debout devant lui :

— Petit gars, tu seras plus esclave... Tu seras gouverneur. C'est nous qu'on est les plus nombreux. C'est nous qu'on doit les gouverner.

Il éclate de rire, conscient de sa force et de son droit. Le futur gouverneur reçoit des taloches d'amitié. La négresse Ercidia sourit à son mari avec tendresse :

— Demain, y aura encore de la raie...

Gustave Barreras saute de taxi et monte quatre à quatre les escaliers du Syndicat. On fait silence quand il entre. Il s'assied sur la table à la place que lui cède le président. Il demande la parole :

— Messieurs, votre avocat a travaillé tout l'après-midi avec les directeurs de la Circulaire. Le meilleur de mon travail et de mon effort sincère, c'est la bonne nouvelle que je vous apporte. Je serai bref. L'affaire est entièrement réglée...

Les auditeurs tendent le cou pour mieux entendre.

— ... grâce aux efforts déployés par votre défenseur. Après avoir discuté tout l'après-midi, nous en sommes arrivés à cette conclusion que tout serait réglé d'une manière honorable pour les deux parties, si des deux côtés on y mettait du sien.

Murmures.

— ... La compagnie renonce à son intransigeance. Si de votre côté vous renoncez à 50 % de vos exigences, vous recevrez satisfaction sur les autres 50 %, les nouveaux salaires devront entrer en vigueur dès demain.

— C'est la politique de l'avocat ou de l'ouvrier ? lance Séverino.

— C'est la meilleure politique, répond Gustave avec son sourire le plus caressant. C'est la politique qui consiste à conquérir par étapes ce qu'on ne peut pas enlever d'un seul coup. Si vous écoutez les agitateurs professionnels la lutte sera perdue pour vous ; bien plus, elle se retournera contre vous comme une arme à double tranchant. La faim frappera à votre porte, et la misère habitera sous votre toit.

— Le Syndicat a de quoi soutenir la grève.

— Même si elle s'éternise ?

— Faudra bien qu'elle s'arrête : la ville ne peut pas rester sans lumière et sans trams. Faut qu'ils nous donnent ce qu'on leur demande. Alors quoi ? on va pas perdre courage, camarades ?

Le docteur Gustave est cramoisi de colère :

— Vous ne savez pas ce que vous dites. Moi qui suis avocat, je connais les affaires.

— Mais nous on sait de combien on a besoin pour pas crever.

— Bravo, nègre, appuie Balduino.

Un jeune demande la parole. On l'applaudit dès qu'il se montre.

— Qui est-ce? demande Antonio Balduino au nègre Henri.

— C'est Pedro Corumba [1], un vieux lutteur. Un vieux gréviste. Il a déjà fait la grève dans le Sergipe, à Rio, à São Paulo. Je le connais, je te présenterai après.

— Camarades, on nous trahit. Ce n'est pas la première fois que je fais la grève. Je sais ce que c'est que la trahison. L'ouvrier ne peut avoir confiance qu'en l'ouvrier. Les autres nous en fichent plein la vue. Celui-là (il montre Gustave) c'est un faux frère. Je parierais qu'il a déjà une place à la Compagnie. Peut-être même qu'il est déjà passé au guichet...

Le docteur Gustave donne de grands coups sur la table, proteste qu'on l'insulte, menace. Mais tous les ouvriers ont les yeux fixés sur Pedro Corumba qui poursuit :

— Camarades, on nous trahit. On doit pas accepter la proposition de la Compagnie. Parce qu'ils penseront que nous sommes faibles, et ils en profiteront pour retirer d'une main ce qu'ils nous donnent de l'autre. Quand on a commencé, faut aller jusqu'au bout. Mais nous allons vaincre. Le prolétariat est une force et s'il sait se conduire, s'il sait persévérer, il obtiendra tout ce qu'il voudra.

1. Ce personnage est emprunté par l'auteur à un autre roman social du Nord-Est, *Les Corumbas,* dont l'auteur est Amando Fontes (*N. d. T.*).

Assez de poudre aux yeux, assez de trahisons. A bas Gustave Barreras et la Compagnie de la Circulaire ! Vive le prolétariat ! Vive la Grève !

— Bravo.

Tous écarquillent les yeux. Mariano sourit, le nègre Henri montre ses canines, Antonio Balduino prend la parole : il déclare en substance que les dockers sont d'accord avec le camarade Corumba. Leur cas à eux n'a pas encore été résolu. Ils ont soutenu la grève des ouvriers de la Circulaire, ils s'attendent à la réciproque. Ils ne veulent pas de bluff. Ils proposent qu'on chasse du bureau le traître Gustave Barreras (si Balduino avait reconnu en lui l'ancien amant de Lindinalva, l'avocat ne sortirait pas vivant de la salle). Le traître se retire protégé par les indicateurs. Une huée l'accompagne dans l'escalier. Puis Séverino réclame le silence. Il dit que maintenant la lutte va être plus difficile parce que les ennemis vont dire que c'est eux qui ne veulent rien savoir. Il propose qu'on lance un manifeste à la population. Il lit un projet qu'il a rédigé. On approuve. Le manifeste explique qu'ils ont été trahis, mais qu'ils mèneront le combat jusqu'au bout et qu'ils ne reviendront au travail que lorsque la Compagnie acceptera les conditions réclamées dès le début de la grève.

Un garçon brun demande la parole. Il se déclare contre la continuation de la grève. Il est d'avis qu'on doit accepter l'augmentation de 50 %. C'est déjà ça. Le docteur Gustave avait raison. Quels recours ont les ouvriers ? La police pourrait arrêter tout cela dès qu'il lui plairait...

— Hein ? de quoi ?

— Et comment...

Ils devaient se tenir pour satisfaits de l'augmentation offerte. Il propose la cessation de la grève, et un vote de reconnaissance au docteur Gustave.

On crie! « Traître! Vendu!... »

D'autres demandent qu'on laisse parler l'orateur. Plusieurs sont près de lui donner raison. 50 %, que diable, c'est déjà ça. Quand le garçon brun se retire, il y a quelques applaudissements. Mais Antonio Balduino crie de sa place :

— Les amis, c'est-y que chez vous l'œil de piété s'est fermé, et qu'il reste plus que celui de malice? Ma parole, on dirait que vous paraissez pas vous rappeler que nous on a marché avec vous. Si vous voulez être trahis, c'est bon, libre à vous. Mais si vous êtes assez cons pour tout lâcher pour une crotte de bique, je vous garantis que je casse la gueule au premier qui passera cette porte. Moi je reste dans la grève jusqu'à ce qu'on soye vainqueurs!

Séverino sourit. Mais l'assistance reste indécise. Il y a des conciliabules et les modérés semblent gagner des partisans.

Le président va passer au vote, par assis et levés, pour ou contre la continuation de la grève. Mais on n'a pas plus tôt commencé qu'un jeune ouvrier arrive dans la salle comme une trombe et crie :

— Le camarade Ademar a été pris quand il sortait d'ici cet après-midi. La Compagnie soudoie des types pour faire rater la grève.

Il s'arrête pour reprendre haleine.

— ... Et paraît que la police va forcer les boulangers à livrer le pain demain matin.

Alors toute l'assemblée se lève comme un seul homme et vote pour la continuation de la grève, les bras tendus, les poings fermés.

SECOND JOUR DE GRÈVE

Pourquoi dormir par une si belle nuit ? Antonio
Balduino ne va pas se coucher. Il passe le reste de la
nuit, en compagnie du Gros et de Joachim, à
répandre dans la ville le manifeste rédigé par
Séverino où celui-ci explique pour quelles raisons la
grève continue. Il y en a des exemplaires sur tous
les poteaux. La besogne a été répartie : un groupe,
commandé par le nègre Henri, fait le quartier de
Rivière Rouge ; eux, suivent la Route de la Liberté ;
d'autres la Chaussée ; d'autres parcourent la ville
basse. La ville se couvre de manifestes et tout le
monde sait maintenant pourquoi les ouvriers restent en grève. La Compagnie n'est pas aimée en
général et les petits commerçants qui prennent les
« marinettis [1] » pour aller à leurs affaires sympathi-
sent avec les ouvriers. La Compagnie a fait répandre le bruit que si les revendications des grévistes
triomphaient, les prix des tramways, de l'électricité
et du téléphone seraient augmentés. Le coup a raté,

---

1. Tel est le nom donné aux autobus à Bahia, parce que — dit
la légende — le service fut inauguré le jour où le fameux poète
futuriste y fit escale pour la première fois (*N. d. T.*).

et n'a fait qu'accroître l'hostilité contre la Compagnie. Le temps reste au beau, et contribue à maintenir la bonne humeur de la population, précieux atout dans le jeu des ouvriers.

Antonio Balduino (Dieu sait s'il en a appris des choses en un jour et une nuit !) explique la grève au Gros et à Joachim. Il est stupéfait de constater que Jubiaba ne connaît rien à la grève. Jubiaba s'y connaît en saints, en histoires du temps de l'esclavage, c'est un homme libre, mais il n'a jamais enseigné la grève au peuple esclave du Morne. Antonio Balduino n'en revient pas.

Il y a de l'agitation du côté de la Rampe du Pilori. Des hommes passent en courant. Du Syndicat, on entend un coup de feu. Quelqu'un entre en disant : « La police veut obliger les boulangers à livrer le pain. » Un groupe se rend sur les lieux, mais le conflit est déjà terminé. A terre gisent les corbeilles contenant le pain rassis que les patrons boulangers voulaient obliger leurs garçons à livrer.

Un de ceux-ci, l'œil tuméfié d'un coup qu'il a reçu, explique : « Ils ont même fait donner la cavalerie. On n'a pas livré malgré tout. » Un autre avertit que la Boulangerie de Galice va faire livrer le pain de la veille. Il raconte que les patrons ont engagé des chômeurs en leur offrant double salaire et en leur garantissant un emploi pour le reste de leurs jours. Un vieil ouvrier s'écrie : « Faut pas les laisser faire. » Il y a beaucoup de monde aux fenêtres, et du syndicat des ouvriers de la Circulaire ne cessent à tout instant d'affluer de nouveaux arrivants. Des voix insistent : « On va leur montrer que ça n'est pas bien de briser une grève. » Antonio

Balduino propose « d'aller leur casser la gueule ».
« Pas du tout, riposte Séverino, on va y aller, mais
pour leur expliquer qu'ils ne doivent pas servir
d'instruments contre des ouvriers comme eux. Pas
besoin de se battre. »

— Mais pourquoi tant discuter avec ces jaunes
quand y a moyen de leur casser la gueule ?

— Ce ne sont pas des jaunes. Y ne savent pas,
voilà tout. On va leur expliquer.

Séverino sait ce qu'il dit. Antonio Balduino se
tait. Petit à petit il apprend que dans une grève ce
n'est pas un seul homme qui commande, qu'ils sont
tous solidaires. La grève c'est comme un collier...

Il n'éprouve pourtant aucun regret de n'être pas
le chef de la grève. Chefs, ils le sont tous, parce que
tous se conforment à ce qui est raisonnable. La lutte
à laquelle il participe maintenant est différente de
celle qu'il a menée toute sa vie. Mais où l'a-t-elle
conduit, celle-ci ? Elle en a fait un esclave des grues,
qui regarde la mer comme le chemin du salut. Au
contraire, dans la lutte pour la grève, lui et les
autres vont se libérer d'une parcelle d'esclavage,
gagner un peu de liberté. Un jour, ils feront une
grève plus grande et ils cesseront d'être esclaves.
Jubiaba non plus n'y connaît rien, à cette lutte ; pas
davantage, les hommes qui vont livrer le pain.
Séverino a raison, donner des coups n'avance à
rien. Ce qui avance à quelque chose, c'est de
convaincre. Le nègre suit le groupe qui se dirige
vers la « Boulangerie de Galice », dans la Rue
Basse des Savetiers.

Les livreurs sortent les uns après les autres. On
dirait des figures de carnaval avec leurs corbeilles
sur la tête. Séverino grimpe à un poteau, et,

s'accrochant d'une main, il commence à parler. Il explique aux livreurs qu'ils doivent se solidariser avec leurs frères qui réclament une augmentation, et non pas servir les intérêt des patrons. Livrer ce pain, c'est trahir la corporation à laquelle ils appartiennent.

— Mais on n'a pas de travail ! interrompt l'un d'eux.

— Est-ce que c'est une raison pour prendre la place des autres ? Est-ce que c'est juste, de prendre la place d'un camarade qui lutte pour le bien de tous ? Non, c'est une trahison.

Un livreur renverse sa corbeille. D'autres l'imitent. La foule pousse des cris d'enthousiasme. Même les plus récalcitrants, comme celui qui a interrompu Séverino — il a une famille à nourrir —, lâchent leurs corbeilles. Deux livreurs qui s'obstinent à vouloir faire leur tournée sont retenus par leurs propres camarades. Et aux cris de « Vive la grève ! » ils se dirigent tous en chœur vers le syndicat des boulangers.

Mais, vers le soir, les choses commencèrent à mal tourner du côté des boulangers. La nouvelle fut apportée par le Gros, qui était allé déjeuner et s'était attardé longtemps. Le patron des « Boulangeries Réunies » avait envoyé chercher des ouvriers à Foire-Sainte-Anne. Il les faisait amener en automobile, et il y aurait du pain dès le lendemain, puisqu'ils allaient se mettre au travail le soir même.

Il y eut, parmi les boulangers, un début de panique. On envoya des émissaires aux syndicats des employés des trams et des dockers. Si les « Boulangeries Réunies » réussissaient à fabriquer et à vendre leur pain, on pouvait considérer la grève des boulangers comme terminée, et les grévistes auraient perdu, non seulement l'augmentation qu'ils réclamaient, mais jusqu'à leur place. La répercussion sur la grève des employés des trams et des dockers serait grave. La défaite des boulangers couperait un bras à la grève et les autres corps de métier intéressés seraient plus faciles à vaincre. Au syndicat des boulangers, les discours commençaient à pleuvoir, cependant qu'un meeting se tenait sur la place Castro Alves pour réclamer la mise en liberté de l'ouvrier arrêté la veille. Au milieu du meeting, quelqu'un vint annoncer la tentative des « Boulangeries Réunies » pour briser la grève. Du coup le meeting prit un caractère plus violent, et les assistants se portèrent en masse vers le syndicat des boulangers. Les dockers en avaient déjà fait autant. Le Gros passa au syndicat des employés de trams pour les avertir.

La salle du syndicat des boulangers était trop petite pour une pareille foule. Successivement prirent la parole les représentants des ouvriers boulangers, des dockers, des conducteurs de trams, des étudiants. Le représentant d'une fabrique de chaussures vint annoncer que ses camarades se joindraient aux grévistes si la situation l'exigeait. Et il continuait à arriver toujours plus de monde. Séverino parla d'une voix rauque, presque aphone. Un manifeste proclamant la grève générale fut lancé, et on décida de paralyser le travail des boulangers venus de Foire-Sainte-Anne.

Les « Boulangeries Réunies » étaient situées, l'une à la Rue Basse des Savetiers, l'autre au Passage de la Victoire et la troisième dans une rue du Centre. Les grévistes se répartirent en trois groupes dont chacun se dirigea vers l'une des boutiques. Séverino ne garda avec lui que quelques hommes pour aller négocier avec les ouvriers de certaines usines, les chauffeurs de « marinettis » et les chauffeurs de taxis, en vue de préparer la grève générale. La Compagnie Circulaire et la Société qui exploitait les docks se refusaient à entrer en rapport avec les grévistes et à prendre connaissance de leurs revendications tant qu'ils n'auraient pas repris le travail. Quant aux patrons boulangers, ils essayaient de briser la grève.

Il fut aisé de débaucher les ouvriers engagés pour la boulangerie du Passage de la Victoire. On les avait attirés avec des promesses mirobolantes, mais Ruiz, le propriétaire, commença par se refuser à leur payer d'avance, comme il s'y était engagé, la moitié de leur salaire. Il ne payerait que le lendemain, une fois le travail terminé. Les appels au sentiment de solidarité ouvrière, et la certitude, qu'ils lisaient sur le visage des grévistes, d'une résistance énergique de la part de ceux-ci, décidèrent les nouveaux venus à retourner en automobile à Foire-Sainte-Anne, aux cris de « Vive la grève ! »

Rue Basse des Savetiers, ce fut une autre histoire. Quand les grévistes arrivèrent sur les lieux, ils trouvèrent la boulangerie déjà occupée par la police. Des inspecteurs de la sûreté, la main sur leur revolver, se mêlaient à la foule. Les ouvriers attendirent au milieu de la rue le camion qui devait amener leurs camarades des environs. Dès qu'ils le virent déboucher, l'un d'eux se plaça devant pour l'arrêter et commença un discours pour exposer la situation aux boulangers venus de Foire-Sainte-Anne et leur montrer ce que les patrons voulaient faire. La rue était pleine de monde. Des passants qui n'avaient rien à faire dans la question s'arrêtaient pour voir comment tournerait l'incident. On échangeait des impressions :

— Je parie qu'ils font demi-tour...

— Cent sous qu'ils restent.

Des enfants qui jouaient dans une ruelle voisine accoururent pour prendre leur part du spectacle. Ils le trouvaient fort amusant, tout comme Antonio Balduino bien des années auparavant avait trouvé amusante l'arrestation d'un agitateur sur les quais. Quand les ouvriers criaient, ils criaient avec eux et ils trouvaient cela très drôle. L'ouvrier qui avait grimpé sur un poteau continuait son discours. Les boulangers du camion l'écoutaient, et plusieurs étaient déjà décidés à s'en retourner.

Tout à coup, les balles se mirent à pleuvoir. Les inspecteurs tiraient, la cavalerie chargeait. Ce fut la débandade : des gens étaient foulés au pied, on se battait corps à corps. L'orateur continuait à parler sous la fusillade. Antonio Balduino avait déjà assommé un adversaire, lorsqu'il aperçut le Gros devant lui qui courait, les yeux exorbités, les bajoues tremblantes. Il le vit soulever le cadavre d'une petite négresse qui venait d'être tuée par une balle et l'emporter en criant :

— Où est Dieu ? Où est-ce qu'il est ?

Les Boulangers de Foire-Sainte-Anne rentrèrent chez eux sur le même camion qui les avait amenés. Les corps de deux grévistes gisaient sur la chaussée. L'un était mort, mais l'autre avait encore la force de sourire.

Qui est ce nègre qui parcourt en étendant les bras devant lui les rues calmes ou fréquentées de la ville ? Pourquoi blasphème-t-il, pourquoi demande-t-il où est Dieu ? Pourquoi étend-il les bras comme s'il portait un fardeau et pourquoi passe-t-il sans rien voir, ni les hommes et les femmes qui le regardent, ni l'agitation de la vie autour de lui, ni le soleil qui brille ? Où s'en va-t-il ainsi étranger à toute chose ? Quel est donc l'objet qu'aucun œil humain ne peut voir et qu'il serre avec tant de douceur sur sa poitrine ? Oui, que veut-il, ce gros nègre aux yeux tristes qui parcourt les rues de la ville aux heures où la circulation est la plus intense ? A tous ceux qui passent à côté de lui, il pose la même question angoissée : « Où est Dieu ? Où est Dieu ? » Il y a dans sa voix une désolation tragique, et personne ne sait quel est cet homme qui impressionne les passants.

Si. Les ouvriers qui ont fait la grève le savent. Ils savent que c'est le Gros qui est devenu fou lorsqu'il a vu la balle d'un inspecteur tuer une fillette nègre devant la boulangerie de la rue Basse des Savetiers, un jour de meeting. Ils savent qu'il a porté le corps de l'enfant jusqu'à la maison du Père de Saint Jubiaba, en répétant tout le long du chemin cette même question : « Où est Dieu ? » Il était très pieux, et il a perdu la raison. Maintenant, il marche les bras étendus comme s'il portait encore le cadavre de la petite négresse. Il ne fait de mal à personne, c'est un fou inoffensif.

Mais les ouvriers eux-mêmes ne savent pas tout. Ils ne savent pas que le Gros porte toujours le corps de la fillette depuis le jour du meeting, parce qu'il est certain que Dieu finira par se souvenir d'elle, que Dieu montrera sa bonté et la remettra sur pied, pour qu'elle puisse recommencer à jouer avec les autres enfants de la rue Basse des Savetiers. Ce jour-là, le Gros cessera de poser sa question, ses mains s'abaisseront et ses yeux ne seront plus tristes. Mais s'il apprenait qu'elle est bien morte, que son pauvre cercueil est enseveli depuis longtemps, alors il mourrait aussi, car ce serait le signe que l'œil de piété de Dieu, qui est aussi grand que le monde, a été crevé. Alors, il perdrait la foi et mourrait de chagrin. C'est pour cela qu'il est devenu ce fou inoffensif qui s'avance les bras étendus devant lui et qui porte blotti contre sa poitrine le petit corps maigre de la fillette noire. Les hommes ne le voient pas, ce petit corps troué d'une balle, mais peu importe. Le Gros en sent le poids sur ses bras, et la chaleur lorsqu'il la serre contre son cœur.

SECONDE NUIT DE GRÈVE

La ville avait perdu son air de fête. Depuis la première fusillade, elle était en proie aux fausses nouvelles et la circulation n'avait pas tardé à diminuer dans les rues. Les autobus circulaient encore, mais ne transportaient que peu de voyageurs, et même ceux-là se hâtaient de rentrer chez eux, par crainte des bagarres, ou de recevoir une balle perdue. « Les balles ne portent pas d'adresse », disaient-ils.

Dans les maisons, la terreur, ou presque, régnait sur les familles. Le choc entre les boulangers grévistes et la police dans la rue Basse des Savetiers prenait des proportions effrayantes. On parlait de dix-huit morts, de dizaines de blessés. Le bruit courait que les syndicats allaient être attaqués, les grévistes, dispersés à coups de fusil. Les femmes tremblaient et barricadaient leurs portes avant d'allumer les bougies et les lampes. La ville était en proie à l'inquiétude.

Le dîner manqua dans la maison de Clovis. Il avait promis d'acheter quelque chose en ville et Hélène l'avait attendu en vain tout l'après-midi : il n'avait pas reparu. Les bruits les plus contradictoires circulaient. Lorsqu'elle apprit la fusillade de la rue Basse des Savetiers, elle sortit en toute hâte. On lui apprit que Clovis n'avait pas pu s'y trouver, puisqu'il faisait partie du groupe qui était allé fermer la boulangerie du passage de la Victoire. Un peu rassurée, elle retourna chez elle attendre son mari. Ses trois enfants jouaient devant la porte. Qu'est-ce qu'elle allait leur donner à manger ? Le fourneau, éteint, attendait inutilement dans la cuisine. Il n'y avait même plus de farine, on l'avait finie la veille. Pour le déjeuner, elle avait déjà dû aller emprunter chez les voisines en promettant de rendre quand son mari serait rentré, car elles en avaient autant besoin qu'elle, les pauvres. Tous les hommes de la rue, boulangers et dockers de leur métier, participaient à la grève. Hélène avait honte d'aller encore emprunter chez ses voisines. Bien sûr, c'était la grève et les hommes disaient qu'il fallait s'aider les uns les autres. Hélène n'était pas hostile à la grève, non. Elle trouvait qu'ils avaient raison, que le salaire était bien maigre et ne suffisait pas. Ils étaient dans leur droit de demander plus et de cesser le travail en attendant l'augmentation de leur salaire. Mais elle avait peur des jours à venir. Chez elle, il n'y avait plus rien à manger, chez les voisines, il ne tarderait pas à en arriver autant, et alors où est-ce que le Syndicat trouverait de l'argent pour entretenir tant de monde ? Si la grève se prolongeait quelques jours encore, la faim aurait raison d'eux.

Hélène se met à la fenêtre. Elle aperçoit Ercidia dans la maison voisine :

— Alors, Hélène, Clovis n'est pas encore arrivé ?

— Pas encore, Ercidia.

— Il se pourrait bien qu'il ne vienne pas... Henri m'a dit de ne pas l'attendre. Ça va mal, la grève, aujourd'hui, faut que les hommes soient dans la rue.

Puis, en souriant elle ajoute :

— Je crois bien que je vais dîner sans lui.

Elle sourit encore. Mais pourquoi Hélène ne sourit-elle pas en réponse ? On dirait qu'elle pleure. Ercidia sort de chez elle et entre chez la voisine.

— Qu'est-ce qu'il y a, Hélène ?

Elle aperçoit le fourneau éteint dans la cuisine. Alors, en caressant la tête d'Hélène, la négresse lui dit :

— Faut pas s'en faire pour ça, ma petite. Y a du poisson chez moi pour tout le monde. Tu verras : après, ils gagneront la grève et on aura plus d'argent.

Hélène sourit à travers ses larmes.

Clovis est resté au Syndicat pour écouter les discours. Depuis la fusillade, la grève a pris un caractère nouveau. Les hommes sont excités, ils veulent réagir, et c'est le diable pour les retenir. On vote des ordres du jour exigeant la mise en liberté immédiate des grévistes arrêtés. Les bruits les plus fantaisistes circulent. Brusquement, un ouvrier entre en coup de vent dans la salle et annonce que la police vient attaquer le Syndicat. On prépare une résistance générale, mais ce n'était qu'un faux bruit. En tout cas, on s'attend à être attaqué à tout moment. A neuf heures du soir, les dockers apprennent qu'ils ont obtenu gain de cause ; ils décident néanmoins, dans une réunion tenue au siège de leur syndicat, de continuer la grève jusqu'à ce que soient réglées la question des boulangers et celle des employés de trams. Puis ils se portent en corps vers le syndicat de ces derniers pour leur annoncer la résolution qu'ils viennent de prendre. Au beau milieu des discours, une nouvelle éclate comme une bombe : la police a arrêté un certain nombre d'ouvriers et veut les contraindre à travailler par la force. Le Syndicat devient houleux. Les assistants sortent en masse. Des commissions se forment pour aller discuter avec les chauffeurs d'autobus et les chauffeurs de taxis. D'autres vont prendre contact avec les ouvriers de différentes usines. Un fort parti se dirige vers les bureaux de la Compagnie Circulaire pour organiser devant les bâtiments une manifestation d'hostilité. Les esprits sont au comble de l'exaltation. Il est dix heures du soir.

Une auto est arrêtée devant les bureaux de la Compagnie. C'est la Hudson du directeur, un Américain qui gagne douze *contos* par mois. Le voici qui descend lui-même l'escalier, le cigare au bec. Le chauffeur prépare la voiture. Antonio Balduino qui fait partie du groupe des grévistes s'écrie : « On va s'emparer de lui, les gars ! Comme ça, nous aussi, on aura un otage. » Les agents qui surveillent le bâtiment courent en tous sens. Le Directeur est cerné. Antonio Balduino l'empoigne par un bras et déchire son costume blanc. On crie : « Lynchez-le ! Lynchez-le. » Antonio Balduino lève le bras pour assener un coup de poing, mais une voix se fait entendre. C'est Séverino qui dit : « Défense de le frapper. Nous sommes des ouvriers et pas des assassins. On va l'emmener au Syndicat. » Antonio

Balduino est furieux d'avoir à abaisser le bras. Mais il comprend que c'est nécessaire, que la grève est l'œuvre de tous et non d'un seul. Au milieu des clameurs, l'Américain est conduit au syndicat des employés de tramways.

La nouvelle se répand dans la ville comme une traînée de poudre. La police veut que le Directeur soit relâché. Le consulat des Etats-Unis se remue. Les grévistes exigent la mise en liberté de tous les prisonniers politiques, et la fin des manœuvres tendant à obliger par la violence les ouvriers à travailler. A onze heures, ceux qui avaient été arrêtés font leur apparition au syndicat. Ils disent que c'est le Consul américain qui est intervenu auprès de la police pour les faire relâcher, de peur que leurs camarades ne tuent le Directeur par représailles. Ce dernier s'en va sans être inquiété, mais après en avoir entendu de raides. Le plus vif enthousiasme règne dans le Syndicat.

Une demi-heure plus tard, un ordre du jour est lu parmi les applaudissements. Les chauffeurs d'autobus et de taxis, les ouvriers de deux usines de textiles et ceux d'une fabrique de cigares ont décidé de se mettre en grève le lendemain si les boulangers et les employés de tramways n'ont pas obtenu satisfaction d'ici là. Pedro Corumba commence un discours en disant : « Les travailleurs unis peuvent dominer le monde. » Antonio Balduino étreint un type qu'il n'a jamais vu.

A minuit, au palais du gouvernement, les représentants de la Compagnie Circulaire et des patrons boulangers communiquent au Comité de grève leur décision d'accepter les revendications de leurs ouvriers. Les nouveaux tarifs entreront en vigueur à partir du lendemain. La grève se termine sur la victoire complète des grévistes.

Antonio Balduino se rend chez Jubiaba. Il traite maintenant le Père de Saint d'égal à égal. Il lui annonce qu'il a découvert le secret qu'enseignent les A B C, qu'il a trouvé le vrai chemin. Les riches ont crevé l'œil de piété, mais eux les pauvres, quand ils voudront, pourront crever l'œil de malice. Alors Jubiaba le sorcier s'incline devant lui comme s'il était Ocholoufan, Ochala le vieux, le plus grand de tous les saints.

HANS LE MATELOT

Antonio Balduino serre dans la poche de son pantalon les cent vingt milreis qu'il a gagnés en jouant le crocodile au jeu du *bicho*. La nuit s'étend peu à peu sur la ville. Il y a quelques jours les lumières ne s'allumaient pas. La grève avait tout paralysé. Tout, non. Car auparavant, pense Antonio Balduino, c'est sa vie à lui qui était presque paralysée. La grève lui a fait découvrir une autre voie, elle lui a redonné le goût de la lutte. Il y a plus d'un mois de cela, et cependant, aujourd'hui encore, il continue à fredonner un *samba* intitulé *La Victoire de la Grève* qui a paru le lendemain du triomphe des ouvriers. Antonio Balduino tout en chantant se rappelle les épisodes de ces deux journées :

> *Un syndicat*
> *De travailleurs*
> *S'est mis en grève*
> *Pour qu'on augmente les salaires*
> *L'adhésion de toutes les classes*
> *A renforcé le mouvement*
> *Et la Compagnie Circulaire*
> *A rencontré une forte opposition.*

Le texte est de Pergaminio Lira. On le chante sur l'air de *Elle est plutôt amère*. On en a vendu des masses en ville, et le lendemain du jour où la grève a pris fin, on ne chantait que cela dans les rues où les tramways recommençaient à circuler. La grève avait été pour le nègre Antonio Balduino une véritable révélation. Elle l'avait d'abord intéressé comme une occasion de lutter, de faire du bruit et de se battre, toutes choses qu'il aimait depuis son enfance. Mais petit à petit, la grève s'était mise à prendre pour l'ancien boxeur un aspect tout nouveau. C'était plus sérieux qu'une simple bagarre. C'était une lutte pour aboutir à un résultat, une lutte qui savait ce qu'elle voulait, quelque chose de beau. Pendant la grève ils étaient tous amis. D'accord pour se défendre et lutter contre l'oppression. La grève mérite un A B C, et le *samba* qu'Antonio Balduino chante tout en réfléchissant n'est pas suffisant :

> *Il n'y eut pas d'éclairage*
> *Et pas de pain non plus.*
> *Pas de communications ;*
> *Le téléphone était muet.*
> *Pendant la grève*
> *Il n'y eut pas de journal*
> *Il n'y eut pas non plus de tram*
> *Sur aucune ligne.*

C'était bien vrai, tout ce que disait le *samba*. Ces hommes qu'Antonio Balduino avait toujours méprisés parce qu'il les prenait pour des esclaves incapables de réagir avaient paralysé la vie entière de la cité. Antonio Balduino croyait jadis que les hommes libres, les forts, les maîtres de la ville sainte de Bahia, c'était lui-même et ses amis les malandrins, les mauvais garçons qui vivent le couteau à la main. C'est cette idée-là qui l'avait rendu si triste et l'avait presque fait songer au suicide quand il lui avait fallu travailler sur les quais. Maintenant, il sait qu'il s'était trompé. Les travailleurs sont esclaves, mais ils luttent pour se libérer. Le *samba* a raison de dire :

> *Les usines*
> *S'arrêtèrent quelque temps*
> *Jusqu'à ce que les travailleurs*
> *Aient remporté la victoire.*
> *Maintenant la joie est générale*
> *Vive les ouvriers de notre Bahia.*

La nuit est descendue et la lune montée de la mer s'en va rejoindre les étoiles. A l'heure qu'il est, le Gros doit errer dans la rue du Chili, les bras en croix, demandant où est Dieu. C'est Zumbi des Palmiers qui brille au ciel. Pour les blancs, c'est Vénus la planète. Pour les nègres, pour Antonio Balduino, c'est Zumbi, le nègre qui est mort plutôt que d'être esclave. Zumbi savait les choses qu'Antonio Balduino vient tout juste d'apprendre. Les caboteurs dorment. Seul le *Voyageur sans port* s'en va, lanterne allumée, avec un chargement d'ananas. Maria Clara, debout, chante. Elle exhale une puissante odeur de mer. Elle est née sur l'océan, l'océan est son ennemi et son amant. Antonio Balduino aime la mer, lui aussi. La mer a toujours été pour lui le Chemin de la Maison. Et quand Lindinalva est morte, comme il croyait son A B C perdu désormais, et qu'il ne ferait plus rien, il a voulu prendre la route de la mer pour être heureux comme un mort. Seulement les hommes du quai, les hommes de la mer, lui ont enseigné la grève. La mer lui a montré le chemin de la maison. Et il regarde du côté de la mer verte, jaunie de lune. De très loin vient la voix de Maria Clara :

La route de la mer est large, Maria

Un vieux sur le quai désert tourne un orgue de Barbarie. La musique arrive en sourdine et se répand parmi les caboteurs, parmi les barques, parmi les paquebots, parmi la grande mer mystérieuse d'Antonio Balduino. Sans la Grève, la mer aurait englouti son corps, une nuit où il n'y aurait pas eu de lune. Sans la Grève, il aurait renoncé à être chanté en A B C, à voir Zumbi des Palmiers briller comme Vénus. Une forme passe au loin. Serait-ce Robert l'équilibriste qui disparut mystérieusement du cirque ? Mais peu importe. La musique de l'orgue est gémissante. La voix de Maria Clara s'est éteinte au large. C'est Maître Manoel qui doit tenir le gouvernail. Il connaît tous les secrets de la mer, celui-là. Et il fera l'amour avec Maria Clara sous la lune. Les vagues de la mer viendront mouiller leurs corps et l'amour n'en sera que meilleur. Le blanc sable du quai argenté par la lune. Blanc sable du quai où le nègre Antonio Balduino a fait l'amour avec tant de filles qui toutes étaient Lindinalva, la Rouquine. Sans la Grève son corps de noyé serait déposé sur le sable, et les petits crabes s'y trémousseraient comme ils se trémoussaient dans le corps de Viriato-le-Nain. On voit briller la lumière d'un caboteur. Savoir si le vent porte jusqu'à lui la mélodie de l'orgue que tourne le vieil Italien ? Un jour, pense Antonio Balduino, il faudra que je voyage, il faudra que je m'en aille vers d'autres pays.

Un jour il embarquera sur un navire, un navire comme ce hollandais qui est là tout illuminé, et il s'en ira par la large route de la mer. La Grève l'a sauvé. Il sait lutter maintenant. La Grève a été son A B C. Le navire va lever l'ancre. Les matelots ont entendu parler de la Grève, et ils raconteront dans d'autres pays que ces nègres ont lutté. Ceux qui restent disent adieu. Ceux qui s'en vont essuient des larmes. Pourquoi pleurer quand on s'en va ? Partir est une aventure bonne, même lorsque l'on part pour le fond de la mer comme est parti Viriato-le-Nain. Tout de même il vaut mieux partir pour la Grève, pour la lutte. Un jour Antonio Balduino partira sur un navire, et il ira faire la grève dans tous les ports. Ce jour-là, il dira adieu, lui aussi. Adieu, bonnes gens, je m'en vais. Zumbi des Palmiers brille au ciel. Il sait que le nègre Antonio Balduino n'entrera plus dans la mer pour mourir. La Grève l'a sauvé. Un jour il dira adieu, il agitera son mouchoir du haut du pont supérieur d'un navire. La musique de l'orgue sanglote un air d'adieu. Mais lui ne fera pas ses adieux comme ces hommes et ces femmes des premières qui disent adieu à leurs amis, à leurs parents et à leurs frères, à leurs épouses en larmes, à leurs fiancées tristes. Il dira adieu comme ce matelot blond qui d'un hublot agite son béret vers la ville entière, vers les prosti-

tuées de la Grosse-Poutre, vers les ouvriers qui ont
fait grève, vers les mauvais garçons qui sont à la
« Lanterne des Noyés », vers les étoiles où est
Zumbi les Palmiers, vers le ciel clair et la lune
jaune, vers le vieil Italien de l'orgue, vers Antonio
Balduino aussi. Il fera ses adieux comme le matelot.
Adieu à tous car il a fait la grève et il a appris à
aimer tous les mulâtres, tous les nègres, tous les
blancs qui sur terre, entre les flancs des navires sur
mer, sont des esclaves en train de rompre leurs
chaînes. Et le nègre Antonio Balduino étend sa
main large et calleuse, et répond à l'adieu de Hans,
le matelot.

GLOSSAIRE

Abara'. — Croquette de haricot qu'on cuit d'abord dans du lait de coco, puis à laquelle on ajoute des crevettes et qu'on fait frire dans l'huile après l'avoir enveloppée de feuilles de bananier.

A B C. — Complainte populaire du Nord-Est brésilien dont chaque couplet commence obligatoirement par une lettre différente de l'alphabet.

Acarajé. — Croquette de haricot blanc dit « fradinho » cuite à l'huile de dendé.

Antonio Conselheiro. — Célèbre fanatique qui, vers 1896, avait rassemblé autour de lui dans le petit village de Canudos (Etat de Ceará) une communauté de hors-la-loi et de disciples illuminés. Il ne fallut pas moins de quatre expéditions militaires pour parvenir à le réduire, en 1897. Cette extraordinaire aventure est rapportée tout au long dans les *Sertões* d'Euclydes de Cunha, livre classique au Brésil.

Batouque. — Rythme du tam-tam, et, par extension, danse populaire brésilienne.

Jogo de Bicho. — Jeu de hasard populaire dont le tirage dépend de celui des loteries officielles au Brésil. Le principe repose sur les noms de vingt-cinq animaux ou « bichos », dont chacun correspond à quatre nombres de la centaine.

Caboclo. — Métis de blanc et d'indien, et plus généralement, par extension, paysan de l'intérieur brésilien.

Caçuá. — Grands paniers que l'on suspend des deux côtés de la selle d'un animal de bât, cheval, âne ou mulet.

Candomblé. — Synonyme de macumba (cf. plus loin).

Cangica. — Purée sucrée de maïs vert et de lait de coco, qui peut être liquide.

Capanga. — Homme de main, sbire au service d'un propriétaire ou d'un chef politique de l'intérieur.

Côco. — Danse typique de l'Etat de Alagôas, d'origine afro-brésilienne.

Conto. — Unité monétaire courante équivalant à mille *milreis.*

Engenho-Banguê. — Anciennes exploitations agricoles du Nord-Est brésilien, comportant un moulin à sucre.

Farofa de Dendê. — Sorte de farine obtenue en mélangeant du manioc à de l'huile de dendê bouillante.

Feijoada. — Ragoût de haricots noirs, cuits avec du lard, des charcuteries et des viandes de toute espèce.

Genipapo. — *(Licor de).* Liqueur fabriquée en faisant infuser le fruit du genipapo dans de l'eau-de-vie additionnée de sucre.

Gringo. — Nom générique donné aux étrangers, plus spécialement aux Italiens dans l'Etat de Minas, aux Espagnols dans le Sud.

Inhame. — Variété de manioc.

Jangada. — Radeau fabriqué de troncs d'un bois spécial très léger, assemblés avec des lianes, et sur lequel les pêcheurs du Nord brésilien s'engagent parfois très loin en haute mer.

Lampiâo. — Célèbre bandit qui, depuis près de vingt ans, ravage l'intérieur de certains États du Nord-Est brésilien sans qu'on ait jamais pu le capturer.

Macacheira. — Autre variété de manioc.

Macumba. — Cérémonie rituelle de sorcellerie, d'origine africaine.

Mandinga. — Rite nègre d'envoûtement.

Mingau de Puba. — Purée sucrée de manioc fermenté.

Modinha. — Romance de caractère sentimental.

Mungunsa. — Soupe sucrée où il entre du maïs blanc, du lait de coco et une branche de cannelle.

Nagô. — Dialecte africain qui n'est plus en usage au Brésil que chez les nègres de Bahia, surtout dans les cérémonies de sorcellerie, et qui est originaire de la côte du même nom (Côte de l'Or et Sierra Leone).

Oxala & Oxolufâ. — Personnages de Macumba et dieux invoqués au cours de celle-ci.

Reconcavo. — Nom donné à la baie de Bahia à cause de sa forme arrondie.

Samba. — Chanson, air à danser très populaire dans toutes les classes de la société, et qui est au Brésil l'équivalent de la rumba.

Sapoti. — Fruit tropical qui ressemble extérieurement à une grosse pomme de terre.

Sarapatel. — Salmis de tripes, de foie et de rognons de porc frits dans le sang de l'animal.

Sertào. — L'équivalent très approximatif serait bled ou brousse. Le mot est employé d'une manière générale pour désigner les régions lointaines et difficilement accessibles de l'intérieur brésilien.

Tirana. — Sorte de tournoi populaire de poésie improvisée, où les concurrents sont accompagnés à la guitare. Le mot n'a guère ce sens précis que dans le Nord-Est.

DU MÊME AUTEUR

DONA FLOR ET SES DEUX MARIS.

LES PÂTRES DE LA NUIT.

LA BATAILLE DU PETIT TRIANON.

LE CHAT ET L'HIRONDELLE.

CACAO.

TOCAIA GRANDE.

YANSAN DES ORAGES.

LA DÉCOUVERTE DE L'AMÉRIQUE PAR LES TURCS.

Aux Éditions Messidor

L'ENFANT DU CACAO.

LES SOUTERRAINS DE LA LIBERTÉ.

LA BATEAU NÉGRIER.

L'INVITATION À BAHIA.

Aux Éditions ILM

LA BALLE ET LE FOOTBALLEUR.

Aux Éditions du Temps des Cerises

DU MIRACLE DES OISEAUX.

LES TERRES DU BOUT DU MONDE.

LES CHEMINS DE LA FAIM.

LA TERRE AUX FRUITS D'OR.

SUOR.

Impression Maury-Eurolivres
45300 Manchecourt
le 2 février 2006.
Dépôt légal : février 2006.
1ᵉʳ dépôt légal dans la collection : juin 1981.
Numéro d'imprimeur : 119069.
ISBN 2-07-037299-5. / Imprimé en France.